MENINA FEITA DE ESTRELAS

menina feita de estrelas

ASHLEY HERRING BLAKE

TRADUÇÃO
Lavínia Fávero

TÍTULO ORIGINAL *Girl Made of Stars*
© 2018 by Ashley Herring Blake
Publicado mediante acordo com Mifflin Harcourt Company.
© 2019 VR Editora S.A.

Plataforma21 é o selo jovem da VR Editora

DIREÇÃO EDITORIAL Marco Garcia
EDIÇÃO Thaíse Costa Macêdo
EDITORA-ASSISTENTE Natália Chagas Máximo
PREPARAÇÃO Mariana Delfini
REVISÃO Juliana Bormio de Sousa e Malu Rangel
DIAGRAMAÇÃO Pamella Destefi
CAPA Adams Carvalho

Dados Internacionais de Catalogação na Publicação (CIP)
(Câmara Brasileira do Livro, SP, Brasil)

Blake, Ashley Herring
Menina feita de estrelas / Ashley Herring Blake; tradução Lavínia Fávero. - São Paulo: Plataforma21, 2019.

Título original: Girl Made of Stars
ISBN 978-65-5008-022-8

1. Abuso sexual - Ficção 2. Bissexualidade - Ficção
3. Estupro - Ficção 4. Ficção juvenil 5. Gêmeos - Ficção
6. Irmãos e irmãs - Ficção I. Título.

19-30961   CDD-028.5

Índices para catálogo sistemático:
1. Ficção: Literatura juvenil 028.5
Cibele Maria Dias - Bibliotecária - CRB-8/9427

Todos os direitos desta edição reservados à
VR EDITORA S.A.
Rua Cel. Lisboa, 989 | Vila Mariana
CEP 04020-041 | São Paulo | SP
Tel.| Fax: (+55 11) 4612-2866
plataforma21.com.br | plataforma21@vreditoras.com.br

Para você. A sua história merece ser contada.

*Certa noite, vi uma estrela cavalgar
as nuvens e disse-lhe: "Consome-me!".*

Virginia Woolf, *As ondas*

CAPÍTULO UM

Charlie se recusa a responder as minhas mensagens. Ou está com o celular no silencioso. Ou esqueceu de carregar. Ou teve um raro chilique e atirou o aparelho em alguma privada, inutilizando-o.

Seja qual for o caso, essa falta de comunicação entre nós duas, definitivamente, não é normal. Mandei uma pergunta simples – **Você vai na reunião do Empodera semana que vem?** – e não consigo entender por que ela não responde. Sim ou não. Qual é a dificuldade? Mas, até aí, Charlie nunca faltou a uma reunião do Empodera e deve ter sacado a minha tentativa desesperada de parecer indiferente.

Resmungo para a tela, que continua vazia, atiro o celular na cama e abro a janela do quarto. A brisa do início do outono arrepia a minha pele e os meus cabelos, trazendo o cheiro de folhas queimadas e do cedro das cadeiras de balanço que ficam na varanda da frente de casa. Passo uma das pernas pelo parapeito da janela, contorço meu corpo pela abertura e pulo no telhado reto da varanda. Ao longe, o Sol se pondo salpica o céu de cor pela última vez, um tom de lavanda que vai se tornando um violeta mais escuro. As primeiras estrelas começam a brilhar, e deito nas telhas sujas, vasculhando a quase escuridão à procura de Gêmeos. Não dá para ver essa constelação nesta época do ano, mas sei que os dois irmãos estão escondidos em algum ponto mais a Oeste.

— Lá estão eles — diz Owen, que pula a janela e se acomoda do meu lado, sacudindo a mão na direção leste.

— Você é um mentiroso.

— Por quê? Eles estão bem ali.

— Isso é Câncer... ou algo assim.

— Eu conheço muito bem esses gêmeos, maninha.

Dou risada e relaxo, porque conheço bem essa cena. Owen, com o cabelo todo bagunçado, de camisa de flanela e calça jeans justa, exibindo toda a sua pompa e circunstância astrológica. Ficamos ali por um tempo, deitados em silêncio, enquanto os ruídos noturnos vão ficando mais altos à medida que escurece.

— Era uma vez... — sussurra Owen, e sorrio.

Essa é uma cena que eu também conheço muito bem, toda a sua arrogância dando lugar a isso: meu irmão gêmeo contando histórias sob o céu estrelado.

— ...um irmão e uma irmã que moravam com as estrelas. Eles eram felizes e viviam as mais loucas aventuras explorando o céu — continuo, completando o começo da história como sempre contamos, desde que éramos crianças.

— Um dia, os dois irmãos saíram em busca do verdadeiro amor — diz Owen.

— Ai, meu Deus. Você é tão meloso.

— Cala a boca: o meu gêmeo faz o que eu quiser que ele faça.

— Tá bom. — Fico olhando para um ponto no céu que não para de escurecer, torcendo para ver uma estrela cadente. — Mas, como a Irmã Gêmea não estava nem aí para o verdadeiro amor...

— Ah... Depois eu é que sou um mentiroso...

— ...ela resolveu partir em busca de seu destino em uma galáxia próxima.

— Mas, no caminho, ela vislumbrou Andrômeda e pensou "Foda-se o destino, me dá essa bundinha!".

— Você é um ser humano desprezível.

— Não sou ser humano coisa nenhuma. Sou uma *constelação*.

— Metade de uma constelação.

— A cara metade.

Solto um gemido dramático e tento empurrar o ombro do Owen, mas ele desvia de mim, me prende com o braço em volta do pescoço e imita o som de peido no meu cabelo.

— Por falar em cara metade... — ele diz, quando me solta —, por que a Charlie não está grudada na sua pessoa neste exato momento? Pera aí, por acaso ela está dentro do seu bolso?

Então ele se debruça sobre mim, como se quisesse olhar mesmo dentro do meu bolso, mas eu o empurro.

— A minha *legging* não tem bolso, e você sabe muito bem por que Charlie não está aqui neste exato momento.

Owen faz biquinho e responde:

— Certo. — Em seguida, esprememe os olhos, sacode a cabeça e completa: — Não, desculpa. Não consigo imaginar vocês, uma sem a outra.

Meu sorriso se desfaz. Sento e fico enrolando um cacho do cabelo no indicador. Charlie sempre adorou mexer no meu cabelo e fazer trancinhas nas pontas. É um costume de longa data, que começou no primeiro ano do Ensino Médio, no dia em que sentei na frente dela na aula de Literatura Norte-Americana, e o meu cabelo, que quase chegava na cintura, se esparramou nas costas da cadeira.

O começo das aulas naquele ano me causou um milhão de nozinhos de tensão, mas os dedos compridos da Charlie passando pelo meu cabelo me relaxavam, me ajudavam a me concentrar e a me sentir eu mesma de novo. Neste exato momento, em que minha melhor amiga virou minha namorada que virou minha ex-namorada e ergueu um muro de silêncio entre nós, não me sinto nem um pouco eu mesma.

— E é por isso que terminei com ela agora — digo. — Antes que fosse tarde demais.

Owen finge espirrar, tapando o nariz e a boca com a mão, mas diz "mentira", uma indireta que eu resolvo ignorar.

— A gente vai se entender — falo. — Lembra aquela vez, uns dois anos atrás, quando eu convenci Charlie de que conseguiria fazer um corte de cabelo incrível nela?

— Você acabou com o cabelo da Charlie, Mara. Parecia um falso moicano sob efeito de drogas pesadas.

— O que a obrigou a procurar ajuda profissional para dar um jeito no cabelo no dia seguinte, propiciando a criação do seu amado topete. Então, na verdade, ela deveria ter me agradecido.

— Se me lembro bem, ela ficou uma semana sem falar com você.

— E a gente acabou superando. Você só está reforçando o meu argumento.

Owen inclina a cabeça para mim e fala:

— Isso é bem diferente de um corte de cabelo, Mar.

Engulo em seco, para me livrar do nó repentino que se forma na minha garganta. Meus dedos coçam com a vontade de pegar o celular, uma nova mensagem já está quase pronta na minha cabeça, só para perguntar se ela está bem. Talvez eu devesse avisar Charlie que vou na festa, lá no lago, com Owen e Alex. Tenho certeza de que ela, pelo menos, se dignaria a me mandar o *emoji* chorando de rir. Em vez disso, me obrigo a me segurar e literalmente aperto a bunda contra o telhado.

— A gente vai fazer as pazes — garanto. Porque a gente vai, sim. Tem que fazer.

O barulho de pneu no cascalho nos obriga a olhar para a entrada e para o novo Fusca amarelo-ovo do Alexander Tan, que está parando na frente de casa.

— Nunca vou me conformar com esse carro dele — falo, já levantando e batendo a poeira do telhado do meu vestido soltinho.

— Pelo menos o Alex não anda por aí com uma daquelas bicicletas retrô. Além do mais, o cara ama esse carro. Até põe uma florzinha naquele vasinho que tem perto do volante.

— Você é que põe. Por acaso está rolando alguma coisa entre vocês dois?

Owen finge ficar chocado, bem na hora em que o seu melhor amigo desce do carro. O cabelo do Alex é tão escuro que se mistura ao restante da noite e quase desaparece. O restante do corpo dele é bem, bem visível. Camisa xadrez abotoada por baixo de um blusão de tricô cinza e largo. Calça jeans justa escura e botas. O cara não poderia ser mais estiloso.

— Preparada? — pergunta Owen, ficando de pé e se espichando feito um gato.

— Ah, sim — respondo, sendo irônica. — Passar a noite tentando desviar de um monte de caras com bafo de cerveja e ereção permanente. Mal posso esperar.

— Talvez eles te deixem em paz se acharem que ainda está namorando a Charlie. Acho que o término de vocês ainda não é de domínio público.

Dou uma risada debochada. Saber que não estou solteira é a última coisa que impediria aqueles idiotas disfarçados de adolescentes do nosso colégio de me assediarem. Já foi bem ruim quando resolvi me assumir bissexual no ano passado, namorar uma garota já era demais. Tive que aguentar muita piada de *ménage à trois* e me chamarem de vadia, ainda que de um jeito passivo-agressivo, toda vez que me aventurava pelo corredor. Minha sorte é que o jornal mensal do Empodera tem um índice de leitura bem alto este ano e posso estripar cada um desses imbecis regularmente. Pelo menos no papel.

— Por que vocês estão em cima do telhado? — grita Alex, enfiando os dedões nos bolsos da calça jeans e olhando para a gente.

— Pensei que a gente podia se catapultar direto para dentro do carro hoje — respondo. — Tudo bem por você?

— Não lido muito bem com sangue.

— Seu viadinho — resmunga Owen, já se encolhendo todo para passar pela janela.

Alex e Owen têm aquele tipo de relação irritante de amor e ódio entre dois manos. A gente se conhece desde o primeiro ano do Fundamental, quando sentava todo mundo na mesma mesa, na aula do sr. Froman, e usava a mesma caixa de giz de cera e a mesma tesoura sem ponta. Os dois ficam se xingando e se provocando constantemente, mas não conseguem ficar mais do que algumas horas sem se mandar mensagem. Igualzinho a mim e Charlie... só que sem o lado *queer*.

E sem esse climão extremo e recente. Não esqueçamos disso.

— Ãhn... Quer que eu te segure quando você pular ou algo assim? — pergunta Alex, e me dou conta de que já estou olhando fixamente para ele há um minuto.

Eu vou andando para a frente bem devagarinho e tiro um dos pés do telhado.

— Pode ser...

— Não se atreva, Mara McHale.

Ele vem em minha direção, meio cambaleando, e levanta as mãos, afastando aqueles seus dedos compridos de quem toca violino, como se pudesse amparar minha queda se eu resolvesse pular.

— Não me diga o que fazer — falo, com o pé ainda pendurado para fora do telhado.

— Não seja imbecil.

Retorço os lábios involuntariamente.

— Não seja grosso.

— Não seja tão... má.

A tensão se esvai do meu corpo e não posso deixar de rir. Alex nunca foi bom de xingamento. O que não deixa de ser adorável.

— Meu Deus, Mar, para de descontar em todo mundo que existe na face da Terra — grita Owen ao sair correndo pela porta de casa, lá embaixo. Dá um tapinha nas costas do Alex e fica olhando para mim. — Vamos logo, nós três precisamos beber.

Não sei se preciso beber, mas, com certeza, preciso de alguma coisa. Corro para dentro do quarto e me obrigo a deixar o celular em cima do meu edredom azul.

Também sei brincar de ignorar os outros.

CAPÍTULO DOIS

Depois de passar o caminho inteiro no banco de trás do novo Fusca ouvindo Owen e Alex tagarelando de orquestra isso, orquestra aquilo — correção: Owen ficou tagarelando e Alex só fez ãhn-hãn, — decido que, na verdade, preciso beber, sim.

Alex para o carro no estacionamento de terra batida na frente do grande gramado que fica em volta do Lago Bree. Fachos de lanterna balançam na escuridão, e dá para ver o brilho amarelado de uma pequena fogueira e as sombras dos nossos colegas aparecendo e desaparecendo na luz. Dá para ouvir uma batida estrondosa, e sinto as vibrações nos meus pés assim que saio do carro.

— Ah, o odor dos feromônios! — diz Owen, abrindo os braços e respirando fundo.

— Acho que é cheiro de bebida — retruca Alex, enfiando a chave no bolso.

— Dá na mesma.

Meu irmão dá um sorrisinho ao ver a cena que se descortina diante dele, e dá para ver que o peso de todo o estresse por que ele passou durante boa parte do ano letivo sai dos seus ombros. Owen só tira nota dez e se mata de tanto estudar violino. O quarto dele é bizarro de tão arrumado, e todos os seus trabalhos do colégio são meticulosamente guardados em pastas e cadernos organizados por cor. Ele nunca sequer se atrasou, muito menos matou aula. Seu sonho é tocar em orquestras da Broadway e na sinfônica de Boston. Mas, quando está com os amigos, meu irmão se solta. Na minha opinião, ele vira um imbecil completo nessas festas, mas esse é o jeito dele de relaxar: cerveja, piadas, música com uma batida aflitiva que faz os dedos das mãos e dos pés pulsarem.

Vamos andando pelas fileiras de pinheiros até chegar à festa. Owen praticamente me arrasta. Não é a minha *vibe*. Não que eu não goste de me divertir com os meus amigos, mas vamos ser sinceros: fico tensa em ambientes com muita gente e nervosa perto de caras que beberam muita cerveja e querem se exibir.

Pelo jeito, toda a nossa turma da Escola de Ensino Médio Pebblebrook está aqui. É uma escola pública grande da cidade de Frederick, no Tennessee, que também é a sede do Centro de Excelência em Artes Cênicas do Condado de Nicholson, um programa de referência, e qualquer um pode se candidatar. Quem é aprovado vai de ônibus gratuito daqui para a escola, estuda o tipo de arte que escolheu no Centro e tem as aulas normais com o pessoal que não faz parte do programa.

Hoje, como sempre, cada um ficou no grupinho do seu tipo de arte. Tem a turma do teatro e do musical, a turma do coro, a turma da orquestra, a turma da dança e assim por diante. Não que seja uma grande gafe andar com alguém de outra turma ou com o pessoal que não faz parte do programa: a gente passa tanto tempo com quem é da nossa área que não sobra muito para se enturmar com o resto das pessoas. Entre as aulas e os ensaios para concertos, musicais ou peças, vamos logo formando pequenas comunidades. Owen e Alex estão sempre brigando para ver quem ocupa o posto de primeiro violino (meu irmão tem as honras neste semestre, mas seu amigo foi o escolhido no semestre passado) e só conversam com coristas como eu porque eu e Owen já dividimos o mesmo útero.

— E aí, pessoal?

Espremo os olhos e naquela escuridão consigo enxergar a Hannah tentando se enturmar com umas meninas da dança, que conheço da aula de teoria musical. Está usando um vestido solto, estilo *hippie* chique, com as cores do amanhecer, e umas sandálias de couro em tom de conhaque amarradas até a metade da perna. O vestido é aberto nos ombros, e seus braços já estão ficando roxos por causa do vento gelado da noite. Como sempre, seu cabelo loiro-avermelhado é uma bagunça só. Hannah tem cabelo comprido e usa umas tranças espalhadas de qualquer jeito, o que deixa sua mãe completamente maluca, e acho que Hannah gosta disso. Apesar de seus pais serem sulistas tradicionais, ela é a *hippie* da turma, vive dando risada e falando de horóscopo, tem um toque de rebeldia em tudo o que fala e faz.

Nos últimos dois meses, Hannah tem canalizado suas energias para o meu irmão, o que só ajudou a fortalecer a nossa amizade. Ela foi a primeira pessoa para quem eu liguei quando eu e Charlie terminamos — porque não dava para eu ligar para *a Charlie* —, e ela me levou para o Delia's Café, lá no centro, para eu afogar as mágoas em *macarrons* de lavanda e chá de sálvia.

— Você está incrível, gata — comenta Owen, passando o braço pela cintura dela e aninhando o rosto no seu cabelo.

— Estou, é?

Hannah dá um sorrisinho e pisca para mim.

— Você veio a pé para cá? — pergunto.

— Vim.

Ela mora em um bairro bacana, do outro lado do lago. A família tem até sua própria marina.

— Essa semana foi muito cansativa, sabe? — diz Owen, ainda com o rosto enfiado no pescoço da Hannah. — Acho que a gente devia voltar para a sua casa e descansar um pouco.

Ela dá uma gargalhada disfarçada e sacode o ombro, batendo no queixo do Owen de brincadeira.

— Agora não, Romeu.

O meu irmão apenas abre um sorriso e arrasta a namorada para o barril de chope.

— Espera aí! — ela protesta, olhando em volta. — Cadê a Charlie?

— *Shhhh!* — faz Owen, tapando a boca da Hannah com a mão. Minha amiga tira a mão dele do rosto dela na mesma hora. — Não fala n'Aquela-que-não-deve-ser-nomeada.

— Para de ser cuzão, Owen. Não é nada disso — protesto.

— Na verdade, é *exatamente* isso. Está rolando o maior climão, e eu só estou tentando ser um irmão mais velho leal.

— Mais velho, meu cu.

— Três minutos mais velho.

— Vai sonhando.

Owen dá risada da minha habitual insistência em afirmar que nossas certidões de nascimento estão simplesmente erradas.

— Além do mais, sou mais maduro do que você.

— Desde quando?

— Basta observar.

— Sou testemunha — completa Hannah.

Alex dá risada, e Owen dá um beliscão em Hannah, que solta um grito de dor de brincadeira, toda graciosa.

— Sério, está tudo bem? — ela me pergunta, se afastando do Owen e chegando bem perto de mim, para ninguém mais conseguir ouvir.

Meu irmão choraminga feito um bebê, e Alex lhe dá um empurrão no ombro.

— Está — respondo.

Ela dá aquela levantada na sobrancelha, tipo um detector de mentiras.

— Sei lá — admito, dando de ombros. — Ela não responde as minhas mensagens.

Hannah balança a cabeça, deixando claro que não ficou nem um pouco surpresa.

— Dá um tempinho para a Charlie. Vocês duas agora precisam se acostumar com esse lance novo que rolou entre vocês.

— Mas não é nada de novo. É bem antigo. De anos. Foi por isso que a gente terminou.

— Foi, é?

Hannah inclina a cabeça e dá um sorrisinho que eu meio que odeio. É um sorrisinho do tipo "ai, pobrezinha".

— Ah, vai se ferrar — falo.

Hannah dá risada e me cutuca com o ombro.

Antes que a gente consiga conversar mais sobre esse assunto sobre o qual, de toda maneira, não estou a fim de conversar, Owen pega Hannah pela cintura e a puxa para perto dele.

— Vamos, gata.

— A gente se vê mais tarde? — minha amiga pergunta, enquanto Owen enfia a cara no pescoço dela de novo.

Faço sinal para ela ir logo e dou mais um sorriso fingido.

— Claro. Podem ir se agarrar ou sei lá o quê.

Owen bagunça o meu cabelo quando os dois passam por mim, com certeza indo pegar uma bebida para depois se esconderem na trilha que perpassa o bosque junto do lago. Também conhecida como Labirinto da Pegação. Ele está com a mão enfiada em um dos bolsos largos do vestido da Hannah.

— Esses dois meio que me dão nojo — comento, dando risada.

— Nem me fala. Quer ir pegar uma bebida?

— Achei que você era o motorista da vez.

— E sou. Refrigerante para mim, batida de vodca horrorosa para você.

— Que irresistível!

Nos aproximamos da água e do barril de chope. Ao lado dele, tem uma mesa repleta dos tradicionais copos de plástico vermelho e uma bombona de água gigante contendo, como o Alex bem adivinhou, um amálgama qualquer de batida de frutas e vodca. Bem nojento, mas faz com que o nó em meu estômago comece a se soltar um pouco.

Ficamos perambulando por um tempo, falando com o pessoal da escola, e eu estampo um sorriso na cara, tentando não pensar no meu celular, que está lá em casa, em cima da cama, provavelmente sem nenhuma mensagem de texto. Tão sem mensagens que chega a ser deprimente. Os meus colegas me lançam olhares confusos, procuram ao meu redor e franzem a testa quando veem que o Alex é a única pessoa que está comigo. O que é irritante para caramba. Torcem o nariz quando estou de mãos dadas com a Charlie e torcem o nariz quando não estou.

Mais ou menos uma hora depois, vejo Owen se afastar com a Hannah em direção à trilha, com uma das mãos na bunda dela e a outra suspensa no ar, e o líquido vermelho dentro do seu copo vai derramando por todo o seu braço. Meu irmão solta um grito e faz escândalo quando Hannah tenta fazê-lo ficar quieto colocando a mão sobre a boca dele. Está completamente bêbado.

— Eu não falei? — digo, apontando para o meu irmão, que desaparece no meio das árvores com a Hannah.

— O cara adora uma batida de vodca.

— Um pouco demais, na minha opinião.

— Falando nisso... — diz Alex, ao ver meu copo vazio — ...que tal um refil?

— É, por que não? Mas, se eu começar a pegar na sua bunda e gritar feito uma imbecil, corta a minha bebida.

Ele dá risada e fica vermelho, o que não deixa de ser bonitinho. Voltamos para perto do barril, que parece estar ainda mais perto da beirada do lago: a grama embaixo dele está toda pisoteada e enlameada.

— Quanto tempo vai levar até alguém cair na água tentando encher o copo de cerveja? — pergunta Alex, enquanto pega uma latinha de refrigerante do *cooler* e a abre em seguida.

— Uma hora, no máximo.

Ele contorna o barril rodeado de meninos e olha para o lago, que ondeia lentamente, molhando a grama alta e os arbustos.

— Não é o local mais inteligente para posicionar a bebida.

— E, provavelmente, também não é o local mais inteligente para a gente ficar...

Alguém bate nas minhas costas, me empurrando para a frente, e acerto em cheio o peito do Alex, que segura os meus braços, mas a minha batida de frutas se espalha pelo seu blusão mesmo assim.

— Ai, que merda, desculpa — falo, virando-me para conferir quem mais já está estragado às oito e meia da noite.

— Foi mal — murmura Greta Christiansen.

O seu cabelo loiro está caído nos olhos, que têm uma maquiagem pesada.

— Ah, imagina, não foi nada — respondo, tentando fazer a voz mais simpática possível.

Eu me recuso a permitir que Greta me atinja. Ela tem um contralto incrível — e, consequentemente, fez o papel de Lucille no musical deste semestre, *Não, não, Nanette* — e é uma das minhas companheiras de Empodera. E também acredita que a minha liderança nesse grupo é fraca, acha que sempre erro o tom quando canto no coro (e eu não erro, coisa nenhuma) e ficou completamente ressentida porque não falei bem dela para o Owen no ano passado, quando ela teve uma quedinha por ele. Em nome da sororidade, nos tratamos com simpatia — aquela simpatia tão falsa que chega a doer.

— Vou pegar outra batida para você, Mara — diz ela, já pegando um copo na mesa.

Então ela enche o copo, cerca de um centímetro, e me entrega.

— Muito, muito obrigada. Você é tão atenciosa...

Tomo a batida de um gole só, tiro Greta da minha frente e

vou atrás de papel-toalha. Alex ainda está parado ali, observando a nossa troca de alfinetadas passivo-agressiva, enquanto o seu blusão sofre as consequências.

— Olha, eu tenho uns guardanapos no carro, diz ele, dando um tapinha no meu braço. — Vem.

Lanço mais um olhar para Greta e vou com Alex até o carro, feliz por poder abandonar o combate. Ele abre a porta do carona e fica remexendo no porta-luvas até tirar um monte de guardanapos do Sonic. Fica tentando enxugar o blusão, sem sucesso. Logo desiste e joga aquele caos manchado de vermelho no banco de trás. Então se encosta no carro e passa a mão no cabelo.

— Também não é a sua praia? — pergunto.

— Não, não mesmo. Só vim porque o Owen ficou enchendo o meu saco até eu dizer que vinha.

— Não acredito nisso nem por um segundo.

Alex dá risada.

— Além do mais, tento impedir que ele faça papel de imbecil.

— Nisso eu acredito. Por vários segundos.

Ele dá um sorrisão, olha para baixo e fica roçando uma bota contra a outra.

— Qual é a sua, então? — indago.

Alex sempre foi um mistério para mim. Bom, não exatamente um mistério, está mais para uma anomalia em relação aos outros garotos adolescentes, até porque Owen é o melhor amigo dele. O meu irmão é agitado e barulhento. Alex mais parece a superfície tranquila de um lago. A Pebblebrook é uma escola bem competitiva, ainda mais entre os indivíduos que possuem uma posição de destaque, como ele e o Owen, mas Alex nunca se abala. É um moleque calado, descendente de coreanos, que só dá de ombros quando o meu irmão fica com o posto de primeiro violino. Até parece que se sente aliviado. Vai na academia pelo menos três vezes por semana, porque tem uns braços — ai, meu Deus — maravilhosos e lê livros detonados do Stephen King nas horas vagas.

Ele encolhe os ombros e desvia o olhar, esboçando um sorrisinho. Esse seu gesto silencioso não é nenhuma novidade para mim. E é por isso que, depois de anos de amizade por tabela, continuo sem conhecê-lo direito. Ele é mais do que econômico no quesito palavras. E, por mais estranho que possa soar, não passa a imagem de cara fechado, que não está a fim de falar com a gente. Parece mais que ainda não encontrou as palavras certas e se recusa e fazer as pessoas perderem tempo.

— Qual é a desse carro? — pergunto, quando fica claro que ele não vai dizer mais nada, e dou uma batidinha no capô cor de manteiga.

— Ai, meu Deus. — Ele solta uma risadinha e passa a mão no rosto bem devagar. — Ãhn... minha irmã ganhou.

— Sério? Tipo em uma rifa?

— Não... no programa *O preço certo*?

Tento não dar risada, sem sucesso, e me engasgo de leve.

— Isso foi uma pergunta?

— Não, é uma afirmação do tipo "não acredito que estou dizendo isso".

— Ela participou mesmo do *Preço certo*?

— Sim. Há uns dois meses, ela e umas amigas da faculdade

foram de ônibus para Los Angeles, passar o fim de semana, e ficaram horas na fila. Tenho quase certeza de que ainda estavam bêbadas da noite anterior. Quem diria que a minha irmã seria tão craque em adivinhar o preço das coisas?

— E ela não quis ficar com o carro?

— Como ela não precisa de carro lá em Berkeley, os meus pais a obrigaram a trazê-lo para cá, dirigindo, e *voilà*: ganhei um carro cor de camisa polo de cuzão, que o seu irmão vive enchendo de flores e insiste em chamar de O Sol Radiante, abreviado de OSR.

— Essa é melhor história que eu já ouvi. Tipo, na vida. Você tem noção disso, né?

— Só fala para o Owen que eu prefiro flores do campo, tá?

— Vou escrever com batom no espelho do banheiro.

— Agradeço. — Alex se afasta do OSR e faz sinal com a cabeça na direção da festa. — E aí? Você está a fim de...

A frase fica no ar, abafada por um riso alto. O meu coração vai parar na boca ao reconhecer o som, o meu corpo entra em estado de alerta, procurando a origem do ruído.

E encontra.

De mãos dadas com uma menina que nunca vi na vida. Claro, Frederick, que fica apenas a vinte minutos de Nashville, não é uma cidade tão pequena assim, a ponto de eu conhecer todo mundo. Mas conheço todo mundo que a Charlie conhece e, com toda a certeza, não conheço essa menina.

— Tá, a festa tá uma merda, não vem dizer que eu não avisei. Se quiser ir embora, é só...

Charlie deixa a frase no ar, passa entre dois carros estacionados com a Menina e fixa o olhar em mim. Fixa, literalmente — *clique*. Está usando uma camiseta preta justa e calça jeans preta, a gravata fininha de seda da Grifinória, vermelha com listras douradas, que eu dei para ela de Natal, com o nó meio solto em volta do pescoço. O cabelo castanho curto está todo bagunçado e espetado até as alturas.

Então levanta aquele queixo pronunciado, com uma expressão quase desafiadora, mas aí devo ter ficado com uma cara patética de tão magoada e chocada, porque a sua autoconfiança se esvai, fazendo todos os seus traços e os seus ombros afundarem. Só que ela não tira a mão. Que permanece enroscada na mão da Menina. Menina de cabelo ruivo escuro. Menina de saia jeans curta. Menina de curvas suaves e lábios carnudos.

Ela e a Menina ficam paradas, mas só por um segundo. Charlie olha para Alex, depois para mim de novo, ainda de boca aberta, com as palavras na ponta da língua. Mas então a Menina fala que está tocando sua música preferida e arrasta Charlie, até as duas serem engolidas pelas pessoas dançando e pela música pulsante.

Por um lado, tenho vontade ir atrás delas. Por outro, tenho vontade de agarrar Alex e dar um beijo nele. Mas, um outro lado ainda tem vontade de tomar mais uma, com o copo cheio até o talo. Já outro tem vontade de mergulhar no lago e sumir. Um lado isso, outro aquilo, são tantos lados e divisões...

Perto de mim, Alex limpa a garganta, mas eu mal esboço reação. Estou me sentindo anestesiada e agitada, tudo ao mesmo tempo.

— Você... quer que eu te leve para casa? — pergunta Alex, baixinho.

— Você faria isso?

— Claro. Vou mandar uma mensagem para avisar o Owen. —

Então pega o celular e desbloqueia, e um brilho suave e esbranquiçado ilumina seu rosto. — Caramba, aqui no bosque não tem sinal. Vou tentar encontrá-lo, tá? Você pode me esperar aqui? Você está bem?

— Estou. — Encolho os ombros e dou um sorriso e balanço a cabeça e faço tantas outras coisas, tudo ao mesmo tempo. — Estou ótima.

Alex inclina a cabeça, deixando transparecer uma pena revoltante de tão grande. Destrava o OSR de novo antes de voltar para a festa e abre a porta para mim. Eu me jogo no banco do carona, dando graças a Deus por poder sentar no escuro por um tempo.

A silhueta do Alex some no meio das árvores e é aí que esta coisa me atinge em cheio: o silêncio ensurdecedor. Dá para ouvir a batida seca da música que vem da festa, mas isso não basta para abafar o silêncio. Aperto a cabeça contra o banco e inspiro pelo nariz, tentando controlar a velocidade da expiração, mas o ar sai de uma vez só, em uma onda de pânico. As pontas dos meus dedos estão formigando, e o aperto no peito vai ficando cada vez maior, minha boca fica seca.

"Acalme-se, Mara", tento me convencer e enfio as unhas nas pernas.

"Putinha burra."

A voz vem do nada, um deboche assustador dentro da minha cabeça. Fecho bem os olhos e tento controlar minha respiração e ignorar as palavras que se debatem pela minha cabeça.

"Putinha burra."

"Putinha burra."

Inspira, dois, três, quatro...

Expira, dois, três, quatro, cinco, seis, sete, oito...

Lentamente, a voz vai ficando mais fraca e o sangue volta a circular nos meus dedos e no meu peito. Deslizo as duas mãos pelo cabelo, sentindo os cachos, sedosos, as mechas que ficaram cheias de *frizz* por causa da umidade do Tennessee, tentando lembrar que estou em uma festa, sentada dentro de um carro amarelo, que estar de mãos dadas não significa nada, necessariamente. Eu e a Charlie andamos de mãos dadas por anos antes de rolar qualquer romance entre a gente. E mesmo que *signifique*, e daí? Eu e a Charlie somos apenas amigas. Melhores amigas.

"Não sou imbecil."

"Não sou tonta."

As frases vão passando pela minha cabeça e continuo respirando normalmente até Alex aparecer na frente do carro e abrir a porta do motorista. Inspiro fundo uma última vez, puxo o cinto de segurança até a cintura e o prendo. Alex se joga no banco e fica com uma perna para fora, pendurada sobre o chão batido. Fecho os olhos e espero ele dar a partida, louca para ir para casa, tomar um banho escaldante, capaz de derreter essa noite como um todo.

Imagens da Charlie com a Menina surgem e desaparecem, e sinto o aperto do peito de novo.

— Dá para a gente ir logo, por favor? — pergunto, com um tom de irritação que não era minha intenção. Mesmo assim, Alex não percebe, não se mexe. Olho para ele. Que ainda está com a perna pendurada para fora do carro, olhando para o lago. — Alex?

Nada.

— Alex!

Ele leva um susto e vira a cabeça para mim de supetão.

— Ãhn... desculpa.

— Você está bem?

Alex põe a perna para dentro do carro bem devagar, fecha a porta e leva as mãos ao volante. Mesmo no escuro, consigo ver seus olhos piscando rápido, a garganta inchando, engolindo em seco.

— Alex, o que...

— Sim, estou bem. Desculpa. Foi só... Nada, não. Está tudo bem.

— Conseguiu achar o Owen?

— Consegui. Ele está bem, está com a Hannah.

— Certo.

Ele dá risada e esfrega os olhos.

— Meu Deus, estou mais cansado do que eu pensava. Foi uma semana de merda. O último ano, até agora, tem sido uma bosta.

— Concordo. Então vamos sair logo daqui e dormir o fim de semana inteiro, pode ser?

— Vamos. Vamos, me parece um bom plano.

Então enfia a chave na ignição e o motor ronca. Começa a tocar uma música de repente dentro do carro, um *bluegrass* só de cordas que nunca ouvi na vida. Sem pensar, lanço mais um olhar para o lago, procurando pela Charlie.

Estou sempre procurando Charlie. Só que, desta vez, eu não a encontro.

CAPÍTULO TRÊS

Passei o resto do fim de semana em uma nuvem de sono, dormindo, assistindo Netflix compulsivamente e sobrevivendo graças a uma tigela de cereal após a outra. Meu celular sequer piou. Imaginei que Alex tinha contado para Owen o motivo de termos saído mais cedo da festa, e que o meu irmão teria contado para a Hannah, que, pelo menos, teria mandado uma mensagem, tentando me arrancar da minha caverna cuidadosamente controlada, só que não. Nem uma palavra sequer. E, pode me chamar de ingênua, mas eu estava mesmo esperando que Charlie me ligasse para dar uma explicação sobre a Menina. Mais um só que não, gigantesco. Para completar, os meus pais estavam trabalhando na loja de móveis deles, lá no centro, e tenho quase certeza de que Owen ficou dormindo para curar a ressaca memorável. Então, até segunda de manhã, só vi as pessoas de relance quando entrava e saía da cozinha.

— Como você está, filha? — pergunta minha mãe, quando me arrasto até a geladeira para pegar um iogurte.

— Fuéin.

— Quais são as novidades? Eu e o seu pai mal vimos você durante o fim de semana.

— Fuéin fuéin.

Ela dá risada e me passa uma colher. Tiro a tampinha de alumínio de um iogurte grego de mirtilo.

— Como vão as coisas com a Charlie?
— Nhé...
— Mara Lynn...
— Tudo bem, mãe. Só... meio estranhas, ainda.

A minha mãe põe uma mecha solta do meu cabelo atrás da minha orelha e diz:
— Que pena, querida.

Fico esperando um pouco mais de consolo, que não vem. Meus pais são bem legais. Confiam em mim e no Owen. Têm senso de humor. Sabem quando não interferir e quando dar um empurrãozinho. Não surtam quando a gente tira menos que nove. E, no geral, ficaram de boa quando saí do armário no meio do café da manhã, durante o último feriado de Ação de Graças. Só que "ah" e "OK" e "a gente quer que você seja feliz" é o máximo que conseguem dizer, em termos de apoio. E olha que isso é muito mais do que boa parte dos jovens consegue ter, principalmente aqui no Sul dos Estados Unidos, onde se assumir como pessoa LGBTQI+ pode ser a mesma coisa que andar em um campo minado.

Ainda assim, quando comecei a namorar a Charlie, a minha mãe ficou meio estranha. Ficava olhando meio demais para ela e para as nossas mãos dadas e fazia perguntas demais, querendo saber o que tinha *mudado* entre a gente. Acho que a minha mãe não liga para o gênero de quem eu namoro ou gosto, ponto para ela. No caso da Charlie, ela tinha um receio sincero de que o nosso romance estragasse a amizade.

"A melhor amiga é uma coisa insubstituível na vida de uma menina, Mara", disse, mais de uma vez.

O que era irritante, mas acabei concordando. Ou pelo menos foi isso que eu disse para a mamãe. Na verdade, eu tinha medo do meu relacionamento com a Charlie porque eu era incapaz de ser uma namorada normal. Uma boa namorada. Eu tinha defeitos e, no fundo, sabia que Charlie ia acabar descobrindo.

Não que eu comente esse tipo de coisa com a minha mãe. Eu e a mamãe... bom, a gente funciona num esquema de só contar o necessário. Quando eu era mais nova, a gente era bem mais próximas, do tipo que dava para chamar à meia-noite sempre que eu tentava dormir na casa de alguma amiga. A minha mãe ia me buscar e eu passava a noite espremida no meio dos meus pais. Owen aparecia de manhã, entrava correndo pela porta do quarto deles e se atirava na cama. Eu era feliz nessa época. Tinha amigos, só não gostava de ficar longe de casa, longe das pessoas em quem eu mais confiava.

Das pessoas que — disso eu tinha certeza — jamais permitiriam que algo de ruim acontecesse comigo.

Tudo isso mudou depois do nono ano. Tentei agir como sempre, tentei me obrigar a ter essa intimidade com a minha mãe de novo, contar pequenos detalhes da minha vida, em uma tentativa desesperada de me reaproximar. Mas tudo parecia vazio. Sei que ela também se sentia assim — sentia e ficou completamente confusa e magoada com isso.

— E aí, vocês já escolheram os modelitos? — pergunta ela, com um sorriso no rosto, enchendo a caneca de café de novo.

A mudança de assunto foi ridiculamente óbvia, mas é melhor do que ouvir "eu te avisei". Mesmo assim, não posso deixar de dar um sorrisinho, ao pensar na nova missão do Empodera, atacar a política de vestimenta da Escola Pebblebrook, que é tão pouco igualitária que chega a ser uma violência. O Empodera é o grupo feminista e o jornal que eu fundei no primeiro ano do Ensino Médio, e meu plano é testar os limites da política de vestimenta sem chegar a infringi-la. Vou ser mandada para a diretoria — várias vezes, provavelmente — e, apesar de o diretor Carr e sua fita métrica muito conveniente não conseguirem encontrar nenhuma infração, ele vai exigir que eu troque de roupa. Vai falar que estou provocando distração. Vai falar que meninos são assim mesmo. Vai falar que, se eu for uma menina decente, vou ter esse bom-senso. Porque é isso que ele fala para qualquer menina que mostra os ombros ou tem as pernas compridas e usa saia ou tem um peito de numeração maior do que 38.

E é aí que eu vou incendiar o patriarcado.

Por um segundo, me deixo levar pela simples perfeição do plano. Vou derrubar o diretor com palavras, com afronta, com uma lógica fria e argumentos racionais. Só de pensar já me acalmo, sinto que estou no controle da situação. Charlie diz que eu sou obcecada por isso: por controle. E ela não deixa de ter razão, só que não sabe por quê.

A Derrocada da Política de Vestimenta é uma das poucas coisas que divido com a minha mãe. Eu tinha certeza de que ela ia adorar a ideia e, para ser sincera, queria garantir que ela não vai me deixar de castigo por toda a eternidade se eu acabar levando uma suspensão.

Como esperado, ela literalmente soltou gritinhos quando contei. Essa mulher tem duas grandes paixões na vida: reformar móveis antigos para que pareçam mais antigos ainda e o feminismo. Antes de abrir a loja com o meu pai, há cinco anos, ela escrevia artigos para a revista *Ms.* e ainda escreve, algumas vezes por ano. Sempre se esforçou para permitir que eu e Owen tivéssemos nossas próprias opiniões e, quando fundei o Empodera, ela chorou. Lágrimas de verdade, daquelas que pedem lencinho.

— Não está nada resolvido, mas tenho algumas ideias, sim — respondo, lambendo a colher e atirando na pia.

— Se precisar de ajuda, é só falar. Eu também testei vários limites na minha época.

— Você não queimou o sutiã na praça, né?

— Não, eu gostava do meu sutiã. Mas me vinguei do meu namoradinho do colégio que me traía: lotei o escaninho dele com balões cheios d'água.

— Como assim, balões cheios d'água?

— Eram balões bem especiais.

A minha mãe me dá uma piscadela, e não consigo não rir.

Ela também ri, e os cachos castanho-dourados que herdei dela se espalham pelo seu rosto, mas logo sua expressão fica séria. Põe a caneca no balcão, se aproxima de mim e segura meu rosto com as duas mãos.

— Você sabe que tenho muito orgulho de você. Só uma pessoa muito corajosa é capaz de desafiar a misoginia institucionalizada do sistema patriarcal.

Por mais que me dê vontade de revirar os olhos para essa verborragia tão dramática, sinto uma faísca de carinho tomar conta do meu peito. Mas ela se apaga em um segundo. A minha mãe não faz ideia do quanto sou covarde. Escreveria um artigo didático para caramba se soubesse o verdadeiro motivo para eu ter fundado o Empodera.

— *Argh*, por que existe segunda-feira? — pergunta Owen, que entra na cozinha vestindo um moletom verde-escuro da escola.

— É uma consequência inevitável do fim de semana — respondo.

A minha mãe dá um tapinha no meu rosto e me solta.

— Bom dia, filho querido — diz ela.

— *Grrrrr*.

Caio na risada, porque a minha mãe bate na cabeça do Owen com uma revista enrolada e fala:

— Vai para a aula. Comporte-se.

— Sempre me comporto — retruca ele, com a mesma animação de sempre, por mais que ainda esteja com cara de ressaca e de cansaço... a festa deve ter sido boa.

Minha mãe nos obriga a aguentar beijos na testa, e a gente pega a mochila e sai de casa ao mesmo tempo. Owen franze a testa para o celular, e eu destravo o Honda Civic e jogo minhas coisas no banco de trás.

— Que foi? — pergunto.

Meu irmão franze ainda mais a testa.

— Nada. É que... a Hannah não responde as minhas mensagens nem atende quando eu ligo.

— Vocês dois brigaram?

Ele olha para mim, com a testa toda enrugada.

— Não.

— Vai ver, o celular está descarregado. Também não tive notícias dela.

— É. — Owen aperta os lábios e guarda o celular no bolso. — Bom, posso abusar da carona?

— O carro também é seu.

A gente fica em silêncio até chegar na escola, o que é uma coisa rara, mas não deixa de ser legal. Preciso desses minutos para repassar na cabeça o que direi para Charlie. Além do Empodera, a gente ainda tem três matérias juntas. Resolvi fingir que levei na boa e perguntar sobre a Menina, porque é isso que as amigas fazem. A gente faz "aaah" e "ooooh" para os novos *crushes* e fica se zoando por causa do primeiro beijo, que sempre é meio estranho.

A imagem dos lábios carnudos da Menina me vem à cabeça e engulo em seco, porque fico com um nó na garganta.

— É isso que as amigas fazem — sussurro, para mim mesma, e paro o carro no estacionamento da escola.

— Hein? — pergunta Owen.

— Nada.

— Isso foi tão convincente...

— Sério, não é nada.

— E por acaso esse "nada" é aquela ruiva que estava com a Charlie na sexta à noite?

Eu me encolho toda e pergunto:

— Você viu as duas juntas?

O Owen só balança a mão.

— Lembro vagamente de ter visto alguma coisa avermelhada nas proximidades da Charlie. Mas, até aí, podia ser só um copo de plástico gigante.

— Você ficou mesmo tão bêbado assim?

Meu irmão esfrega a testa com as duas mãos e responde:

— Você precisa mesmo fazer todas essas perguntas gritando?

37

Dou risada e abaixo um pouco o volume do som.

— Que bom que tinha a Hannah para cuidar de você.

Ele solta um suspiro, baixa as mãos até as coxas e se vira para a janela.

— É.

Um alarme dispara dentro de mim — tipo um sexto sentido de irmã gêmea.

— Que foi? Tem certeza de que vocês não estão brigados?

Mas ele só sacode a cabeça e levanta o volume do som. Não posso deixar de revirar os olhos. Sim, é óbvio que os dois estão brigados e, provavelmente, foi porque Owen parece um universitário imbecil quando bebe. Hannah já deu muito esculacho nele por causa disso.

— Boa sorte com a Charlie — diz ele, depois que a gente entra no prédio da escola e se separa no saguão, para ir cada um para a sua sala.

— Valeu. Boa sorte com a Hannah.

Meu irmão faz uma cara estranha, mas não diz nada e desaparece no meio da multidão de amigos da orquestra, que estão em estado de riso permanente.

Fico observando Owen, mas meus olhos não se concentram nele por muito tempo. Quase que imediatamente, começam a procurar por Charlie. Repasso as minhas perguntas neutras a respeito da Menina, várias e várias vezes, determinada a ser uma boa melhor amiga.

Só que não chego a provar que sou uma boa melhor amiga, porque Charlie falta na aula. E Hannah também, e nenhuma das duas responde as minhas mensagens. Consequentemente, não apenas passo o dia inteiro obcecada, pensando no que eu teria dito para Charlie, como também não tenho a chance de desabafar com Hannah na hora do almoço nem por mensagem, o que, no fim do dia, me faz sentir como um vulcão adormecido prestes a entrar em erupção.

Para completar, a cereja irritante do bolo: Greta vem tirar satisfação quando estou voltando para o carro.

— E aí? Owen está bem? — pergunta.

— Como assim?

— Ele foi chamado na diretoria no meio da aula de cálculo e não voltou mais.

Faço careta e digo:

— Não?

— Tomara que ele não esteja doente. Diz que eu mandei um oi.

Reviro os olhos quando chego ao meu carro e ela vai embora, e aí pego o celular para mandar uma mensagem para meu irmão. Os carros estacionados perto do meu vão embora, e nada do Owen nem de mensagem.

— O que deu em todo mundo hoje? — eu meio que sussurro, meio que grito, ao me jogar no banco do motorista. De repente, me sinto presa em uma ilha deserta, sem conseguir encontrar os meus amigos. Antes de sair do estacionamento, mando uma mensagem para Alex, perguntando se ele sabe o que aconteceu com Owen. Que surpresa! Ele também não me responde. Bloqueio o celular, cansada de olhar para aquela tela ridícula, sem nenhuma mensagem.

Quando paro o carro na frente de casa, meu estômago se revolta na hora. Tanto o carro do meu pai quanto o da minha mãe estão na garagem, o que é algo completamente fora do comum para as três e meia da tarde.

Deixo o carro em ponto morto, saio correndo no meio daquele monte de ferramentas, de latas de verniz e de tinta do meu pai, tão cuidadosamente organizadas, e abro a porta da garagem que dá na cozinha. Por força do hábito, tiro os sapatos, e mal dá tempo de as minhas sapatilhas cinzas encostarem nos All Star detonados do Owen quando ouço a voz dele.

— ...juro por Deus, mãe. Isso é... não consigo entender.

A voz do meu irmão vem da sala. Nossa casa não é daquelas chiques, de ambientes abertos. Como cada cômodo é uma caixinha perfeita, tem uma parede gigante de armários que me impede de enxergar o Owen, mas não preciso enxergá-lo para sentir que sua voz está trêmula. O som obriga meus pés a pararem de se movimentar.

— Ele disse que o promotor deve entrar com um processo criminal, Owen — diz a minha mãe, sem emoção, mas sua voz tem um tom de irritação, o mesmo que ela faz quando tem que lidar com algum cliente furioso. — E você está me dizendo que não faz ideia do motivo?

— Não! Eu juro. Sim, eu bebi um pouco, mas...

Um soluço interrompe suas palavras, e consigo ouvi-lo tentando respirar. Sinto meus próprios pulmões se encolherem e engulo ar.

O meu pai murmura alguma coisa que não consigo entender, com a mesma voz baixa de sempre. Mesmo assim, esse som também tem algo de estranho.

— Owen — diz a minha mãe —, você tem certeza de que perguntou...

— Ela estava a fim — responde o meu irmão, engasgado. — Juro por Deus que ela estava a fim.

— Querido — prossegue a minha mãe, e ouço o ruído de um corpo se movimentando em cima do nosso sofá de couro velho. — A gente vai resolver isso. Tenho certeza de que é só um mal-entendido. Só pode ser, né?

— Eu jamais faria uma coisa dessas — garante Owen, com a voz esganiçada. — Eu não...

— É claro que não, meu amor — diz a minha mãe, baixinho, tentando acalmá-lo, mas duvido que tenha funcionado. Eu sou a única pessoa que consegue tranquilizar o Owen quando ele está bêbado ou estressado. Bom, eu e a Hannah.

— Vou ligar de novo para a casa da família Prior — diz o meu pai, e sua voz fica mais próxima. — Tenho certeza de que a gente pode dar um jeito nisso, sem fazer escândalo.

— Não depende deles, Chris — responde a minha mãe. — A decisão está nas mãos da Promotoria.

— Bom, acho que a gente devia ligar mesmo assim.

— Valeu, pai — fala Owen, de um jeito que o faz parecer tão pequeno que não consigo mais me segurar.

Eu atiro a mochila no piso de lajota da cozinha e quase derrubo o meu pai, tentando chegar até a sala.

— Mara — diz ele, arregalando os olhos por trás dos óculos pretos. O seu cabelo grisalho está todo bagunçado, parece que ele não parou de passar as mãos nele. — Quando foi que você chegou...?

— O que foi que aconteceu? — pergunto. — Qual é o problema?

Não espero o meu pai responder. Em vez disso, desvio dele, porque preciso ver se Owen está bem. Meu irmão está encolhido no canto do sofá, e minha mãe o abraça pelas costas, unindo as mãos na altura dos ombros dele. Owen se encosta nela, com o cabelo bagunçado mais bagunçado do que nunca, e seus olhos estão vermelhos.

— O que foi que aconteceu? — repito.

Meu irmão me olha nos olhos de repente e sua expressão é tomada por uma emoção que parece medo.

— Nada — diz a minha mãe, com convicção. — Foi só um mal-entendido.

— Que mal-entendido? Por que o papai está ligando para a casa da família Prior? — O sobrenome da Hannah é Prior. — Por acaso ela está doente?

Owen escancara a boca e fico esperando uma piada sair dela, como ele sempre faz, quando o assunto é sério. Quando a vovó, mãe da mamãe, teve um derrame, ele passou as quatro horas da viagem de carro até o Kentucky citando diálogos de *Em busca do cálice sagrado*, do Monty Python. Para quem é de fora, poderia parecer algo insensível, sem propósito, uma total grosseria. Só que eu o conheço. O meu irmão fez isso para me obrigar a dar risada. Para obrigar a mamãe a dar risada. Para obrigar todo mundo a respirar um pouco mais aliviado até termos que a encarar a realidade.

Só que a piada não vem. Ele fica me olhando por mais alguns segundos e aí olha para baixo e fica puxando um fio solto do moletom.

— Mãe? — insisto, dando um passo na direção deles. — Por favor. Você está me assustando.

Ela solta um suspiro e tira os braços do Owen, só pelo tempo de ele coçar um dos olhos, então o abraça de novo.

— Como eu falei, querida, foi um mal-entendido. Ao que parece... Hannah se sentiu... ela acha...

A minha mãe pisca bem rápido e vai empalidecendo devagar.

— Ela acha o quê?

Tento convencer meus pés a se mexerem, a ir sentar no sofá, a segurar a mão do Owen. Mas, por algum motivo, fico cimentada no chão.

A mamãe fecha os olhos e respira bem fundo.

— Hannah acredita que o Owen... se aproveitou dela aquela noite, lá no lago.

— Espera aí. Ela acha que Owen...

Só que a frase fica no ar, porque a ficha cai.

"Ele disse que o promotor vai abrir um processo criminal, Owen."

"Ela estava a fim. Juro por Deus que ela estava a fim."

— Se aproveitou dela? — sussurro, e Owen levanta a cabeça e me olha nos olhos.

— Não fiz isso, Mar. Você sabe que não.

— Se... aproveitou?

Mas todos nós sabemos que a palavra correta não é essa. A palavra que deveríamos estar empregando se forma de repente na minha garganta e tenta se libertar na minha língua.

— Você... — Engulo a palavra. Não vou conseguir pronunciá-la de jeito nenhum. Não pode ser a palavra correta, de jeito nenhum.

— Owen, você... obrigou a Hannah a transar?

— Mara! — exclama a minha mãe, ficando de pé de repente, com um olhar furioso, os cachos revoltos.

Owen se encolhe no canto do sofá, se escondendo ainda mais no meio das almofadas e fala:

— Não! Não, caramba! Você sabe que eu jamais faria uma coisa dessas, Mar!

— Sei que não. Sei mesmo. Mas por que a Hannah diria que você fez?

— Chega, Mara — diz a mamãe.

Mas não chega, não. E não consigo parar de perguntar, preciso entender essa situação. Preciso que Owen me explique. Porque, sim, sei mesmo que o meu irmão jamais faria uma coisa dessas, mas também sei que Hannah jamais mentiria sobre uma coisa dessas. Ela ama o Owen, por que mentiria?

— A gente brigou, foi só isso — responde o meu irmão, passando as duas mãos no cabelo e as deixando ali, para apoiar a testa.

— Você me falou hoje de manhã que vocês *não tinham* brigado — argumento.

Lágrimas não derramadas pinicam meus olhos, meus pensamentos se confundem e se dispersam e não consigo pensar em uma coisa só pelo tempo necessário para que algo nessa situação faça sentido. Tem que fazer sentido, de um jeito ou de outro.

— Pronto, já chega — ordena a minha mãe. — Vai para o seu quarto, Mara.

Fico só piscando para ela.

— Como assim?

— Você não está ajudando em nada. Vai para o seu quarto e tenta se acalmar.

— Não. Eu preciso... a gente tem que... Owen, conta logo o que foi que aconteceu.

Ele continua com o rosto apoiado nas mãos.

— Owen!

— Vai, Mara — fala a mamãe. — Já.

Então coloca a mão no meu ombro e me empurra, de leve, na direção do saguão. Eu me sinto sem chão, sem reação, então vou.

— Vai ficar tudo bem, querida — insiste ela. — Você conhece o seu irmão. Foi só um mal-entendido.

A mamãe me leva até a escada, e um aperto de leve na minha mão é seu único gesto de consolo. Ouço meu pai murmurando no telefone, na cozinha. Ouço Owen começar a chorar de novo, na sala, e a minha mãe sussurrar, tentando tranquilizá-lo.

Fico parada, sozinha, no corredor, e aquela palavra que não foi pronunciada ecoa pela minha cabeça, como se fosse de outra língua. A escada está bem na minha frente, mas não tenho forças para subir. Em vez disso, pego a chave e vou, feito sonâmbula, até a porta de casa.

Abre.

Fecha.

Porta do carro. Chave na ignição. Meu corpo se movimenta, mas meus pensamentos... onde é que foram parar? Os meus olhos se erguem para o céu, que ainda está bem azul.

Não tem nenhuma estrela à vista.

Dez minutos depois, paro o carro na frente da casa da Charlie.

CAPÍTULO QUATRO

Levo mais dez minutos para sair do carro e, mesmo assim, só saio porque Charlie saiu de casa e bateu no vidro. Viro a cabeça devagar na direção do ruído e meus olhos registram a camiseta rasgada do Nirvana que ela está usando e sua expressão preocupada. Estou submersa, me afogando naquela palavra que não foi pronunciada, e preciso de ar.

Solto o cinto de segurança e abro a porta do carro. Charlie sai da frente, toda graciosa e indiferente.

— Onde é que você se meteu hoje? — pergunto.

Meus pés roçam no chão de asfalto e me encolho toda.

Ela faz uma careta quando vê os meus pés.

— Caramba! Onde é que foram parar os seus sapatos?

— Nossa! Acho que deixei em casa — respondo, indignada, já saindo do carro. — Onde é que você estava? Estava com ela? Com aquela menina? Onde foi que vocês se conheceram?

Charlie inclina a cabeça com uma expressão meio de curiosidade, meio de tristeza.

— Sério que é sobre isso que você quer conversar neste exato momento?

— Sim — respondo, batendo a porta do carro. — Sim. É isso que as amigas fazem, certo? A gente conversa sobre os casinhos, como foi o primeiro beijo e se fulana fez a gente se sentir com frio na barriga e que nem precisou beber na festa porque a Menina já estava a deixando bem louca e ah, ela não é gata? Nossa, muito gata. É tão gata que não dá nem para acreditar. Caramba, Charlotte, você se deu bem...

Sinto minhas costas gelarem, porque a Charlie me encosta com cuidado no carro, a mão na minha barriga, olhando bem nos meus olhos e diz:
— Para.
— Conta logo.
— Vou deixar passar porque sei que, neste exato momento, você está chateada. Mas, só para ficar claro: não te devo explicação nem história nenhuma nem sequer um único detalhe picante. Foi *você* que quis assim, Mara. Só estou fazendo o que disse que a gente devia fazer. — Então ela me solta e sinto que todas as minhas células estão frouxas, como se, dentro de alguns segundos, fossem se dispersar por todos os lados. — E não me chama de Charlotte — completa, segurando a minha mão e me arrastando até a porta da casa.

Deixo Charlie me levar e me concentro na sensação conhecida da sua mão segurando a minha, e todas as minhas moléculas começam a se juntar lentamente.

Dentro da sua casa, mais coisas conhecidas acalmam a minha respiração. O cheiro suave da loção pós-barba do seu pai, os móveis modernistas, o quase um milhão de fotos dela bebê, engatinhando, criança, pré-adolescente e assim por diante. Ela está por todo lado, é a filha que seus pais tiveram por um milagre, depois de passar anos fazendo tratamentos de fertilização.

Ela solta a minha mão quando vamos para o andar de cima. Assim que chegamos ao seu quarto, põe imediatamente uma música deprê para tocar no *laptop*. Sabe que não suporto o completo silêncio. Sento na cama, com cuidado, para não bater no violão encostado no travesseiro. Tem um caderno aberto em cima do edredom azul-marinho liso, a página está repleta de anotações feitas com sua letra inclinada, meio cursiva, meio de forma.

— Você está escrevendo uma música nova? — pergunto, resistindo ao impulso de pegar o caderno e devorar as palavras dela.

Charlie é uma compositora incrível. Uma cantora incrível. Uma violonista incrível.

— Estou.

Ela fecha o caderno e apoia o violão no suporte, no canto do quarto. Que é bem bagunçado. Tem roupas espalhadas por todo canto e pôsteres grudados na parede com fita adesiva, de cantoras que só conheço por causa da Charlie. O material de tricô está enfiado em um cesto de roupas, no canto, as agulhas, os cachecóis pela metade e as toucas estão caindo, se esparramando pelo chão, assim como os novelos de lã, na maioria em tons de azul e de cinza, dourado e vermelho — as cores das nossas casas de Hogwarts. O quarto da Charlie é um pesadelo para quem tem personalidade tipo A.

— Os seus pais já ouviram? — pergunto.

— Ouviram o quê?

— A música.

Ela fica só me encarando, com aquela ruguinha no meio dos olhos, que me dá vontade de passar o dedo. Os pais da Charlie a matricularam no Centro do Condado de Nicholson em Pebblebrook porque ela canta — e canta bem — desde os cinco anos. Acham que ela adora árias e peças grandiosas para canto coral, compostas para salas de concerto gigantes. Não que ela não goste. Mas gosta muito mais do violão, um palco minúsculo com iluminação suave e um banquinho.

— Desculpa — digo, passando o dedo em cima de um quase buraco da minha calça jeans.

Charlie levanta as sobrancelhas castanho-escuras e pergunta:

— Pelo quê?

— Por ter te chamado de Charlotte.

Então ela deixa escapar um suspiro e a cama afunda quando ela se senta do meu lado. Fico esperando a sua mão se esticar e começar a mexer no meu cabelo ou apertar de leve a minha nuca, como faz às vezes, quando percebe que eu estou ficando tensa. Eu me contentaria até com um cutucão de brincadeira. Qualquer coisa que me conectasse a ela, que fosse como era antes.

Mas não vem nada. Charlie só fica ali, sentada, cutucando um calo na ponta do dedo médio.

— Onde você se meteu hoje? — insisto, e ela ergue os olhos castanhos e os fixa nos meus. — Você está doente? Não parece doente.

— Não estou doente.

— Matou aula, então?

Charlie nunca mata aula, diz que matar aula é um desperdício de mentira. Seus pais são diretores de duas escolas de Ensino Fundamental no condado vizinho, e é quase impossível passar a perna neles quando o assunto é escola. Não é por acaso que os dois passam o dia inteiro educando alunos do sétimo ano cheios de hormônios.

Mesmo assim, Charlie se esforça para construir uma certa imagem de si mesma quando está com os pais, cheia de meias verdades e meios sorrisos. "Minto com amor", brincou, uma vez que eu perguntei por que ela não conta para os pais que odeia ser chamada de Charlotte. Coisa que os dois sempre fazem, sempre mesmo.

— Não matei aula — responde. — Eu estava...

— Você não foi para aula. Se não está doente, matou aula. Por que você não...

— Mara...

— Não consigo entender. É por que a gente terminou? Eu te expliquei por quê. Você concordou comigo que a nossa amizade é mais importante.

— Concordei em parte.

— Em parte também é concordar.

— Senta, Mara.

Nem percebi que tinha levantado, mas não obedeço e fico andando de um lado para o outro, no tapete marrom gasto por cima do chão de madeira. Preciso de respostas. Preciso que isso faça algum sentido. Preciso, de algum jeito, tomar pé da situação e ver o quadro completo, os comos e os porquês.

— Você estava com ela, né? Com aquela ruiva. Fala logo, Charlie.

Ela passa a mão na testa e enrosca os dedos nos cabelos. Uma mecha mais curta cai no seu olho, e Charlie não a tira da frente.

— Eu estava com a Hannah.

Ela fala baixinho, como se tentasse convencer um animal selvagem a sair da toca, mas não faz a menor diferença. Mesmo assim, aquele nome parece uma explosão nos meus ouvidos.

— Por quê?

Essas palavrinhas saem da minha boca feito um suspiro, e minhas pernas ficam bambas. Devo ter balançado, porque Charlie segura a minha mão e me puxa para a cama.

— Porque Hannah está chateada e com medo, e os pais dela a estão sufocando neste exato momento, e ela só queria ficar com alguém que não ia obrigá-la a tomar mais canja de galinha.

— Por quê? — repito.

Charlie ainda está segurando a minha mão, e eu não vou soltar. Se eu soltar, desta vez vou desmoronar, com toda a certeza.

— Você passou em casa? — pergunta. — Já falou com a sua mãe? Ou... com o seu irmão?

Fico só olhando para ela, piscando.

— Mara...

— Não é verdade. Não pode ser. Tem que ter alguma...

— É verdade, Mara.

Fico com um nó na garganta ao ouvi-la pronunciar o meu nome de um jeito tão carinhoso, quase cantarolando as vogais. Por um lado, me dou conta de que ela está tentando me acalmar. Por outro, não estou nem aí.

— Como? — insisto. Os meus olhos se enchem de lágrimas, que não rolam. — Meu irmão não faria isso. Jamais faria.

— Eu vi o Owen lá no lago, e ele estava completamente bêbado.

— Eu sei. Também vi.

— Ele estava sendo muito cuzão, ele e os amigos da orquestra.

— É isso que ele sempre faz quando vai a uma festa, Charlie. Isso não quer dizer que ele...

51

— Deixa eu falar.

Charlie diz isso baixinho, estica o braço e aperta meu joelho. Tudo isso me enlouquece, mas me obrigo a segurar minhas palavras.

Ela respira fundo e começa a contar:

— Hannah não estava com o Owen e, quando perguntei onde ela estava, o seu irmão só me encarou e resmungou que ela tinha ido pegar outra cerveja. Como não encontrei você, e meu celular estava sem sinal, eu e a Tess fomos procurar a Hannah.

Meu cérebro mal registra o nome desconhecido. Agora me parece tudo tão bobo...

— Fui para casa — sussurrei, mas nem sei se Charlie está me ouvindo.

— Encontrei a Hannah na trilha — continua, soltando a minha mão. Respira fundo mais algumas vezes, e seus olhos ficam embaçados. — Ela estava sentada num banco, em um daqueles mirantes de cimento, a menos de um quilômetro da festa, olhando fixo para a água. Com o vestido todo laceado nos ombros, e não consegui fazer ela falar comigo por, tipo, uns dez minutos. Finalmente, Hannah murmurou alguma coisa sobre o Owen que eu não consegui entender, e meio que a carreguei até o meu carro. Eu ia levá-la para casa. Mas, depois que deixei a Tess, ela ainda não tinha dito nada e estava segurando o braço de um jeito esquisito, como se estivesse doendo. Eu já estava surtando. Tentei ligar para os meus pais, mas eles estavam em um evento beneficente da escola em que o meu pai trabalha e não atenderam. Então levei Hannah para o hospital. Não sabia mais o que fazer.

— E lá disseram que ela estava bem, né? Que Hannah não estava machucada?

Charlie vira o rosto e aperta os dois olhos com as mãos.

— Ela *está* machucada, Mara. Está com o pulso torcido. Os pais da Hannah apareceram no hospital e pediram para fazer o exame de estupro. E foi horrível. Ela não parou de gritar durante todo o exame. Levou horas.

Eu me encolho toda quando ouço aquela palavra. Todas aquelas palavras.

— Depois disso, o hospital ligou para a polícia.

— Para a polícia?

Todas as palavras que saem da boca da Charlie me parecem ser outra língua. Sílabas estranhas e guturais, um vocabulário desconhecido, fora do contexto. Minha própria voz me parece esquisita ao repetir as palavras, parece a de uma criança que tenta falar uma nova língua e não sabe direito se quer aprender.

Fecho os olhos e aperto as pálpebras até ver espirais coloridas. Meus dedos se agarram ao edredom, o sangue lateja nas pontas deles. O colchão se mexe, porque Charlie muda de posição. Quando dou por mim, sinto um peso quente em cima das minhas coxas. Olho para baixo e dou de cara com Charlie, ajoelhada no chão, com os braços pousados nas minhas pernas.

— Fala comigo — diz. — Me fala o que você está pensando.

Só que eu não consigo. Preciso ter o domínio daquela língua desconhecida, das palavras capazes de explicar essa coisa sinistra que toma conta do meu sangue. Não sei nem o que é. Não posso pensar no Owen. Não consigo ligar o nome do meu irmão ao da Hannah, deitada em uma cama de hospital, com o pulso enfaixado, lágrimas rolando por aquele seu rostinho lindo.

Não consigo. Cada nome desta história de terror é uma coisa completamente separada, uma cena desconexa. E, sendo assim, termino o capítulo do Owen e pulo para o da Hannah, depois para o da Charlie.

Minhas mãos encontram as dela, paradas na minha cintura, e entrelaço meus dedos nos dela.

— Desculpa mesmo.

Charlie inclina a cabeça, e seus olhos estão com um brilho raro.

— Eu deveria estar lá — falo. — Eu deveria estar lá com você e com a Hannah. Desculpa por ter ido embora. Desculpa por você ter tido que ajudá-la sozinha.

— Ei... — Ela levanta, ainda de joelhos, para me olhar nos olhos. Inclina o corpo, aproximando-se de mim, aperta meus dedos e, por poucos centímetros, nossas testas não se encostam. — Não foi culpa sua. A gente não tinha como saber que isso ia acontecer. Owen é...

— Ele é *meu* irmão. E não fez isso, e eu é que deveria estar lá. Não essa Tess aí.

A Charlie franze o cenho e se afasta um pouco de mim.

— Então é por isso?

— Isso o quê?

— Por causa da Tess.

— Não. Só estou falando que eu queria ter estado lá.

Ela sacode a cabeça, solta a minha mão e fica de pé.

— Bom, é, eu gostaria de muita coisa.

— Você está brava comigo?

— Estou sempre meio brava com você, né?

Procuro um sorriso em seus lábios, mas não tem nada. Estão

apertados, formando uma linha sem cor. Desde a primeira hora em que nos conhecemos, no primeiro ano do Ensino Médio, a Charlie sempre me achou adoravelmente irritante. Sempre que a gente discute — a respeito de que música ouvir no carro, que filme vamos assistir, que sabor de pizza pedir —, ela costuma ceder, porque eu faço questão de ser um pé no saco. "Estou sempre meio brava com você" acabou virando um lugar-comum do nosso relacionamento.

Só que, desta vez, a frase não tem tom de brincadeira, não vem acompanhada de uma piscadela sedutora nem de um sorriso carinhoso.

— Isso não tem nada a ver com nós duas ou com a Tess ou sei lá mais quem — fala. — Tipo, você se dá conta? Entende o que está acontecendo, Mara?

Abro a boca para dizer "sim", mas não consigo, porque não consigo. Isso não pode ter acontecido de jeito nenhum, o meu irmão não fez isso, de jeito nenhum. Ele sequer é capaz de uma coisa dessas e não consigo entender como alguém pode achar que ele é.

— Caramba — solta Charlie, levando as mãos à cabeça. — Desculpa. Isso é... não sei o que dizer.

Balanço a cabeça e fico de pé, e um sentimento de impotência se acumula nos meus ossos, feito velhice.

— Acho melhor eu ir embora.

— Mara...

Mas, seja lá o que Charlie pretendia dizer, acaba engolindo as palavras. Fico esperando ela continuar falando, me impedir de ir embora, mas não faz isso. Quando chegamos na frente da porta, fico parada por um instante, com os olhos fixos na madeira pintada de branco.

– A Hannah está bem?

Um instante.

– Não. Não está.

Deixamos que a pergunta e a resposta se acomodem entre nós, os sons abafados e sombrios finalmente dão lugar a uma faísca de significado.

CAPÍTULO CINCO

Quase derrubo o pai da Charlie ao descer a escada, os meus pés se enroscam na tentativa de evitar a colisão. Ele me segura pelos braços com aquelas mãos enormes para eu não cair. Na mesma hora, meu corpo fica rígido, praticamente dá um coice para se afastar dele e volta dois degraus.

— Calminha aí, Mara — diz ele, espalmando as mãos. — Tudo bem com você?

— Tudo. Tudo, desculpa. O senhor me deu um susto.

— Não foi nada.

Ele dá um sorriso e afrouxa a gravata. O sr. Koenig é um cara grandão. Alto e corpulento, intimidador como um todo. Com certeza os moleques que o cara educa, todos os dias, devem morrer de medo dele. Ele tem um cabelo castanho escuro e volumoso, metade do rosto coberto pela barba. É bonito, para um pai, e sempre foi legal comigo, afetuoso e gentil. Só que é tão enorme que meu primeiro instinto é sempre de me encolher no canto e sumir.

— Vocês estão de saída? — pergunta, desviando de mim na escada, indo para o quarto.

— O quê?

O sr. Koenig vira para trás, com a testa franzida.

— Hoje é segunda. Não é dia de você e Charlotte jogarem boliche?

Sei que já faz umas duas semanas que vocês não vão. Sentimos sua falta por aqui.

Fico piscando para ele, que dá um sorriso completamente sincero e normal.

— Ah. Ah, certo.

Charlie e eu fomos jogar boliche todas as segundas nos últimos dois anos. É um lugar onde não é permitido fumar, com luzes de *neon*, cheio de velhinhos com bolsas de boliche personalizadas e camisas com monograma bordado. Ficamos observando as pessoas, nos entupindo de nachos, refrigerante e doce e, sim, detonamos os pinos. Costumo dar de dez a zero na Charlie, e estou morrendo de saudade da minha bola favorita, que é toda rosa e manchada. Sempre dou um jeito de encontrá-la, toda semana, e acerto os pinos em cheio.

Esse ritual começou bem no início da nossa amizade. A gente estava andando de bicicleta pelo centro de Frederick numa segunda-feira, descobrimos que era um dia de promoção no Queen Pin, dois jogos pelo preço de um, e foi isso. Só que, nas últimas três segundas-feiras, uma das duas faltou, dando desculpas ridículas, tipo lição de casa demais e não ter dormido bem na noite anterior. Na semana passada, eu tinha planos de dizer para ela que não poderia ir porque achava que estava ficando doente, só que não tive a oportunidade. Charlie avisou que não ia antes, alegando dor de garganta. Agora, pensando bem, acho que devia estar com Tess.

— Acho bom vocês irem logo — diz o sr. Koenig, olhando para o relógio. — A Deirdre vai chegar logo e azucrinar os ouvidos das duas.

Antes que eu consiga responder ou dar um jeito de sair da casa sem a filha dele a reboque, a porta do quarto da Charlie se abre.

— Pai, com quem você está falando... ah. — Ela arregala os olhos quando me vê. — Achei que você já tinha ido embora.

— Eu fui. Quer dizer, estava indo. Estou indo.

— Oi, querida — diz o sr. Koenig, bagunçando o cabelo curto da Charlie.

— E aí? — fala a Charlie, para o pai, mas olhando para mim.

— Divirtam-se, meninas. Não voltem muito tarde. E tentem comer alguma coisa que não seja tranqueira.

E então ele se afasta pelo corredor, indo na direção do quarto, puxando a gravata.

Charlie espreme os olhos para mim e diz:

— Boliche?

Balanço a cabeça e respondo:

— Boliche.

— A gente não precisa ir — completa Charlie, cruzando os braços sobre o peito.

Balanço a cabeça e desço um degrau, mas aí um monte de imagens vêm à minha mente, meio embaçadas e claras demais ao mesmo tempo, como num sonho. Owen, sentado no sofá, chorando. A minha mãe, perplexa, tentando consolá-lo. A acusação feita pela Hannah, um sussurro silencioso que paira no ar onde quer que a gente esteja, por todos os cômodos da casa.

— Não, acho que a gente deveria ir — falo.

Charlie espreme os olhos, mas eu inclino a cabeça na direção da porta.

— Vamos... eu dirijo.

— Tem certeza?

Solto um suspiro.

— Se a gente demorar muito para sair, a sua mãe vai chegar em casa. E aí vamos ficar presas aqui por uma hora.

Ela dá risada. A mãe da Charlie fala tanto que é capaz de arrancar a tinta das paredes de um cômodo vazio.

— Verdade. Só deixa eu pegar o sapato.

— Você pode me emprestar um?

Ela olha para os meus pés descalços e revira os olhos, mas acaba fazendo "sim" com a cabeça.

Não demora e estamos dentro do meu carro, com os vidros abertos, o vento uivando. Não sei direito se é porque nos deu vontade ou se estamos evitando conversar, evitando nos olhar nos olhos, à medida que o pôr do sol vai se transformando em noite.

No Queen Pin, trocamos de sapato e fazemos um estoque de tirinhas de alcaçuz, Cherry Coke, Whoppers, M&M's de amendoim, mais um saco de pipoca do tamanho do meu tronco. Normalmente, a gente não compra esse tanto de tranqueira, mas empilhamos tudo em uma cadeira, na pista n° 5. Procuro a minha bola cor-de-rosa na estante repleta de esferas coloridas, enquanto a Charlie digita o nosso nome no computador. Já com a minha bola debaixo do braço, avisto uma bola preta do tamanho exato da Charlie. Que não liga muito para a bola que pega, desde que seus dedos não fiquem presos nos buracos e a coisa não caia nos seus pés quando ela inclina o braço para trás e atira a bola na pista. Mas esta bola... esta bola é a cara da Charlie. Não tem como ser mais preta, com riscos dourados e prateados. Eu pego a bola e volto para o lado dela.

Que levanta de leve o canto dos lábios quando vê a bola, mas não fala nada. Instantes depois, estamos jogando boliche, enchendo a cara de açúcar e de pipoca gordurosa e rindo do sr. Hannigan, um homem de meia-idade dono de uma *pet-shop* no centro, que vem aqui todas as noites de segunda-feira e, pelo jeito, nunca consegue obrigar as calças a não deixarem seu cofrinho à mostra.

— Posso te fazer uma pergunta? — digo.

Já estamos na sexta jogada e, até agora, só falamos de doce e do concerto deste semestre, que vai ser em novembro. Charlie tira a bola do apoio e responde:

— Claro.

— Você não contou para eles, né?

Ela fica parada, equilibrando a bola na ponta dos dedos.

— O quê?

— Para os seus pais. Você não contou. Da gente.

Charlie fica boquiaberta, mas logo fecha a boca.

— Eu... eu não...

— Sério isso? Seus pais não têm ideia de que a gente terminou? Sabia que o seu pai estava sendo muito gentil.

— Ele é um cara muito gentil.

— Você contou ou não?

Charlie cerra os dentes e vira de costas para mim, joga a bola na pista de qualquer jeito, como se estivesse jogando um cobertor em cima da cama. A bola vai parar na valeta e some atrás dos pinos.

— Você não marcou nenhum ponto, sabia? — falo, bancando a espertinha. — Vamos torcer para que a sua segunda jogada seja um pouco melhor.

Charlie volta para o lugar onde estou sentada e se joga na cadeira ao lado da minha.

— Não, não contei.

— Por quê?

— Porque...

Ela não completa a frase, só fica piscando para o *neon* vermelho e branco, com desenho de pinos de boliche, que tem na parede dos fundos do lugar.

Conversar com os pais a respeito de si mesma — tudo a respeito de si mesma — sempre foi uma espécie de campo minado para Charlie. Os dois sabem que ela gosta de meninas. Mas só porque, quatro anos atrás, a mãe a fez sentar, lhe deu um *brownie* de caramelo salgado — o preferido da Charlie — e perguntou na cara dura. Charlie jamais teria contado para os pais de livre e espontânea vontade. Consequentemente, os relacionamentos são o único aspecto da vida dela sobre o qual ela fala abertamente com os pais, que sempre foram de boa a esse respeito. Quando começamos a namorar — coisa que os dois só ficaram sabendo porque voltaram para casa mais cedo uma sexta-feira e deram de cara com a gente abraçada no sofá, assistindo a um filme —, a sra. Koenig só deu um sorriso e disse que estava mais do que na hora.

Charlie odiava o fato de os pais saberem do nosso namoro. Quando perguntei por quê, uma noite em que a gente estava abraçada na cama, ela só deu de ombros e disse que o motivo não tinha a menor importância.

— Mentira — respondi. E aí puxei o cobertor e fiz uma cabaninha. — Todos os segredos estão seguros aqui dentro. É o nosso mundinho, só eu e você.

Ela soltou um suspiro e virou o rosto.

— É só que... os meus pais queriam tanto ter um filho, sabe? Tentaram por anos e anos, e nunca rolou. Até que um dia rolou. E agora eu sou a filha deles, e simplesmente... ai, meu Deus, que bobagem.

— Nada que tenha saído desse cérebro é bobagem — falei, dando um beijo na testa dela.

— Não sou uma menina normal, sei disso.

— Eu também não sou. E o que é normal, caramba?

— Não, eu sei. Mas acho que o que estou tentando dizer é que não sou exatamente o tipo de filha que os pais sonham em ter, sabe? Eu só fico imaginando, às vezes...

— Você gosta de meninas, Charlie. Isso é normal para você. Não é um defeito. E os seus pais estão super de boa com isso. Caramba! Pelo jeito, até gostam.

— Eu sei, mas todo o resto... — ela apontou para o próprio corpo e completou: — Tipo, as pessoas surtam com questões de gênero.

— Porque certas pessoas são escrotas. Os seus pais não são. Isso tudo... — encostei na testa dela e fui baixando a mão até o seu braço — ...também faz parte de quem você é, e os seus pais te amam.

Ela fez careta, mas balançou a cabeça.

— Acho que, no fundo, sempre fico esperando meus pais descobrirem, mais dia, menos dia.

— Descobrirem o quê?

— Que não sou a filha com que eles tanto sonhavam.

Depois dessa, não consegui dizer mais nada. Senti uma dor no coração, por ela, por todas as coisas que Charlie tinha medo de contar para os pais. Basicamente, ela vai ter que se assumir duas vezes. Os dois ajudaram muito com a questão de Charlie gostar de meninas. Mas, uma hora ou outra, ela vai ter que fazer tudo de novo e contar que é não binária. Como me assumir uma vez só já foi bem difícil, apenas enrosquei minhas pernas nas dela e beijei Charlie até que ela parasse de tremer.

— Posso te fazer uma pergunta? — falei, quando Charlie me pareceu um pouco mais calma.

— Sim, claro.

— Você... tipo, você gosta quando as pessoas dizem "ela" para se referir a você?

Charlie franziu bem a testa e respondeu:

— Francamente, nem sempre. Mas "ele" também não me deixa à vontade neste momento.

— E o que te deixa à vontade?

Ela soltou um suspiro.

— Sei lá. Ambos? Nenhum dos dois? Outra coisa, completamente diferente? Talvez "elu" algum dia, depois que eu contar para os meus pais. "Ela", por enquanto, funciona. Me sinto bem com isso. Tenho lido muito sobre o assunto ultimamente. Existe este termo: "não binário". Designa alguém que não se identifica só como masculino ou feminino, ou talvez se identifica com ambos, ou nenhum dos dois. Então... acho que é isso que eu sou. Pelo menos, por enquanto.

— Não binário... — fiquei saboreando a palavra. — Parece coisa de gente durona.

Charlie deu risada e chegou mais perto de mim.

— Sei como eu me sinto, mas traduzir isso em palavras é difícil.

— E não tem problema nenhum. Você sabe disso, né?

Ela balançou a cabeça, mas continuou com aquela ruguinha no meio dos olhos.

Essa lembrança me dá dor de estômago, e solto um longo suspiro.

— Eu vou contar, tá? — diz. — Vou mesmo. É só que...

— É mais uma mudança — completo.

— É. Acabei de me acostumar com o fato de eles saberem do nosso namoro. Vão querer saber o porquê.

Charlie pronuncia essa palavra como se tivesse um gosto ruim. Até torce o nariz de leve.

— Está tudo bem com a gente, Charlie.

Então ela balança a cabeça e passa as mãos na calça jeans.

— Claro que está. Melhores amigas são para sempre.

Em seguida, levanta e tira a bola do suporte. Joga na pista e, desta vez, não foi de qualquer jeito, porque ela dizima todos os dez pinos.

— Fiz um *spare* — diz, sentando na cadeira de frente para o computador. Como se eu não soubesse que ela tinha um bônus por ter derrubado os dez pinos na segunda jogada.

Ficamos em silêncio nas jogadas seguintes. Estou um lixo, a maioria das minhas bolas vai parar na valeta. Sinto uma faísca de raiva nas minhas entranhas toda vez que a bola preta e brilhante da Charlie acerta um pino, e deixo que essa faísca se acenda e se transforme em uma chama, depois vire uma labareda. Porque é exatamente isso que eu *não queria* que acontecesse depois que a gente terminasse. Toda essa... caramba, essa merda de climão passivo-agressivo. Ficar com raiva da Charlie porque o nosso relacionamento está indo por água abaixo faz sentido.

Fica claro que Charlie vai vencer a partida. Mal nos falamos durante o restante do jogo, e eu odeio o silêncio. Pela primeira vez na vida, quero ouvir a minha própria voz, o tom de raiva quando eu gritar. Sinto algo se acumular, tomar conta de mim, na forma de uma onda de calor que se espalha dos meus dedos dos pés até as minhas pernas e sobe pelo meu tronco. Quando a partida termina – 187 a 162 –, Charlie deve ter percebido que minhas bochechas estavam ficando vermelhas quando vai amarrar o seu All Star. Arranca os dois pares de sapato de boliche do chão e vai até o balcão devolver sem dizer uma palavra. Fico atrás dela, com o braço estendido, segurando o resto das tirinhas de alcaçuz que Charlie comprou, e ela também arranca o troço da minha mão.

– Caramba, Charlie. O que foi isso?

– Não é de *mim* que você está com raiva – responde, jogando as balas no lixo. – Sei que teve um dia ruim, e que isso é uma bosta. Mas, mesmo que toda essa merda com seu irmão e a Hannah não estivesse rolando, não é de mim que você está com raiva.

– O que quer dizer com isso?

– Você sabe o que eu quero dizer. É a única responsável por isso, Mara.

– Não sei do que você está falando.

Ela fecha os olhos e morde o lábio.

– Olha, é melhor a gente ir logo. Eu me cansei, você também se cansou, deve ter que ir para casa e conversar com a sua mãe.

– Eu não quero conversar com a minha mãe. Quero conversar com a minha *melhor amiga*.

E isso me escapa sem que eu consiga impedir, nesse tom frio e rancoroso, que nunca usei para falar com Charlie. Nem mesmo nos primeiros dias, logo depois que a gente terminou.

Ela espreme os olhos para mim, mas a sua cara feia é mais de mágoa do que de raiva. Sinto uma pontada de culpa por baixo da minha pele que arde, mas esse calor é bom demais neste exato momento. É uma distração boa demais, caramba. Cruzo os braços e fico esperando a reação dela. É assim que eu e Charlie funcionamos. A gente não briga. Nenhuma das duas consegue ficar brigada por muito tempo e, caramba, não quero ser a primeira a ceder. Hoje não.

Bem na hora que eu acho que está prestes a ceder, vai se acalmar e pegar na minha mão como sempre, Charlie passa reto por mim e sai pela porta, sem dizer mais nada.

CAPÍTULO SEIS

Dirigir sempre me acalmou. Adoro o movimento contínuo, o ruído dos pneus no chão, alguma música que tenho vontade de ouvir tomando conta dos meus pensamentos. Depois que eu e Charlie saímos da pista de boliche, dirijo até que as suas palavras parem de ecoar tão alto nos meus ouvidos, até eu não sentir mais tanta raiva. Mesmo assim, não ligo para o que ela disse: não faço a menor ideia *de quem* eu estou com raiva.

Ela senta no banco do carona, calada, e não para de mexer no celular, pulando uma música depois da outra, coisa que ela sempre faz quando está nervosa. Ou brava. Ou preocupada. Nem sempre é fácil distinguir qual é qual, quando o assunto é Charlie e música. A música guarda todas as emoções para ela, embala uma por uma, até que consiga entendê-las.

Quando, finalmente, paro o carro, estou em um bairro bem conhecido, perto do lago, num parque bem conhecido, uma casa bem conhecida, com a luz vindo das janelas, brilhando suavemente do outro lado da rua. Tento convencer meu corpo a se mexer, a sair do carro, a apertar a campainha e a conversar com Hannah. Ver com meus próprios olhos se ela está bem.

— Mara? — diz Charlie, espiando a escuridão pelo vidro do carro. — O que a gente veio fazer aqui?

Olho para a casa da Hannah e pisco. Pisco de novo. Atrás do banco, o meu celular apita, dentro da mochila.

— Mara?

— E se você tiver razão? — pergunto. — E se ela não estiver bem?

Charlie aperta meu braço, e fico tensa imediatamente. Relaxo em seguida e fico tensa de novo. É impressionante quantas sensações a gente pode ter dentro de poucos segundos, só por causa dos dedos de alguém.

— A gente pode ligar para ela — responde Charlie, baixinho. — Ver se está a fim de companhia.

Do outro lado do parque, a casa da Hannah parece quente e convidativa, e fico surpresa de um jeito estranho. Como se ela tivesse que estar às escuras, com um tom frio de azul, uma sombra do que já foi. Fico observando as janelas, imaginando a Hannah lá dentro, respirando, encolhida na cama do seu quarto enorme, que tem até uma lareira, aquela tapeçaria gigante com o símbolo da paz nas cores do arco-íris, sobre um fundo de noite estrelada, que ela comprou no festival de arte *folk* semestre passado, lá no centro, que cobre toda a parede que dá de frente para a cama. A mãe dela odeia esse troço, mas Hannah adora. Diz que comprou porque a faz lembrar da gente — de mim, da Charlie e de si mesma.

Na minha cabeça, separo a Hannah do Owen de novo, colocando-os dentro de seus próprios mundos. Eles nem se conhecem. Não sei o que Hannah está sentindo, mas não é por causa do Owen. São dois desconhecidos lidando com problemas diferentes, com histórias diferentes e conclusões diferentes. Penso em tudo o que eu quero dizer para ela, mas não consigo elaborar nada, não consigo separar o que me contaram do que eu acredito, do que sinto. Os meus pensamentos estão uma confusão só.

Antes que eu consiga me dar conta do que estou fazendo, engato a primeira marcha e saio do estacionamento com chão de cascalho do parque.

— Espera aí, Mara. — Charlie se vira e fica observando a casa da Hannah sumir pelo vidro de trás. — Achei que você queria...

— Preciso ir para casa. — O sangue se esvai dos meus dedos, de tanto apertar o volante. — Não foi isso que você disse? Que eu precisava ir para casa?

A noite passa voando por nós, um borrão formado por silhuetas e pela luz amarelada dos postes. Sinto os olhos de Charlie em mim, sinto ela inspirando devagar e expirando mais devagar ainda. Ela finalmente para de me olhar, fica virada para o vidro e deixa uma música longa tocar até o fim, uma voz de veludo que murmura, triste, nos alto-falantes do meu carro.

A casa está no mais completo silêncio quando entro. Completo demais, nem o murmurar dos programas de TV preferidos da minha mãe quebra esse silêncio. Subo a escada correndo, vou para o meu quarto sem nem sequer me dar ao trabalho de ver se ainda tem alguém acordado, mas cruzo com a minha mãe no corredor.

— Até que enfim você chegou. — Ela está segurando uma xícara de chá, ainda de calça jeans e blusão. A minha mãe costuma pôr o pijama no instante em que o jantar termina.

— Até que enfim cheguei.
— Não some desse jeito, Mara. Você não pode simplesmente sair pela porta e não atender o celular. Eu já ia mandar o seu pai atrás de você.
— Desculpa — respondo, mesmo sem saber se estou sendo sincera.
— Você está bem?
Balanço a cabeça, mas tão de má vontade que a minha mãe solta um suspiro.
— Isso não vai dar em nada, querida. Foi um mal-entendido. Você conhece o seu irmão.
— Você fica repetindo isso.
— Repetindo o quê?
— Que foi um mal-entendido. Que eu conheço o Owen. Mas... eu também conheço a Hannah muito bem, mãe.
Ela fecha bem os olhos e solta o ar devagar.
— Eu sei.
Fico esperando ela falar mais alguma coisa, mas minha mãe não diz nada. Fica só olhando para a xícara de chá.
— Owen não seria capaz de fazer uma coisa dessas, né? — pergunto.
Eu preciso que ela me diga. Ela é minha mãe, a responsável, a adulta, quem sempre me lembra, quando reclamo do horário para voltar para casa ou dos bicos que faço no verão, que ela tem anos e anos de experiência.
— É claro que não — responde, e todo o meu corpo relaxa, só um pouquinho.
Mas não o suficiente. Meu estômago ainda se contorce, feito uma cobra adormecida.

— E então, o que vamos fazer?

A mamãe abre os olhos de repente, me encara e pergunta:

— O que você quer dizer com isso?

— Quero dizer... o que vamos *fazer*? O que vai acontecer com meu irmão? E com Hannah... a gente não pode simplesmente ignorar o que ela está falando. Você sempre disse que a gente precisa ouvir o que as meninas dizem, não importa...

— Ele é a nossa família, Mara — interrompe a minha mãe, com uma espécie de fúria tranquila nas palavras. — Ele é meu filho. E nós o amamos. É isso que vamos fazer.

Balanço a cabeça, e a mamãe me dá um beijinho no rosto, desvia de mim e desce a escada. Fico observando ela se afastar, meus pés coçando de vontade de ir atrás, para simplificar as coisas para mim também. Mas não consigo me aproximar dela. Em vez disso, entro no meu quarto e fecho a porta. Dou uma olhada no celular e vejo que tem uma mensagem de voz da mamãe e três mensagens de texto do Owen.

Cadê você?

A mamãe tá surtando, o papai tá total em estado de coma. Vem me salvar.

Mar? Por favor.

Fico olhando para a tela, e uma dormência gelada começa a se espalhar pelos meus braços e pelas minhas pernas. Então bloqueio o celular e o atiro em cima da cômoda. Eu troco de roupa e deito, de bruços. Abro a cortina e fico procurando estrelas. Que estão fracas hoje à noite, eclipsadas pelo brilho da Lua.

Vários metros mais para baixo, no telhado da varanda, um vulto escuro tapa a visão de umas árvores que ficam ao longe.

É o Owen.

Ele senta com os braços apoiados nos joelhos, com a cabeça erguida para o céu, até que vira na minha direção. De início, não sei se ele consegue me ver pela janela do meu quarto, mas aí nosso olhar se cruza, o luar reflete nos óculos que o meu irmão costuma usar à noite, depois que tira as lentes de contato. Tenho um igualzinho, que está empoleirado no meu nariz neste exato momento. Temos em comum uma visão horrorosa, herdada do papai. Owen inclina a cabeça, um gesto claro de convite. Ele parece ser tão pequeno, tipo uma criança enfiada em um corpo de adolescente. Mesmo daqui de cima, consigo sentir ele pedindo, esperando, precisando que eu lhe conte uma história.

E eu quero contar. Quero abraçar o meu irmão pelo pescoço e deixar que ele imite som de peido no meu cabelo, só para me provocar. Quero voltar alguns dias no tempo, quando meu irmão me fazia dar risada. Quando a gente morava no céu. Owen sempre foi de falar alto e de ser meio tosco quando está com os amigos, mas não é assim comigo. Comigo, ele é um menino feito de estrelas, delicado, leve e seguro. Sempre foi.

A mamãe costumava contar histórias para a gente antes de dormir. Uma das minhas primeiras lembranças é de ficar encolhida ao seu lado, enquanto ela passava a mão no meu cabelo, com o meu coelho orelhudo de pelúcia rosa contra o peito. Owen ficava encolhido do outro lado, todo mundo em cima da cama gigante dos meus pais. Com a pele cheirosa, de banho recém-tomado, pijama igual — estrelas e cometas amarelos espalhados pelo fundo azul-marinho. Éramos as estrelas gêmeas, prontos para a nossa próxima aventura.

— Era uma vez — dizia a mamãe — um irmão e uma irmã que moravam com as estrelas. Eles eram felizes e viviam as mais loucas aventuras explorando o céu...

Desde que me entendo por gente, contar histórias é uma coisa típica da nossa família. Os gêmeos nascidos em junho, quando a constelação de Gêmeos desponta no céu. A mamãe até escreveu, durante vários anos, "feliz aniversário, Gêmeos", no nosso bolo, com estrelinhas de glacê amarelo salpicadas na cobertura de chocolate. O tempo passou, a gente ficou mais velho e grande demais para querer deitar com a mamãe e ouvir histórias de ninar, mas jamais nos esquecemos delas. Estavam — estão — no nosso sangue. Eu e Owen assumimos o comando, contamos novas histórias para dar risada, para alfinetar o outro de um jeito passivo-agressivo quando discutimos, para nos consolar, para lembrar que não estamos sozinhos.

Puxo um pouco mais a cortina, com os olhos fixos nos do meu irmão gêmeo.

Acredito nele, acredito mesmo, mas o meu corpo não me permite chegar mais perto. Tento me convencer de que só estou cansada, exausta pelo que rolou com Charlie e de tanto imaginar *por que por que por que* Hannah diria uma coisa dessas. Encosto a mão no vidro. Owen também levanta a mão, imitando o meu gesto. Eu dou um sorriso amarelo para ele.

E aí deixo a cortina voltar para o seu devido lugar.

CAPÍTULO SETE

A LUZ AZULADA DA MANHÃ SE espalha pelo meu rosto. Espicho a mão, esperando encontrar alguma coisa quente e macia, mas só encontro os lençóis amassados.

Sento na cama, sozinha, sentindo a regata úmida na minha pele, e tento afastar da cabeça a decepção pôr Charlie não ter dormido comigo. Claro que não dormiu. Depois que a gente começou a namorar, os nossos pais foram logo proibindo a gente de dormir uma na casa da outra, mas nós duas ficávamos juntas até o limite máximo da hora de voltar para casa e mandava mensagens melosas de bom-dia assim que o sol raiava.

Demorei uma eternidade para pegar no sono ontem à noite, meio apavorada, achando que ia sonhar com Owen e Hannah fazendo algo que eu não queria ver. Não me lembro de ter sonhado com nada, mas aquela dor bem no meio do meu peito continua forte e aguda.

Levanto as cobertas, enfio uma *legging* e o primeiro vestido soltinho que as minhas mãos encontram dentro do armário. Ainda é cedo, o sol está baixo, a luz mal passa pela janela. A casa está em silêncio, desço a escada na ponta dos pés. Silêncio demais. Fico parada no meio da cozinha, a cafeteira ainda está desligada, tudo em seu devido lugar.

E nada está em seu devido lugar. Nada na minha casa parece ser o que deveria.

Tremo ao ver minha mochila na entrada, a minha chave, o meu casaco. Pego o carro que é meu e do Owen e vou para aula uma hora antes. Minha mãe me manda uma mensagem de texto logo depois e respondo que preciso terminar um trabalho.

Acho que ela não engoliu.

Reunião de família hoje à noite, sem desculpas é a única resposta que recebo.

Desligo o motor, mas deixo o som ligado no volume mais alto, tocando alguma cantora e compositora que Charlie me apresentou, que tem uma voz suave e um nome que não consigo lembrar neste exato momento. "Ela é a mistura perfeita de deprê com *pop*", disse Charlie, há alguns meses. A gente tinha acabado de resolver que ia tentar namorar e, apesar de sermos melhores amigas há quase três anos, tudo era novo, dava um frio na barriga, uma loucura.

Encosto a cabeça no banco e fecho os olhos, tentando não pensar nela. Mas, todas as vezes que consigo, meus pensamentos vão parar em lugares sombrios, escondidos e embolados. Não era exatamente isso que eu queria.

Eu preferia pensar em Charlie. Sempre prefiro Charlie. Melhores amigas são para sempre, afinal de contas.

Owen ficava falando que eu e Charlie íamos acabar sendo mais do que amigas. Dizia isso há quase três anos, mesmo antes de eu pronunciar a palavra "bissexual" com orgulho. Charlie sabia que gostava de meninas desde que tinha doze anos, não era nenhum segredo. E eu sabia que também gostava, mas também gostava de meninos, e levei um tempo para entender que poderia gostar dos dois de maneiras diferentes, por motivos diferentes, e que isso é uma coisa que realmente existe.

No ano em que conheci Charlie, não estava nem perto de assumir isso. Tinha acabado de ter o pior verão da minha vida, oito semanas trancada em uma sala de aula em que o ar-condicionado mal funcionava, repetindo pré-álgebra, porque fui reprovada na matéria no último semestre do nono ano.

Só que eu não fui reprovada na matéria. Foi o meu professor, o sr. Knoll, que me reprovou.

De qualquer modo, tive que fazer curso de verão, e os meus pais ficaram em estado de choque, completamente decepcionados por eu ter *merecido* tirar zero. Consequentemente, nas horas em que eu não estava me esfalfando para estudar um conteúdo que eu já sabia, eu estava de castigo. Eu me trancava no quarto, ruminando sobre aquele dia de chuva na sala do sr. Knoll no Colégio Butler, revivendo a cena sem parar. No silêncio que reinava na sala. No cheiro de caneta para quadro branco e suor de menino adolescente. As semanas passavam devagar, uma rotina de partir o coração. Os meus pais supuseram que eu estava apenas sendo petulante. Owen sabia que não era nada disso. Quase todos os dias, ele tentava me arrastar para o telhado, prometendo histórias, mas nada realmente ajudava a melhorar meu humor.

Tudo o que eu sabia mudou depois daquele último dia do nono ano. Eu mudei. O sr. Knoll, olhando para mim com aquele sorrisinho irônico na cara, roubou o meu poder de decisão, o meu autocontrole, a minha sensação de segurança por estar na escola, com os professores, e com o meu próprio corpo.

Quando comecei o primeiro ano do Ensino Médio no Pebblebrook, o espelho sempre refletia um cabelo sem vida, olheiras debaixo dos olhos, um olhar vazio e lábios apertados.

No primeiro dia de aula, conheci Charlie na aula de Literatura Norte-Americana. Ela sentou atrás de mim, disse seu nome e que tinha gostado do meu cabelo. Perguntou se podia fazer tranças nele. Nunca esqueci o quanto fiquei chocada com a sua pergunta, quase escandalizada. Virei para trás, tentando olhá-la nos olhos, e Charlie apenas deu um sorrisinho. Parecia tão segura de si. Mesmo assim, o seu sorriso tinha um certo cansaço, e eu me apeguei a ele, o incluí na minha própria exaustão emocional.

Charlie estava usando uma camisa xadrez, com uma regata com detalhe de renda que aparecia por baixo e calça jeans *skinny*. Ficou com as pernas esparramadas debaixo da mesa. "Se joga", respondi, e o fato de eu ter dado permissão também me deixou chocada. Eu não tinha deixado ninguém encostar em mim durante todo o verão. A minha mãe dava um apertãozinho no meu braço ou tentava me dar um abraço de boa-noite e eu ficava dura, com todos os sentidos em alerta instantâneo. Sei que ela ficava magoada com isso, mas eu não podia contar o motivo. Nem mesmo as trombadas de brincadeira do Owen, quando a gente se encontrava no corredor, eram permitidos. Eu ia para trás, arqueando as costas, para não encostar em ninguém. O meu pai nem tentava, mas o seu olhar de tristeza, toda vez que eu me encolhia para não encostar nele, era óbvio.

Mas, quando Charlie começou a entrelaçar seus dedos no meu cabelo, eu relaxei instantaneamente. Respirei aliviada. Ainda não consigo entender direito por quê. Depois, eu e Charlie demos risada do dia em que nos conhecemos, brincando que ela era tarada.

— Gosto de cabelo, tá? — dizia ela, enrolando uma mecha do meu cabelo no dedo. — Do seu, particularmente.

— Então você tem fetiche com cabelo. É isso que você disse, certo?
Ela dava risada e puxava a mecha de leve, mas seu olhar era sério.
Quase um ano depois, quando a nossa amizade tinha se transformado em algo sem o que nenhuma das duas poderia viver, a gente estava deitada na minha cama, com os braços e as pernas enroscados, ainda com a desculpa de "somos apenas amigas", e ela confessou que odiava o próprio cabelo comprido.
— Não sei por que odeio — sussurrou, na escuridão do meu quarto. A gente passava pelo menos uma noite do fim de semana juntas, na casa uma da outra, comendo pizza sem parar e assistindo a filmes dos anos 1980. — Quando olho no espelho, não me sinto eu.
— Eu acho que você é linda.
Ela sorria, mas era um sorriso meio triste.
— Se você não gosta, deveria cortar.
— Acho que a minha mãe não vai deixar. Quero cortar bem curto.
— Você já perguntou?
Charlie apertou os lábios e sacudiu a cabeça de leve, sem olhar para mim.
— Eu corto para você — falei.
Só queria que a Charlie sorrisse de novo.
Ela deu risada e disse:
— Sério?
— Claro. Não deve ser tão difícil.
Charlie deu um sorriso, passou o pé na minha perna. Uma semana depois, destruí o cabelo dela.
Lentamente, fui voltando a ser eu mesma. Lentamente, a lembrança do sr. Knoll foi se transformando em um ruído surdo, abafado

pelos meus pensamentos. Lentamente, comecei a precisar de mais. Fazer mais. Lutar mais. Tinha passado meses me sentindo frágil e sem importância. Não vou dizer que Charlie foi a única responsável pela mudança, mas com certeza ajudou. Ela me fez sentir segura, como se não tivesse nenhum problema ser quem ou o que eu precisava ser. Charlie enfrentava tanta coisa dentro da própria cabeça, escondia tanta coisa dos pais, mas nunca se escondeu de mim. Permitia que eu visse o quanto a vida era difícil para ela, o quanto tudo às vezes era confuso. Todos aqueles idiotas do nosso colégio que esbarravam nela no corredor, perguntando em voz alta, de um jeito odioso, se ela era menina ou menino. Todas as vezes em que a mãe queria sair com ela para comprar um vestido. Todas as vezes em que o pai a abraçava e sussurrava o quanto agradecia por ter uma filha tão linda. Charlie encarava tudo isso de cabeça erguida e com um olhar duro, mas com uma delicadeza que eu invejava. Eu ainda escondia muita coisa dela na época, mas Charlie me dava a sensação de que, algum dia, eu não esconderia mais — ela me dava a sensação de que existiriam muitos "alguns dias".

 O Empodera foi ideia minha, mas eu e Charlie fundamos o grupo juntas. Um espaço para conversar sobre as merdas com que as meninas e os adolescentes LGBTQI+ têm que lidar todos os dias. Um veículo onde escrever sobre isso. Conseguimos a aprovação da escola, convencemos a sra. Rodriguez, nossa professora de coro, a ser a professora responsável pelo projeto. E, pela primeira vez em meses, senti que estava com as rédeas da minha própria vida. E que a encaminhava na direção que *eu* queria que fosse. Não tinha vergonha de lidar com nenhum assunto, e logo fiquei conhecida no colégio como Vadia-Mor, o que só pôs fogo na fogueira que eu tinha dentro de mim. Fiz um artigo inteirinho explicando por que eu achava aquele termo deliciosamente empoderador. O texto acabou saindo uma crônica bem hilária e mordaz, e é um dos meus preferidos até hoje. Lembro de digitá-lo, com fúria, no meu *laptop*, no quarto da Charlie. Ela ficou sentada na cama, com os tornozelos cruzados, tentando tricotar uma touca Corvinal azul e cinza, que eu tinha certeza que era para mim, porque ela é Grifinória até dizer chega. De tempos em tempos, as agulhas paravam de bater e nosso olhar se cruzava. Seu sorriso de orgulho era um verdadeiro combustível para os meus dedos.

Lá para o fim do primeiro ano, a gente tinha acabado de dar os toques finais numa edição arrasadora sobre a questão dos dois pesos e duas medidas quando se trata de sexo: os meninos são animais loucos por sexo; as meninas só transam se tiverem um envolvimento emocional. Entrevistamos um milhão de alunos – de todos os gêneros, de todas as identidades, de diferentes raças e grupos étnicos. Alguns assumiram que eram virgens; alguns contaram, com orgulho, que transavam uma vez e nunca mais, com várias pessoas. Alguns falaram do quanto ficavam estressados com a questão do sexo; outros confessaram sua total falta de interesse por isso. Foi a melhor edição do ano, e eu tinha certeza de que as pessoas iam comentar durante meses. O diretor Carr ficou meio puto quando mandamos a edição para aprovação e quase não deixou a gente soltar o jornal, mas a sra. Rodriguez deu um jeito de acalmá-lo. Não sei o que ela falou para ele, mas quase me senti chapada naquele dia, na sala de aula dela, quando dei "imprimir".

— Está incrível, sério — disse Charlie, enquanto lia os textos no computador.

A gente escreveu uma matéria juntas, um bate-papo em que conversamos sobre o fato de ela gostar de meninas e de eu ser bi, e o que a gente pensava sobre sexo em geral. Eu queria falar mais sobre a identidade de gênero da Charlie, mas ela não quis tornar isso público. A menos que Charlie tocasse no assunto, a gente nunca conversava sobre isso, por mais que eu soubesse que aquela era uma questão que a minha melhor amiga enfrentava todos os dias.

— Também acho — respondi. — Obrigada pela ajuda.

Fiquei olhando para ela, radiante, com a adrenalina correndo pelos minhas veias, segurando o jornal, ainda quente da impressora. Charlie espiou por cima do *laptop*, com o cabelo espetado de um jeito impossível.

— Você está com as bochechas vermelhas.

Então levantou e veio na minha direção, olhando para a sala vazia da sra. Rodriguez.

Dei risada.

— É bom, só isso.

— O quê?

— *Fazer* alguma coisa. Qualquer coisa.

Ela me olhou com uma cara de interrogação, mas a pergunta não saiu dos seus lábios. Em vez disso, segurou o meu queixo e disse:

— Estou muito orgulhosa de você.

Uma frase tão simples. Mas algo naquelas palavras me levou para além da fronteira pouco definida da nossa relação. Talvez tenha sido a adrenalina. Talvez tenha sido o fato de termos criado algo lindo e poderoso, dito uma coisa importante, termos feito isso juntas. Talvez tenha sido porque era para acontecer, como dizia Owen.

Seja lá por quê, fomos ficando cada vez mais perto, até que os nossos lábios se encostaram. Na mesma hora, Charlie sorriu, com a boca encostada na minha, me segurou pela cintura e pousou a outra mão no meu rosto. Minhas mãos não foram tão convictas. Era a segunda menina que eu beijava. A primeira foi em uma festa, coisa de uma vez só, no fim do segundo ano. E, mesmo assim, fiquei tensa. Para aquela menina, fingi que estava com dor de cabeça e fui para o banheiro ter um ataque de pânico que durou quinze minutos. Não sabia se ia conseguir beijar alguém de novo. Era para ser uma coisa divertida que acabou sendo bem assustadora.

Mas com Charlie era diferente. Quando finalmente me dei conta do que estava acontecendo, travei, e ela se afastou, olhando nos meus olhos com uma expressão preocupada. Eu estava zonza e nervosa, mas também me sentia segura e cheia de tesão. Então dei um sorriso e os meus dedos conseguiram segurar a sua cinturinha. Puxei Charlie mais para perto e a beijei com mais intensidade. Ela tinha gosto de chiclete de canela, seus lábios eram macios, a língua lenta e suave, que procurava e encontrava a minha sem parar. Pela primeira vez em muito tempo — talvez na vida — eu quis ficar com alguém de verdade.

Isso foi o começo, uma transição tão natural do que a gente era para o que não parávamos de nos tornar. Por um tempo, foi bom. Muito bom... Fiquei chocada com o fato de ser tão bom. Só que aí a minha mãe começou a lançar uns olhares preocupados para a gente, e o Owen ficava fazendo piada, dizendo que o mundo ia acabar se um dia a gente terminasse. Mas o verdadeiro problema não era o fato de a nossa amizade estar mudando. Não muito. Charlie levava na boa tudo o que a gente fazia ou deixava de fazer em termos de intimidade, mas eu sabia que ela devia imaginar por que eu nunca deixava as mãos dela passarem da minha cintura e por que nunca a tocava desse jeito. Eu não conseguia ser a namorada que eu queria para ela. A namorada que ela merecia. Sentia que estava perdendo o controle da situação, o medo de estragar tudo era um peso palpável no meu peito.

Porque, quem eu era sem a Charlie? Quem ela era? Como foi que a gente ficou tão envolvida a ponto de eu não conseguir imaginar a vida sem ela? E não era injusto com ela o fato de eu não conseguir tocá-la, não conseguir ser tocada?

Três semanas atrás o barco afundou, e fui eu que fiz o buraco no casco.

A gente estava comendo tacos na minha casa. A luz do fim do dia, de um laranja vibrante, estava se transformando em um delicado tom de lavanda: a noite começava a cair. O meu pai e a minha mãe iam passar a noite em Chattanooga, na esperança de encontrar algum "família vende tudo" no raiar do dia e adquirir mais uma cama com dossel ou mais uma mesa antiga para a loja de móveis. Owen devia estar no lago com a Hannah, tentando pegar o restinho do calor do Sol. Nem me recordo. Lembro de ter olhado para a Charlie, para a sua linda pele clara, quase tom de violeta na luz do crepúsculo, e de todos esses medos finalmente transbordarem.

E aí falei que sentia falta da minha melhor amiga.

Charlie disse a mesma coisa, mesmo sabendo que eu devia querer dizer mais do que isso.

Mas agora sinto ainda mais falta dela.

★☆★

A Pebblebrook é uma escola grande. Mas, no nosso programinha minúsculo, cheio de gente das artes cênicas, não demora muito para um cochicho serpentear pelos corredores e engolir tudo o que vê pela frente, até virar um grito. Estou na metade de um exercício de partitura, na aula de teoria musical do segundo período, e os murmúrios começam.

Passei os primeiros noventa minutos de aula me obrigando a olhar pra frente ao passar pelos corredores e para minhas próprias folhas de partitura durante a aula. Como meus horários não coincidem com os do Owen e os da Hannah, não tenho como saber se os dois vieram para a aula hoje. Não sei direito o que faria com essa informação, mesmo que eu a tivesse.

A "Sonata ao Luar", de Beethoven, está tocando, sombria, no aparelho de som da dra. Baylor enquanto rabisco no papel de partitura, me esforçando para registrar cada acorde e cada semimínima. Acabo de pôr um símbolo de crescendo e começo a ouvir.

Vozes, sussurrando.

— Sério?

— Foi isso que eu fiquei sabendo.

— Que vaca.

Viro a cabeça na direção dos cochichos. Um grupinho de meninos da orquestra está encolhido em cima das mesas, com as cabeças próximas, os papéis de partitura esquecidos no meio deles. Todos têm a mesma expressão de nojo, com uma pontada de maldade.

— Hoje de manhã, Owen me contou que eles brigaram depois de... enfim — diz o Jaden Abott, remexendo as sobrancelhas de um jeito sugestivo. Tenho vontade de arrancá-las. — Aí ele falou para ela que era melhor dar um tempo. Pra dar uma respirada, sabe? Ela surtou e agora fica falando que foi estuprada.

Meu coração bate descompassado e meus olhos procuram Charlie, por instinto. Ela está sentada a algumas fileiras, já me encarando, com a boca formando uma expressão de choque.

— Até parece — comenta Rachel Nix. — Os dois estão juntos há meses. Você está querendo me dizer que nunca tinham transado?

Jaden dá um sorrisinho malicioso e responde:

— É exatamente isso que eu não disse.

— Não tem como ele não ter levantado aquela sainha curta dela antes — diz o Peter Muldano.

— Várias vezes — completa o Jaden, e o grupinho cai na risada.

— Já chega — grita a dra. Baylor, passando pela sala. — Vocês precisam me entregar este exercício no fim da aula. Sugiro que ouçam com atenção e anotem.

— Sim, senhora — responde Peter, batendo continência, como bom otário que é.

A dra. Baylor revira os olhos, e eu a chamo quando passa pela minha fileira.

— Posso ir ao banheiro? — sussurro.

Ela inclina o corpo na minha direção e seus óculos escorregam pelo nariz.

— O quê, desculpa?

Limpo a garganta, engulo em seco, tentando tornar minha voz minimamente audível.

— Ãhn... banheiro? Por favor?

— Não demore.

A professora lança um olhar para o meu trabalho pela metade enquanto faz sinal com a mão na direção da porta.

A porta da sala, que fica lá do outro lado.

Saio de fininho da minha mesa, sentindo os olhos do Jaden e da turminha dele passando por mim, como se fossem dedinhos curiosos, durante todo o tempo que levo para atravessar a sala, andando por aquele chão de lajotas lustrosas.

— Ela deve odiar a Hannah — Rachel sussurra para Peter quando passo pelos dois.

As palavras mais parecem fogos de artifício estourando nos meus ouvidos, e quase tropeço. Apoio uma das mãos em uma carteira perto da saída — nem sei de quem — e praticamente me atiro no corredor silencioso.

Saio correndo. As fileiras de armários ficam borrados, no canto do meu campo de visão um professor, que não está dando aula, me chama no fim do corredor, mas só paro quando estou dentro do banheiro, ofegando, embaçando o espelho que fica em cima das pias.

— Tudo bem com você, Mara?

Levo um susto, mais por causa do tom de falsa simpatia daquela voz do que por causa da voz em si. Greta está parada a duas de pias de distância de mim, secando calmamente as mãos com uma toalha de papel marrom.

— Tudo — respondo e abro a torneira da minha pia.

— Você não precisa fingir para mim.

— Não estou fazendo nada para você, Greta. Estou só lavando as mãos, caramba.

— Ok. Mas a gente tem que combinar como vamos lidar com esse assunto amanhã, na reunião do Empodera.

Fico só olhando para ela, me esforçando para manter uma expressão neutra, mas uma sensação de pânico começa a subir devagar pela minha garganta.

— Lidar... com que assunto?

Ela levanta aquelas sobrancelhas perfeitamente definidas.

— Que interessante.

— Que interessante *o quê?* — fecho a torneira de qualquer jeito, meus dedos pingam água no chão.

Greta levanta as mãos espalmadas.

— Sei que isso deve ser muito estranho para você.

— Ai, meu Deus, Greta, você não sabe do que está falando.

— Não sou bem eu que não sabe.

— Olha, eu não...

A porta do banheiro se abre, interrompendo a minha frase. Charlie está parada na entrada, com aquelas pernas compridas, de calça jeans cinza. Fica olhando para a Greta e para mim sem parar.

— Tudo bem por aqui? — pergunta.

— Eu já estava de saída — responde Greta, me olhando pelo espelho uma última vez. — Vejo vocês na aula de coro, meninas.

Charlie se encolhe toda, mas consegue dar um sorriso para Greta.

Quando ela some pelo corredor, minhas pernas ficam bambas. Vou deslizando para baixo, fico agachada para meus pés continuarem firmes no chão e abraço os joelhos. As minhas mãos ainda estão enganchadas nos ombros, molhadas e escorregadias.

— Merda — ouço Charlie murmurar.

E aí ela está na minha frente, com as mãos nos meus ombros, e eu começo a ter dificuldade para respirar de novo.

— Isso é... verdade? — pergunto. — Owen tentou mesmo terminar com a Hannah? Ele me disse que os dois tinham brigado. Quer dizer... disse que não tinham brigado, mas depois disse que tinham, e eu não... não sei...

— Ei, ei, só respira.

Charlie me encosta na parede, me obriga a sentar no chão. Então se acomoda do meu lado, bloqueando a porta do banheiro com as pernas. Fica massageando as minhas costas, acariciando o meu cabelo e depois volta a massagear as minhas costas.

— Respira.

E é isso que eu faço. Várias e várias vezes, de um jeito controlado e ritmado, até as pontas dos meus dedos pararem de formigar, até parar de ter ondas de náusea.

— É verdade? — repito.

— Mara... você sabe qual é a resposta para essa pergunta.

— Não sei, não. Talvez tenha acontecido alguma coisa na festa. Alguma coisa que a gente não sabe.

Charlie se vira de frente para mim.

— Owen não está contando a verdade. Como é que você não consegue enxergar isso? Hannah me contou o que aconteceu: os dois estavam se pegando na trilha. A coisa ficou esquisita. Ela mudou de ideia. O seu irmão não quis saber. Fim da história.

— Mas eles... eles já tinham transado antes disso.

Charlie não precisa dizer nada para eu perceber o quanto a minha frase é ridícula. O quanto não tem nada a ver comigo.

89

O quanto é um monte de desculpas e rodeios. Mas, para mim, não são desculpas. É do meu irmão que estamos falando.

— Isso não faz sentido. Isso não é...

"Isso não é coisa do meu irmão", tenho vontade de dizer. Owen jamais machucaria a Hannah. Só que isso faria da Hannah uma mentirosa, e isso não é coisa dela também. Eu a conheço. Já sentei do seu lado nas reuniões do Empodera, ouvi ela me contar que seu peito cresceu quando estava no quarto ano e como isso a faz sentir vergonha, era como se seu corpo não lhe pertencesse. Que, quando ficou menstruada pela primeira vez, teve que dar um jeito de entender sozinha o que era, porque a mãe nunca tinha explicado nada disso. Lembro de ter balançado a cabeça, concordando de má vontade, quando ela me disse para ter paciência com Greta, mesmo quando a Greta dá uma de harpia com fome de poder.

— A gente está sozinha para lutar contra o mundo inteiro, Mara — a Hannah me disse um dia. — Se não apoiarmos umas às outras, quem vai apoiar?

— Não consigo acreditar — digo para Charlie, e as lágrimas que estou tentando segurar embargam a minha voz. — Não consigo, *fisicamente*. Como posso acreditar em um dos dois? Como posso *não* acreditar nos dois?

— Não sei — responde Charlie, baixinho, ainda com as mãos nas minhas costas. — Ele é seu irmão, eu entendo isso. Mas eu... — Ela solta o ar junto com um suspiro, e seu hálito de canela preenche a distância que nos separa. — Preciso que você saiba que acredito na Hannah. O que é uma merda. Tudo nessa história é uma bosta. Tipo assim, eu também amava o Owen.

"Amava." No pretérito. Charlie já se decidiu, escolheu de que lado está e seguiu em frente. E eu ainda estou tentando acordar de um pesadelo.

— Vou te ajudar a lidar com isso — declara. — Vou fazer tudo o que estiver ao meu alcance, Mara. Só...

— Só o quê?

— Só não se esquece da Hannah, tá? Ela está completamente arrasada.

— Ela amava o Owen — sussurro.

Charlie balança a cabeça e sobe as mãos até a minha nuca, aperta bem em cima da veia que pulsa, com o dedão. Consigo sentir o meu sangue pulsando em contato com a sua pele. Hannah amava mesmo o meu irmão. Ele também a amava.

— Não vou conseguir ficar aqui hoje — falo, tirando as mãos da Charlie de cima de mim e ficando de pé.

— Para onde você vai?

— Não sei... só não consigo ficar aqui.

— Vou com você. Não quero que você fique sozinha.

— Não. Não, eu preciso ficar sozinha.

— Mara...

Mas eu tiro as pernas dela do caminho e abro a porta. Na mesma hora, sou engolida por uma onda de alunos que está trocando de sala de aula, e o nome da Hannah é um cochicho constante, pairando no ar.

CAPÍTULO OITO

Vou parar no cemitério da Orange Street. É uma obsessão estranha que eu tenho, sempre adorei essa paz meio sinistra que a gente só encontra em cemitérios. Todas aquelas vidas já vividas, pessoas que não precisam mais ser esfalfar e estão descansando, assim espero. É uma coisa ao mesmo tempo triste e que me dá esperança, posso ficar horas e horas perambulando pelas lápides centenárias, imaginando como são as pessoas adormecidas debaixo dos meus pés. Este cemitério específico fica atrás do Rio Harperth, então nunca está em silêncio absoluto, mesmo quando não venta. O murmurar da água correndo lentamente sobre as pedras é um ruído de fundo constante.

Vou andando a esmo no meio das fileiras de lápides, pela grama comprida que vai morrendo em volta delas à medida que o inverno se aproxima. Tem cheiro de outono, e inspiro o aroma de folhas queimadas e água do rio — um aroma de rocha, mineral. Não tem muitas flores nem outros enfeites nos túmulos, já que a maioria dos habitantes morreu há tanto tempo que mal representa uma lembrança neste mundo.

Paro na frente de uma lápide bem antiga, as letras gravadas na pedra quase sumiram da superfície. Então me abaixo e descubro o nome de uma jovem.

Elizabeth Ruby Duncan
Filha amada e irmã corajosa
3 de maio de 1879 – 26 de novembro de 1897

Ela tinha dezoito anos, era um pouco mais velha do que eu. Irmã de alguém. Fico me perguntando se tinha um irmão, se os dois se davam bem, por que "corajosa" foi o adjetivo que a sua família escolheu para gravar no local do seu derradeiro descanso. Fico imaginando como ela morreu, por que morreu tão jovem. Imagino se alguém em quem essa menina confiava um dia a fez se sentir indefesa e impotente.

Se ela lutou contra isso.

Na minha cabeça, vejo uma menina de vestido branco, cachos castanho-escuros e um sorriso decidido. Ela é delicada e adorável. Diz a verdade, e o mundo a levou mesmo assim.

Passo os dedos em cima do nome da Elizabeth.

— Irmã corajosa — sussurro.

De repente, me dá vontade de saber mais. De descobrir mais meninas, mais irmãs, mais provas de vidas vividas com coragem, não importa se curtas ou longas. Vou atravessando a grama, correndo os olhos pelas lápides, em uma caça desesperada, parando para ler o epitáfio de todas as meninas. Quando já estou perto da margem do rio, logo depois de encontrar a Virginia Howard, "mãe valorosa", escuto alguém gritar meu nome, mais alto que o marulhar da água.

— Mara!

Viro e vejo Alex, caminhando rápido na minha direção, vindo da parte nova do cemitério, onde os túmulos são marcados por flores de plástico e plaquinhas presas no chão. Está com as mãos nos bolsos da calça jeans escura, seu cabelo quase preto revolto pelo vento, e usa um cardigã cinza abotoado por cima de uma camisa azul-celeste.

— Oi — falo, meio com falta de ar, de tanto correr pelo cemitério durante a última hora.

— E aí? — Ele para na minha frente, com expressão de interrogação. — O que você está fazendo aqui? Você está bem?

Tento dizer um "sim" automático, mas não consigo pronunciar essa palavra. Os últimos dias formam um nó na minha garganta, um nó gigante, que significa "nada bem".

Ele deve ter percebido isso no fundo dos meus olhos, porque solta um longo suspiro e leva a mão à cabeça. Aí, de uma hora para outra, seus braços estão em volta do meu corpo, e meu rosto está encostado no seu peito, sentindo um aroma meio de ervas, nem masculino nem feminino. Apenas de limpeza. Apenas do Alex.

— É — diz ele, baixinho. — Eu também não.

Cerro meus braços abaixo dos dele, não quero soltá-lo. Ou talvez seja ele que não quer me soltar. De qualquer modo, consigo sentir o quanto ele está cansado, como se todo o seu cansaço escorresse dos seus ossos, chegasse até a sua pele e viesse parar na ponta dos meus dedos.

— Desculpa — diz ele, se afastando de mim.

— Não precisa pedir desculpas. Ah, merda, desculpa.

Passo a mão no círculo molhado que se formou no casaco dele, uma mancha de máscara para cílios preta e lágrimas.

— Ei, não foi nada — fala, sem se dar ao trabalho de secar a mancha enquanto limpo embaixo dos meus olhos.

— Pelo jeito, tenho mania de estragar os seus casacos.

O Alex esboça um leve sorriso e pergunta:

— Então... o que você está fazendo aqui em plena tarde?

— O que *você* está fazendo aqui em plena tarde?

— Justo. — Alex vai se aproximando do rio lentamente, e vou atrás dele. — Vi quando você foi embora. Parecia chateada.

— Você me seguiu?

— Não no sentido esquisito. Só... queria ver como você estava. Além do mais, eu também venho aqui de vez em quando, só para espairecer a cabeça. Gosto de ler as lápides. É interessante.

— Alex Tan, em comunhão com os mortos.

Ele dá um sorrisinho.

— Ah, você me conhece. Normalmente, trago o violino e toco uma musiquinha para eles.

Dou risada, e Alex abre ainda mais o sorriso.

— Além disso, os meus pais trabalham em casa e não posso voltar agora. Não aguentei ficar na escola hoje.

— É — concordo, soltando um suspiro. — Eu também não.

Ficamos em silêncio, mas não consigo suportá-lo por muito tempo.

— O que foi que aconteceu, Alex? Você falou com o meu irmão?

Ele morde o lábio e responde:

— Hoje não.

— Mas e desde a festa? Owen falou alguma coisa sobre a Hannah?

— Não.

— Mas você viu ele com a Hannah lá no lago, quando voltou para festa, para avisar que ia me levar para casa?

Alex se abaixa para pegar um galho perdido e o atira na água.

— Vi, sim.

— E estava tudo bem com ele, né? A Hannah estava bem?

Ele solta um suspiro e fica em silêncio por um bom tempo.

— Os dois... seu irmão e ela estavam se agarrando. Eu não quis atrapalhar.

Eu o interrompo, colocando a mão no seu braço.

— Você acredita nela? Você conhece o meu irmão quase tão bem quanto eu. Owen não faria uma coisa dessas.

— De jeito nenhum. Quer dizer... eu jamais pensaria... — Ele suspira de novo, e esfrego os olhos. — Não sei que merda pensar agora. Owen é meu melhor amigo, mas...

Alex não completa a frase. Aquele "mas" fica pairando entre nós, um peso. O seu cansaço e a sua confusão são tão familiares que chega a me dar dor de estômago. A gente quer que todo mundo tenha razão e que ninguém tenha razão.

— Vamos fazer alguma coisa — falo.

— Hein?

— Alguma coisa divertida.

— Achei que você já estava se divertindo muito, saltitando entre os mortos.

— Olha só quem fala.

Ele tenta não sorrir e responde:

— Eu, com toda a certeza, não estava saltitando.

Dou risada.

— Bom, apesar de eu ter gostado de passar um tempo com os moradores do cemitério da Orange Street, pensei em algo menos...

— Falecido?

— Sim, justamente. Alguma coisa boba, num lugar em que a gente não precise pensar em nada por uma ou duas horas.

Alex fica me olhando por alguns segundos, passando os olhos na minha *legging* com estampa de galáxia de um jeito tão intenso que sinto calor nas bochechas. E aí um sorriso se esboça nos seus lábios macios.

— Acho que conheço um lugar perfeito.

— Você está de brincadeira, né? — falo, olhando para as letras gorduchas de *neon* na fachada do prédio.

— Olha, você falou bobo e divertido. Só estou obedecendo.

Dou risada, e saímos do OSR.

— A diversão ainda está em aberto.

— Ah, pode esperar.

Do lado de dentro, o Galáxia Fluorescente tem um cheiro de desinfetante industrial e borracha. Uma senhora com cara de tédio atrás do balcão está jogando um joguinho barulhento no celular. Atrás dela ficam as portas que levam ao salão principal, que têm janelinhas circulares, por onde não passa nenhuma luz.

— Olá — diz Alex, e a senhora levanta a cabeça de repente, surpresa. — Duas, por favor.

Ela fica olhando para nós, e dá para ver que está tentando adivinhar a nossa idade e se deveria ou não questionar nossa presença ali, em plena tarde de terça-feira. Finalmente dá de ombros e digita alguma coisa no computador que está do seu lado.

— Dezenove e cinquenta. Podem guardar os sapatos no escaninho logo depois da porta. — Ela faz sinal com o queixo para a porta. — Nada de empurrar, nada de bater, nada de cuspir.

Alex faz cara de intrigado, tira uma nota de vinte da carteira e entrega para ela.

— Como assim, cuspir?

— Nem te conto... — A senhora joga duas moedas de vinte e cinco centavos na mão do Alex, depois faz sinal para a gente esticar o braço. Prende duas pulseirinhas de papel verde-limão no nosso pulso. — Tenham uma tarde fluorescente.

— Ah! — diz Alex. — Eu vi o que você fez.

A senhora só fica olhando para ele e volta para o joguinho.

— Que animação — comento, enquanto a gente se dirige ao salão.

— Interrompemos o joguinho dela... tenha dó.

Dou um sorriso, surpresa com a tirada rápida e certeira do Alex, que segura a porta para eu passar. Normalmente ele é calado, sempre fica um pouco apagado em comparação àquele brilho todo do Owen. Não sei se ele está tentando compensar toda essa merda que está acontecendo à nossa volta ou se ele é assim mesmo quando está longe do meu irmão. Alex em dose concentrada.

Não tenho tempo para pensar nisso porque somos imediatamente engolidos pela escuridão e pelo baixo de uma música da Taylor Swift. O salão é enorme e gelado, e a luz negra toma conta de todo o ambiente, revelando tons de vermelho e azul, de verde e laranja fluorescentes.

— Caramba — falo, ao ver o minigolfe fluorescente, a casa inflável fluorescente, o escorregador inflável fluorescente, a piscina de bolinhas fluorescente, a quadra de basquete fluorescente.

— Não é? — fala Alex, tirando seu All Star preto e guardando no escaninho fluorescente. — Uma verdadeira galáxia.

Guardo as botas que estou usando e pergunto:

— O que a gente faz primeiro?

— Não sei, mas acho que a gente precisa conversar sobre os seus dentes.

Levo a mão à boca imediatamente.

— Como assim, meus dentes?

Alex mostra os próprios dentes e dou risada. Estão de um branco radioativo.

— Pelo menos, vou conseguir te ver no escuro — respondo.

Estou usando um vestido soltinho azul-marinho, e o casaco dele é escuro ao ponto de mal aparecer na luz negra. A única coisa visível são nossos dentes e as nossas meias.

— Para onde vamos? — pergunta, esperando eu dar o primeiro passo.

Espremo os olhos para me acostumar com aquele brilho *neon*. Pelo jeito, temos o lugar inteirinho para nós. Como a maioria das crianças está na aula, acho que o Galáxia Fluorescente não recebe muito público durante a semana.

— Casa inflável — respondo, segurando a mão dele e indo em direção à estrutura fluorescente gigante.

— Acho que você quis dizer *castelo* inflável.

Passamos por baixo da rede que, pelo jeito, também serve

de ponte levadiça. No começo, ficamos só pulando em cima do tecido de vinil esticado. Eu estaria mentindo se dissesse que não me senti meio ridícula. Sem conversar e com o meu corpo se mexendo muito devagar, o dia volta a tomar conta de mim. Owen. Hannah. Todos os cochichos na escola. Os olhos castanho-escuros de Charlie, olhando nos meus tão fixamente, tentando entender como me ajudar.

Fecho bem os olhos, atiro o corpo no ar, jogo as pernas para a frente e caio de bunda. Ricocheteio no vinil, bato de lado e aterrisso no canto.

— Uau — comenta Alex. — Entrega total... gostei.

— Se não for para tombar, nem mato aula, acho eu.

O Alex fica se balançando enquanto levanto. Desta vez, pulo um pouco mais alto e por um pouco mais de tempo, até finalmente ficar a um metro do chão, com o cabelo voando em volta do rosto. Logo Alex começa a pular também, e a gravidade expulsa o riso de dentro de nós.

— Não cospe em mim — falo.

— Vou tentar.

Ele vai para trás, até a parede que tem uma rede, e sobe. Em seguida, se atira para frente, de braços abertos, feito o Super-Homem. Cai de barriga e sobe de novo, vira de costas e cai mais uma vez sobre a superfície inclinada.

— Só consegui enxergar uma dentadura voadora — falo, e Alex solta uma longa risada. Em seguida, atacamos o escorregador. Que tem pelo menos nove metros de altura, e mal consigo subir as escadas infláveis de tanto dar risada.

— As suas meias são minha luz na escuridão — diz Alex, logo atrás de mim.

Tenho que parar de subir, porque o riso consome todas as minhas forças.

A descida é eletrizante. Subimos e descemos pelo menos dez vezes, algumas de costas, algumas de barriga, virados para frente e para trás. Na última, Alex dá uma cambalhota e só consigo enxergar as meias dele brilhando, enquanto ele rola para baixo. É uma coisa boba e divertida. É perfeito.

Vamos para o minigolfe, e Alex dá de dez a zero em mim, mas eu acabo com ele na miniquadra de basquete e ficamos quites.

— Não entro naquela piscina de bolinha por nada nesse mundo — aviso, enquanto a gente recupera o fôlego.

— Ah, para, tenho certeza de que eles limpam as bolinhas de hora em hora, uma por uma, com uma escova de dentes.

— Por nada neste mudo — repito, e ele dá um sorriso, olhando em volta.

— Ah, o planetário...

— O quê?

Alex me pega pela mão e me leva para um cantinho do outro lado do salão. Tem mais ou menos o mesmo tamanho que o meu quarto, com pufes fluorescentes espalhados pelo chão. Ele se acomoda em um pufe laranja fluorescente e me empurra em cima de um verde. Um céu noturno em tons de *neon* se espalha pelo teto.

— Não é legal? — pergunta, se esparramando no pufe.

— É — respondo, distraída, com os olhos fixos no céu.

Eu a encontro imediatamente, ligo os pontos na minha cabeça

para formar aquele "u" de cabeça para baixo. Pólux, a estrela mais brilhante da constelação, pisca para mim, com um suave tom de laranja. Não sei se algum dia na vida vi a constelação de Gêmeos sem o Owen estar do meu lado. Sempre que estou fora de casa com outra pessoa, nem chego a olhar para cima. Além disso, nesta época do ano, as estrelas gêmeas se escondem no Oeste, esperando o inverno e a primavera passarem.

Eu me sinto meio zonza e tonta e olho para baixo por alguns segundos, piscando para o tecido fluorescente do pufe. É bobo – sei que essas estrelas não são de verdade, mas parecem. Parecem estar vivas.

— Você está bem? — pergunta Alex, cutucando o meu pufe com o pé.

Balanço a cabeça. Alex não sabe do lance que eu e Owen temos com a constelação de Gêmeos. Nem Charlie, nem Hannah. A constelação é nossa, minha e do Owen. Sempre foi só nossa, o nosso refúgio do mundo, nosso descanso dos pais irritantes ou de uma nota ruim ou uma audição fracassada ou de um término de namoro.

Olho de novo para o céu e tento ver Gêmeos como Alex veria: uma constelação que é meio difícil de distinguir, uma série de estrelas conectadas por outras. Um padrão no céu, nada mais, nada menos, mas não consigo. Aquelas estrelas são eu e Owen. Sempre serão.

— Ei — falo, e Alex vira para mim. — A gente pode ir embora?

— Pode, claro.

A gente se liberta dos pufes e pega os sapatos. A senhorinha do balcão foi substituída por um cara muito animado, com bigode de pontas viradas para cima, que nos deseja um dia fluorescente quando vamos embora.

Lá fora, o Sol parece absurdamente claro depois de termos passado uma hora no escuro. Piscamos para nos acostumar à claridade e vamos até o carro. Assim que começamos a andar, Alex abaixa o volume do som.

— Então... o que aconteceu lá na escola? Você está bem?

— Estou, eu só... — viro para ele. Seus dedos compridos se movimentam no volante, e ele vira na Orange Street.

— Obrigada. Era exatamente disso que eu precisava.

— Eu também.

— Eu só preciso ir para casa, sabe?

Ele olha para mim e balança a cabeça, apertando os lábios. Entra no cemitério e põe o carro em ponto morto quando chega do lado do meu carro. O Sol está apenas começando a encostar na copa das árvores, a luz do fim de tarde é intensa e preguiçosa.

— Quer que eu vá com você? — pergunta Alex, quando solto o cinto de segurança.

Sacudo a cabeça e respondo:

— A minha mãe quer fazer uma reunião de família.

— Meu Deus.

— Nem me fala.

Sinto um frio na barriga, de tanto nervoso. Não converso direito com Owen desde sexta à noite, desde que o vi sumir, alegre e faceiro, segurando Hannah pela cintura. Sei que chegou a hora, mas isso não torna o fato de ter que encará-lo mais fácil.

— Obrigada — repito.

E aí, antes de me dar conta do que eu estou fazendo, me inclino e dou um beijo na bochecha do Alex. Ele levanta a mão e põe uma mecha do meu cabelo atrás da orelha, me toca e logo se encolhe.
— De nada — sussurra, e eu me afasto.
Ele fecha as mãos em volta do volante e vai ficando vermelho.
— A gente se vê amanhã? — pergunto, e ele balança a cabeça.
Cada um vai para seu lado depois de sair do cemitério, deixando todas aquelas meninas corajosas para trás.

CAPÍTULO NOVE

Depois de passar o dia inteiro tentando não olhar para o meu irmão, agora não consigo parar de encará-lo. De reparar naquele seu cabelo ondulado e castanho-claro bagunçado, no jeito como está esparramado no sofá, com as pernas esticadas e um braço para trás. O menininho amedrontado, agarrado na mãe, de ontem à tarde sumiu, foi substituído por aquele de sempre, todo autoconfiante e simpático. É esse menino que eu conheço. O menino que eu amo, o menino em quem eu acredito. O menino em quem eu *tenho* que acreditar.

— Por que você foi embora mais cedo da aula hoje? — pergunta Owen.

Estou sentada na poltrona, na frente dele, enquanto a gente espera os nossos pais chegarem. Os dois estão cochichando na cozinha, fingindo que só estão fazendo um chazinho. Adoram chá quente. O meu pai acha que resolve qualquer problema.

— Você foi para a aula? — pergunto, mesmo sabendo que ele foi. De que outra maneira o Jaden teria ficado sabendo do suposto término de namoro?

Owen balança a cabeça e responde:

— Não vou contar para a mamãe. Que você saiu mais cedo.

— Valeu.

Entrelaço minhas mãos suadas no colo bem na hora em que meu

pai entra na sala, trazendo uma bandeja. Um cheiro doce de hortelã toma conta do ambiente. Ele coloca a bandeja em cima de um descanso para os pés e começa a distribuir as canecas brancas de louça.

— Com uma gotinha de mel, como você gosta — fala, quando entrega a minha caneca.

— Valeu, pai — sussurro, e então seguro a caneca quente com as duas mãos.

A mamãe se acomoda no sofá ao lado do Owen. Está de calça jeans e sentada em cima das pernas. Hoje seu cabelo está liso, forma uma faixa dourada em volta do seu rosto. Eu e meu irmão somos a cara dela: olhos azuis-acinzentados, sobrancelha reta, cabelo que tem vida própria a menos que a gente se dê ao trabalho de domá-lo. Ela parece estar bem mais calma hoje, de cabeça erguida e determinada.

— OK — fala, quando meu pai senta na poltrona do meu lado. — Esse últimos dias foram difíceis, então eu e seu pai queríamos conversar com vocês dois para ter certeza de que todos concordamos.

— Como assim, concordamos? — pergunto.

— Deixa eu terminar de falar, Mara.

Aperto bem os lábios, e a minha mãe inspira devagar, pelo nariz.

— Já conversamos com o Owen, e ele contou o que aconteceu, mas acho que você precisa ouvir o lado do seu irmão, Mara, porque vão começar a comentar lá na escola quando essa história vier a público.

Owen fica me medindo com os olhos e quase consigo senti-lo tentando penetrar nos meus pensamentos.

— Então... o que foi que aconteceu? — pergunto para ele.

O meu irmão limpa a garganta, se inclina para a frente e apoia os braços nos joelhos.

— A Hannah só está brava comigo, Mara. Ela vai se acalmar.
— Owen, o que foi que *aconteceu*?
— Não fale nesse tom, por favor — diz a minha mãe.
Meu pai estica o braço e aperta o meu joelho, uma vez só.
— Só escuta.
— Estou tentando... ele não está falando nada.
Owen vai para trás do sofá e aperta o canto dos olhos com o dedão e o indicador.
— Isso é muito esquisito, tá? Estou, basicamente, revelando toda a minha vida sexual para os meus pais e para a minha irmã.
— Tudo bem. Estou escutando.
— A gente estava na trilha — continua ele, me olhando bem nos olhos. — Paramos naquele mirante. Sabe, aquele que tem uns bancos e uma placa falando que alguma batalha da Guerra de Secessão aconteceu por ali e que ninguém nunca lê. Bom, a gente sentou e começou... bom, sabe, a se beijar e tal, e aí nós... você sabe.
— Sei?
— Não me obrigue a falar.
— Acho que você tem que falar.
— Mara, pelo amor de Deus — interrompe a mamãe.
— A gente transou, tá? Até parece que você não sabia o que eu estava tentando dizer.
Engulo em seco, estou ficando com um nó na garganta. Tudo o que o meu irmão está falando faz sentido. Mas alguma coisa não me cai bem, tipo como quando a gente come uma coisa gordurosa de estômago vazio.
— E como é que ela machucou o pulso?

— A gente estava em uma merda de um banco de pedra, Mar. Não é exatamente uma cama de plumas. Foi uma coisa estranha e bem desconfortável, para ser sincero.

O papai se remexe na poltrona, fica suspirando e passando a mão no cabelo.

— E aí... ela ficou muito brava — diz o Owen.

— Com o quê?

O meu irmão fica remexendo no lábio inferior, mesmo enquanto fala.

— Por causa do pulso. A Hannah só... se apoiou nele de mau jeito ou algo assim. Tinha uma prova de piano por esses dias e meio que surtou por causa disso. Eu pedi desculpas, falei que talvez a gente devesse ter pensado duas vezes, mas juro por Deus que ela disse que queria, só que veio para cima de mim. Você sabe como ela é. Muito intensa. E, para ser sincero, estou ficando cansado do dramalhão que Hannah faz. Então fiquei puto e, sim, eu estava meio bêbado e falei que talvez a gente devesse dar um tempo, e ela concordou, e eu fui embora, enquanto Hannah ficou destilando a raiva, e foi isso. E aí ela ignorou as minhas mensagens e, quando a mamãe foi me buscar na escola, disse que os pais da Hannah tinham ligado para ela.

Enquanto conta essa história, Owen fica remexendo no lábio. Está com o cotovelo apoiado no joelho e cutucando o canto da boca. É um gesto tão sutil que os meus pais nem percebem. Acho que o meu irmão nem se dá conta de que está fazendo isso. Fica olhando direto pra mim, com a voz calma, uma expressão que é um misto de vergonha e autoconfiança, e a minha mãe vai balançando a cabeça enquanto ele relata sua história, bebericando o chá, como se a gente estivesse falando de alguma briguinha de criança que rolou no parquinho. Mas, à medida que eu escuto suas palavras, que observo, tenho a sensação de que a minha pele está descascando, lutando para revelar essa nova menina que eu não sei direito se quero ser, como se as estrelas estivessem explodindo no céu e não restasse nada além de escuridão.

Porque sei que o meu irmão está mentindo. As melhores mentiras são disfarçadas no meio de verdades incontestáveis — sei disso melhor do que ninguém. E Owen é um contador de histórias muito cuidadoso, encobre cada informação falsa com uma verdade. Mas a sua cautela não basta. Conheço meu irmão bem demais, tenho sangue demais em comum com ele e, pela primeira vez na minha vida, queria não ter. Não sei nem o que é *isso* exatamente, essa certeza nebulosa de que Owen está mentindo — pelo menos, em parte — que eu sinto nas minhas entranhas. Talvez seja um lance de gêmeos, aquela incapacidade quase sobrenatural de enganar o outro.

Finalmente, Owen se cala. Sei que eu deveria dizer alguma coisa, mas só consigo reparar nos seus dedos no canto da boca e desviar o olhar. O meu irmão percebe que estou fazendo isso e pousa a mão no colo, calmamente.

— Então essa é a nossa versão da história — diz a minha mãe, segurando a caneca com as duas mãos.

— Como assim, nossa *versão*? — retruco, e a mamãe se encolhe toda ao se dar conta do que suas palavras dão a entender.

— Foi isso que aconteceu — corrige ela. — Os pais da Hannah não entram em contato conosco desde ontem. Então, eu estou

109

torcendo para que o promotor se dê conta do quanto isso é ridículo depois que conversar com seu irmão, amanhã à tarde. Haja o que houver, precisamos permanecer unidos. Somos uma família.

— O que isso quer dizer? — pergunto.

— Quer dizer que você não vai comentar sobre isso com ninguém — responde o papai, baixinho. — O pessoal da escola vai fazer fofoca, mas a gente precisa que você fique quieta, Mara. Simplesmente ignore. Apoie o seu irmão.

Não consigo tirar os olhos do Owen. "Você quer que eu minta" está na ponta da minha língua, mas para os meus pais isso não é mentira. Não pode ser. Não para eles. Owen é filho deles, e os dois engoliram essa história toda. Faz parte deles agora.

O pânico logo toma conta de mim. Um raio, que me acerta em cheio e me parte ao meio. Filha e irmã *versus* essa descarga frenética de sangue bem no meio do meu peito.

Minha família fica me observando, esperando que eu fale "OK, claro, faço tudo o que vocês precisarem", mas não consigo pronunciar essas palavras.

Não quero pronunciá-las.

— Preciso de um tempinho para pensar — falo, levantando tão depressa que bato o quadril na mesinha que tem do lado da minha poltrona e derrubo a minha caneca e o chá se esparrama por toda a madeira envernizada.

— Senta, Mara — diz a minha mãe.

Meu pai vai até a cozinha pegar um pano.

— Só preciso de um tempinho, mãe. É muita coisa para assimilar, OK? Hannah é minha amiga.

Verdades, escondendo tudo o que eu não posso dizer.

— Owen é seu *irmão*.

— Sei disso — respondo, mas a minha voz mais parece um suspiro abafado.

— Deixa ela, mãe — fala Owen, me olhando fixamente. Tem alguma coisa se assomando por baixo do seu olhar, uma certa dor, uma solidão. Viro o rosto, e ele completa: — Você conhece a Mar: ela precisa de um tempo para processar as coisas. Lembra quando você trocou a nossa pasta de dente por aquele troço natural, uns dois anos atrás? Ela ficou sem escovar os dentes por uma semana, em sinal de protesto.

A minha mãe dá risada, mas é um riso breve e superficial.

— Ok, você tem razão. Sei que isso é a última coisa que qualquer um de nós esperava que fosse acontecer um dia. — Ela olha para mim e declara: — A gente sempre adorou a Hannah, Mara. Você sabe disso.

O meu pai entra na sala, com o pano na mão, e seca o chá que eu derramei. Está ainda mais calado do que de costume, e eu queria poder ler seus pensamentos. Sei que ele vai apoiar a minha mãe, o Owen, mas o meu pai sempre foi meio filosófico. Faz questão de ver todos os lados da questão, nos ensinou que nada é preto no branco.

Owen fica massageando as costas da minha mãe e diz:

— Sinto muito, mãe.

— Ah, querido, eu também. Sei que você deve estar muito magoado com a Hannah, por ficar falando essas coisas terríveis. Queria poder conversar com ela.

Pisco, tentando encaixar essa mulher que está na minha frente com a mulher que, ontem mesmo, ficou com um brilho nos olhos só de pensar que o Empodera sambaria na cara do patriarcado. A possibilidade de Hannah estar dizendo a verdade nunca entrou na cabeça da minha mãe, mas ela tampouco está demonizando a minha amiga. Foi um *mal-entendido*. Qualquer dúvida a respeito disso é passageira e frágil, é rapidamente enterrada debaixo de uma montanha de confiança incondicional.

"É por isso. É por isso que eu nunca disse nada."

Porque ninguém acredita na menina.

O meu irmão dá de ombros, mas fica olhando para baixo. Não tem como ser mais óbvio que está tentando bancar o corajoso. A minha mãe coloca a caneca na mesinha e o abraça. Mordo o lábio com força e vou até a escada para me impedir de abraçá-los. As minhas mãos estão coçando de vontade de abraçar a minha família – de manter todo mundo unido.

Mas já estamos separados.

Mais tarde, desço de fininho para pegar água. Está tarde, a casa está às escuras e silenciosa. Um brilho amarelado em cima da pia da cozinha é a única coisa que guia meu caminho. Encho um copo d'água e bebo de um gole só.

E é aí que eu ouço.

Pam. Pam. Pam-pam-pam.

Eu me debruço sobre a pia, espio a escuridão lá fora pela janela. O holofote da garagem está aceso, iluminando a entrada de casa. O meu irmão está bem ali, driblando uma bola de basquete, em círculos, parando de vez em quando para tentar lançá-la para dentro da cesta.

Os meus pés me levam lá para fora, aquele fio invisível e eterno que me liga ao Owen se estica e vai, pouco a pouco, ficando mais curto. Estou com saudade do meu irmão, estou acostumada a ouvir as suas piadas e a trocar olhares com ele todos os dias. Estou acostumada a ter muito mais do que esse silêncio, essa dúvida, essa tentativa constante de evitá-lo. O ar gelado e úmido bate no meu rosto e nos meus braços, a minha regata não está ajudando muito a me proteger do frio do outono. Caminho devagar, com os pés sobre o cascalho, e o meu coração mais parece uma pedra entalada na minha garganta.

Owen atira a bola em direção à cesta, mas ela bate no aro e vem rolando pelo chão, na minha direção. Faço a bola parar de rolar encostando o calcanhar nela, a puxo mais para perto com o pé e me abaixo para pegá-la.

Quando levanto, o meu irmão já está com os olhos fixos em mim.

– Oi – fala, de um jeito tão normal.

– Oi.

– Não consegue dormir?

Sacudo a cabeça.

– Tomei refrigerante demais na janta – diz ele, com um sorriso envergonhado.

– Sério? É só o excesso de cafeína que não está te deixando dormir?

Ele solta um suspiro e levanta a cabeça.

As nuvens encobrem as estrelas, fazendo o céu inteiro parecer borrado e insondável.

— Alex está estranho comigo, e a Hannah... meu Deus, nem sei o que está acontecendo. — Owen baixa a cabeça e me olha nos olhos. — Você consegue acreditar nisso tudo que está rolando?

Fico passando a bola de uma mão para outra, odiando o tom de voz com que ele fala, como se a gente fosse as únicas duas pessoas sensatas que restam na face da Terra e todo o resto só contasse mentiras. A bola está quase lisa, mas ainda guarda um pouco da sua firmeza. Posiciono os dedos, firmo os pés no chão e atiro a bola pelos ares, naquela escuridão. Ela atinge a tabela, fazendo um barulhão, e cai na cesta.

— Bela jogada — diz Owen.

— É... Bom, sempre fui melhor do que você no basquete.

Ele dá risada e posso jurar que seu riso tem um quê de alívio. Então pega a bola, fica quicando em volta de mim e aí acerta na cesta, posicionado no risco pintado à mão na entrada de casa, que há muito tempo determinamos que era a linha de três pontos.

— Jogada de *sorte* — falo.

Depois disso, entramos num esquema. Um esquema natural demais. Conhecido demais, natural demais, provavelmente bom demais para ser verdade. Noites de verão, o cricrilar dos grilos, o cheiro de churrasco tomando conta do ar enquanto um irmão e uma irmã jogam basquete. Porque aqui, sob esse céu sem estrelas, ele *é* apenas o meu irmão. O meu irmão gêmeo que jamais me faria mal, que eu jamais conseguiria imaginar fazendo mal a alguém. Entre passes e dribles, percebo que estou observando Owen, procurando sinais de que ele não é aquele menino mentiroso que estava na nossa reunião de família há poucas horas. Ou sinais de que eu imaginei tudo isso, invoquei algum sexto sentido de gêmeos porque senti que a gente estava se afastando, estava perdendo essa relação que conheço tão bem e com a qual sempre contei. Talvez esse medo – de nunca ter conhecido o meu irmão direito – tenha sido mais forte do que qualquer outra coisa.

Aqui fora, talvez Owen não seja mentiroso. Talvez eu só precise acreditar nele. Acreditar *em nós*.

— E aí? – diz ele, depois de mais algumas cestas. – Como anda Charlie?

Ouvir o nome de Charlie faz tudo ficar nítido novamente, todo esse monte de merda que rolou hoje: o pessoal cochichando na escola, aquela palhaçada de reunião de família. Tudo está claro demais, barulhento demais e agudo demais.

Tudo menos Alex, segurando a minha mão enquanto a gente corria por uma galáxia de *neon*.

— Bem – respondo, fazendo sinal para Owen me passar a bola, mas a minha voz soa morta, como a de um ator ruim repetindo falas mal escritas.

Ele faz cara estranha, para no meio da jogada, com os braços esticados na frente do corpo.

— Vocês duas ainda não se beijaram e fizeram as pazes?

— Não temos que fazer as pazes. Só estamos... estamos de boa.

O meu irmão enfia a bola debaixo do braço e diz:

— OK, certo.

— Não faz isso.

— Não faz o quê?

— Essa merda de falar "Ok, Mara, você que sabe".

— E o que deveria dizer? Que eu acho que você mentiu quando terminou com ela?

Ele me joga a bola e eu pego, mas só depois que ela bate no meu peito, porque o Owen jogou com muita força e muito rápido.

— E o Alex? — pergunto.

— Como assim?

Respiro fundo, sinto um calor e um aperto no peito.

— Você falou que ele anda estranho. Por quê?

— Sei lá. Pergunta para ele.

— Sério?

Owen levanta as mãos para o céu.

— Sim. Que merda está acontecendo com todo mundo?

As suas palavras, o tom, tudo nele me deixa furiosa neste exato momento. Como se tudo estivesse só *acontecendo* com ele.

— De novo: *sério*?

— Achei que a gente estava falando de você e de Charlie.

— Bom, você acha que estou que estou mentindo para ela e para mim mesma, então me parece que o assunto é falar a verdade.

Ele espreme os olhos para mim e entreabre a boca.

Atiro a bola e Owen pega, direitinho.

— Você não acredita em mim, né? Essa história toda ridícula que Hannah contou. Você acredita mais *nela* do que em mim?

A mágoa transparece na sua voz, mas forma um nó na *minha* garganta, como se a compartilhássemos.

— Eu quero — sussurro.

— Quer o quê?

Owen joga a bola no chão, que sai quicando, até bater nos arbustos.

— Acreditar em você.

— Mas você... mas você não acredita.

Sacudo os ombros e me parece um gesto tão inadequado... Como se Atlas, de repente, ficasse muito fraco e o mundo esmagasse os seus ombros.

— Por quê? — pergunta ele, cerrando os punhos. — Por quê? Que merda eu fiz? Eu te contei o que foi que aconteceu. Ela só... interpretou tudo errado, Mar. Está irritada. Não posso controlar isso. É problema dela. Não meu.

Cada palavra que o meu irmão diz é um tiro no meu peito.

— Só estou tentando entender, Owen. Nada disso combina com a Hannah que eu conheço.

— Mas combina com o *eu* que você conhece? Então não tem nenhuma dificuldade em acreditar que sou uma espécie de predador sexual, que eu faria uma coisa dessas com a Hannah? Sério que é assim tão fácil para você?

Eu me encolho toda, porque o ar se esvaiu dos meus pulmões.

— Não. Não, não é fácil. Eu não... quero...

"Acreditar nisso também" é o que eu quero dizer. Mas me falta ar. A voz do Owen tem um tom de mágoa, e ele fala alto, mas uma calma fria murmura por baixo de tudo isso e me faz sentir pequena, burra e horrível.

"Putinha burra."

A minha cabeça lateja, ou talvez seja o meu coração, talvez seja o meu sangue, as minhas veias. Todo o meu corpo. As pontas dos meus dedos estremecem e racham, parece que as minhas costelas estão prestes a se espatifar, e estou cheia de poeira de osso.

— Merda. — De repente, Owen está na minha frente, segurando os meus cotovelos, inclinando o corpo para me olhar nos olhos. — Respira, Mara.

— Não... consigo...

— Não fala, só respira.

Ele me vira, devagar, e aperta minhas costas contra seu o peito, passa os braços nos ombros e me segura contra o seu corpo.

— Respira comigo. Sente a minha respiração e tenta acompanhar.

O peito do Owen sobe e desce, de um jeito profundo e contínuo. Seguro forte nos seus braços, enfio a unha na sua pele. Ele não reclama. Só me abraça, respira comigo, até nossa respiração ficar sincronizada.

Isso já aconteceu antes. Algumas vezes durante aquele verão, antes de eu entrar no Ensino Médio e, talvez, uma ou duas vezes desde então. Crises de pânico, repentinas e devastadoras. Na maioria das vezes, consigo controlar, respirar até passar. Mas de vez em quando elas caem feito um martelo gigante em cima de um prego bem pequeno. E, toda vez, Owen me ajuda a enfrentá-las.

— Fazia tempo que você não tinha uma dessas — fala, depois que respiramos normalmente por um tempo.

Balanço a cabeça, com os olhos cheios das inevitáveis lágrimas que as crises sempre trazem.

— Quer me contar por que você começou a ter essas crises?

— Eu... ela simplesmente começaram.

Ele faz que vai me soltar, mas aperto os seus braços. Preciso disso: desse momento minúsculo em que Owen é o meu irmão, e eu sou a sua irmã, e ele me ajuda a não ser atropelada por essa ansiedade imprevista.

Owen solta um suspiro e encosta o rosto na minha cabeça.

— Sou eu, Mara — fala, lendo os meus pensamentos, como sempre. — Por favor. Ainda sou eu. Sou só eu.

O seu tom de desespero prende a minha respiração, e me sacudo de novo. Mil pensamentos e dúvidas vêm à tona na superfície da minha pele e escorrem feito sangue. E eu não entendi *por quê*. Por que ele precisa falar desse jeito tão desesperado. Por que estamos aqui, parados na frente da garagem, no meio da noite, com a confiança e a falta de confiança completamente misturadas, enredadas de um jeito que nunca vou conseguir separar.

— Eu te amo, Owen — falo, em um sussurro seco.

Eu falo porque é verdade, porque preciso falar. Porque sei que ele precisa ouvir.

— Também te amo, Mar.

Balanço a cabeça e sinto todo o seu corpo relaxar, atrás do meu. Mas os meus próprios músculos estão tensos, como os de um animal assustado, e as palavras de apoio que trocamos só ajudam a aumentar esse emaranhado confuso de verdades e mentiras que existe dentro da minha cabeça.

CAPÍTULO DEZ

No dia seguinte, Charlie senta na cadeira vaga ao meu lado e o *case* do seu violão faz um estrondo ao bater no chão, mas não tiro os olhos do *laptop*. Estou sentada na sala de aula de coro da sra. Rodriguez desde que tocou o sinal do fim das aulas, me preparando para a reunião do Empodera. Consegui me arrastar pelo dia com sucesso, evitando encontrar Charlie, me escondendo na biblioteca na hora do almoço e tentando manter os meus olhos e os meus ouvidos fechados para os cochichos incessantes e olhares intrometidos.

— E aí? — diz ela.

— E aí?

E é isso. Literalmente isso. Charlie não me pergunta como vão as coisas. Não me pergunta nada. Também não consigo arrancar nenhuma pergunta da minha boca, e a gente fica ali, sentadas, em meio a uma nuvem de climão, enquanto eu finjo digitar no computador, e ela pega o livro que está lendo para a aula de Literatura Avançada.

— Shmerda? — pergunta, depois de alguns minutos.

— Hein? — olho para o lado e vejo que ela está espiando a tela do meu computador e que eu digitei "shmerda" mesmo, e também "frenisq" e "mituot". — Ah.

Aperto a tecla *delete* e o barulho que ela faz fica ecoando pelas paredes cobertas de painéis acústicos.

— Tentando fazer várias coisas ao mesmo tempo? — pergunta Charlie.

— Mais ou menos — resmungo, odiando esse papinho de mentira.

Charlie faz um "hmmmm" e volta a ler o livro. Mas só deve ter dado tempo de ler umas poucas frases quando o fecha de supetão e o solta em cima do colo.

— Então, preciso te perguntar uma coisa.

Ela não se vira pra mim, só fica olhando para a frente e entrelaça os dedos.

— Que foi?

Charlie fica piscando, olhando para o chão, enche os pulmões de ar, várias vezes, bem fundo, e depois vai soltando.

— Vou fazer um show no 3rd and Lindsley. Amanhã à noite.

— Ai, meu Deus. Sério? Isso é incrível, Charlie!

O 3rd and Lindsley é um lugar bem importante na cena musical de Nashville.

Ela balança a cabeça e continua contando:

— Os caras estão fazendo uma série de shows com jovens músicos neste mês, toda noite convidam alguns para tocar. É preciso ter entre dezesseis e vinte e dois anos para participar, e já faz alguns meses que mandei a minha *demo* para a pessoa que contrata os artistas. Acho que ela gostou.

— "Acha"? É claro que ela gostou. Foi a *sua demo*.

Charlie ignora o elogio, mas fica com as bochechas bem vermelhas e dá um sorriso.

— Fiquei sabendo há umas duas semanas. Você iria comigo?

— Ah. Sério?

— Claro. Quem mais eu convidaria?
— Os seus pais vão?
Ela faz careta e olha para o chão.
— Charlie...
— Ainda não estou preparada para isso, Mara. Você sabe que não.
— Mas as músicas são a *sua cara*. Vão adorar ouvi-las. Sei que vão.
— É. São a minha cara. Até demais.

Sento mais para trás e esfrego os olhos. Queria ter as palavras certas para dizer, as palavras que apaziguariam todos esses medos que Charlie tem em relação às suas composições. Mas não tenho. Sei cantar e canto bem. É por isso que frequento a Pebblebrook apesar de, em comparação com Charlie, eu parecer mais um jogo de pratos de bateria estridentes. É por isso que fico nervosa quando tenho que me apresentar. Mas não sei compor. Não sei manipular as cordas de um violão para que elas pareçam uma extensão da minha voz. Mas, até aí, talvez eu nunca tenha tentado. Tudo isso... *eu...* simplesmente entrando nos ouvidos das pessoas. Tremo só de pensar. Mesmo assim, as questões que me impedem de correr esse risco são completamente diferentes das de Charlie. Eu não faço ideia do que ela realmente está passando.

— Por favor, Mara. Preciso que você esteja comigo. Somos melhores amigas, né? Não foi por isso que rolou essa história toda?

Não sei direito o que ela quer dizer com "esta história toda", mas posso adivinhar.

— Foi, claro.
— Então, por favor. Vem comigo.

Fico olhando para Charlie, vendo o desespero nos seus olhos, e ela também fica olhando para mim.

— Você sabe que eu jamais perderia a oportunidade de te ver em cima daquele palco.

Os seus ombros relaxam visivelmente.

— Obrigada.

Depois disso, a gente fica meio que se evitando: Charlie forma um círculo com as cadeiras. Eu acendo a luminária perto do piano e desligo as lâmpadas fluorescentes do teto, para a luz ficar mais suave — e tudo o que a gente não diz mais parece um daqueles colarzinhos de "amigas para sempre" apertando o nosso pescoço.

Naturalmente, Greta é a primeira a chegar na reunião. Aquela sua cascata de cabelo loiro está presa em uma trança espinha de peixe lateral, e ela senta do meu lado, com um caderno azul-marinho no colo, e só me cumprimenta com um sorriso de boca fechada. O Empodera é um grupo pequeno, o número de integrantes varia a cada semana, mas as frequentadoras assíduas são Hannah, Charlie, Greta, Jasmine Fuentes (a melhor amiga da Greta), uma bailarina magricela chamada Ellie Branson e o Hudson Slavovsky, o único cara que participa do Empodera. Tenho quase certeza de que ele só vem porque está namorando a Jasmine. Mesmo assim, é um cara legal e contribui fazendo uma tirinha hilária para as nossas edições mensais, intitulada *Bom, na verdade*.

Sinto um aperto no estômago quando me dou conta da ausência da Hannah. Todas as demais pessoas estão aqui, incluindo uma aluna de teatro do último ano, a Leah Lawrence. Ou talvez seja Landon. Ela aparece tão raramente que vivo esquecendo seu sobrenome. Tenho quase certeza de que essa menina só dá as caras a cada dois ou três meses para cumprir a cota de atividades extracurriculares exigida para se candidatar a uma vaga na universidade.

Todo mundo se acomoda, pegando suas garrafinhas de água e barrinhas de granola, e aproveito para enrolar, meio que torcendo e meio que morrendo de medo de que Hannah entre por aquela porta.

— Ela ainda não veio para a aula — sussurra Charlie, apertando meu braço de leve.

— Eu sei.

E eu sei por que Hannah não está aqui. Mas, no fundo, ainda tenho esperança de que toda essa situação seja algum sonho muito elaborado do qual vamos todos acordar a qualquer instante. Abro o *laptop* e finjo que estou repassando as minhas anotações pela centésima vez enquanto tento controlar minha respiração.

— OK. Sejam todos bem-vindos — pisco para o grupo, tentando incutir um pouco de vida na minha voz.

Normalmente, as reuniões são bem informais. Todo mundo dá risada e conta o que aconteceu na semana até então, apenas ficamos felizes com o fato de estarmos juntos, em um espaço seguro. Mas, neste exato momento, todos estão em silêncio e se remexendo nas cadeiras, tensos.

— Então, nesta semana, o primeiro tópico a ser discutido é algumas decisões que temos que tomar sobre a Derrocada da Política de Vesti...

— Tenho um assunto urgente que tem prioridade em relação às

nossas saias e regatas, Mara – diz Greta, endireitando a postura na mesma hora. – Posso?

– Claro, Greta, manda ver – respondo, com uma simpatia fingida.

Ela nem se dá ao trabalho de dar um sorriso falso. Está completamente rígida, objetiva e determinada.

– Sei que todo mundo ficou sabendo do que aconteceu com Hannah e sei que todo mundo está se sentindo muito mal. Alguns de vocês me perguntaram o que podemos fazer para ajudá-la.

Meu estômago afunda. Não consigo nem processar o que Greta está falando antes de ela continuar me atropelando.

– E não quero que esse grupo se desfaça por causa disso. Todos vocês são muito importantes para mim. Quando os meus pais se divorciaram, no ano passado, as nossas reuniões eram o único momento da semana em que eu não tinha vontade de arrancar os meus cabelos. Mas eu... – ela engole ar. Será que está... nervosa? – Eu acho que a Mara não tem capacidade de ser uma líder eficiente para a gente durante este período.

Sinto que toda a cor do meu rosto se esvai.

– Desculpa... o quê?

– Para, Mara. Não dificulta as coisas.

– Não estou dificultando nada.

– Não vem me dizer que você não esperava por essa – diz Jasmine.

Hudson inclina o corpo para a frente, apoia os cotovelos nos joelhos e fica com os olhos grudados no chão.

Greta solta um suspiro e suaviza o tom de voz.

– Olha, sei que isso não é fácil para você. Não estou tentando

125

bancar a vaca. Mas Hannah faz parte do nosso grupo, e a escola já está virando um reduto da torcida organizada do Owen.

— Torcida... torcida organizada do Owen?

As palmas das minhas mãos começam a suar imediatamente e as minhas têmporas começam a latejar. Porque nem sequer preciso que Greta me explique o que quer dizer com isso. Owen está falando, e falando bem alto, espalhando a sua versão da história por todos os cantos da escola.

— Suponho que você também faça parte da torcida organizada do Owen — completa Greta.

Mais silêncio. Nem Charlie se pronuncia depois dessa. Todo mundo está com os olhos fixos em mim, esperando.

Esperando que eu me declare. Que eu escolha um dos lados.

— Você não sabe do que está falando — digo, mal sussurrando.

— Posso até não saber — retruca Greta, tão baixinho quanto eu —, mas precisamos ajudar Hannah, somos a família dela aqui nessa escola, as poucas pessoas que estão do lado dela, e você liderar essa frente representa um conflito de interesses.

Olho para as pessoas sentadas em círculo, procurando alguém que possa discordar. Ninguém fala nada. Ellie desvia o olhar, batendo aqueles cílios ridiculamente compridos. Leah só faz cara de incomodada, como se estivesse arrependida de ter escolhido justo hoje para ir à reunião. Hudson não olha nos olhos de ninguém e está com os ombros na altura das orelhas.

— Proponho que a gente segure o projeto da política de vestimenta e discuta o que podemos fazer para ajudar Hannah, a família dela, como ela pode ter uma experiência melhor quando voltar a frequentar as aulas — declara Greta. — E que eu substitua temporariamente a Mara como líder do Empodera.

Um instante. E aí, uma voz conhecida:

— Apoiado.

Viro a cabeça e cruzo o olhar com Charlie. Que não vira o rosto, não sorri, só estica o braço e põe a mão nas minhas costas. Estou tão chocada que não consigo nem me encolher para ela não encostar em mim.

— Todos a favor? — pergunta Greta.

Seis "sim" ecoam pela sala.

Levanto devagar, segurando esse *laptop* inútil contra o peito.

— Você não precisa ir embora, Mara — diz Greta.

— Não, tudo bem. É melhor... você tem razão. Eu não... é melhor eu ir.

Saio cambaleando da sala, já com a visão borrada. Ser deposta não é grande coisa. E, droga, Greta tem razão. Não sou a pessoa certa para liderar o grupo. A Hannah é o mais importante neste exato momento e deveria ser mesmo. Sei disso. Mas é só mais uma coisa que grita que eu não faço a menor ideia do que pensar, caramba, de quem eu sou, de qual é a minha posição e por quê.

É mais uma coisa que rouba a minha voz.

Espero Charlie vir atrás de mim, me procurar, como a gente sempre fez uma pela outra, haja o que houver, mas o corredor continua em silêncio, o ar parado do ar-condicionado faz meus olhos arderem. Vou andando em direção à saída, pronta para ir embora. Não consigo. Não quero ir para casa. Não desse jeito. Não quando tenho a sensação de que alguma coisa nova e em carne viva está tentando rasgar a minha pele.

Por favor vem aqui fora, escrevo para a Charlie. Minhas palavras são puro desespero e talvez isso seja completamente ridículo, mas preciso dela.

Não demora nem trinta segundos para Charlie aparecer no corredor. Quando chega perto de mim, viro e a arrasto porta afora, em busca do Sol do fim da tarde. O Sol que se põe reflete no seu cabelo, realçando as pinceladas de vermelho no meio de todo aquele castanho-escuro. Ela me encara, em silêncio, com a cabeça inclinada e um olhar carinhoso — carinhoso demais, caramba.

— Você votou a favor da minha saída — falo.

Ela solta um suspiro e responde:

— Não foi isso que eu fiz, e você sabe muito bem.

Balanço a cabeça, tentando distinguir o que realmente sei. O que é verdade. O que não é.

— Ei — sussurra ela, e então estica o braço e segura meus ombros, e a sensação das pontas dos seus dedos na minha pele delicada é tão suave.

E, de repente, isso é demais. Ficar parada ali debaixo daquele enorme portal de tijolos, com colunas de ambos os lados, Charlie toda forte e carinhosa, bem na minha frente. Não consigo mais segurar. A represa se rompe, liberando lágrimas guardadas há dias.

— Acho que ele está mentindo — falo, meio engasgada. — Owen está mentindo a respeito de parte da história ou de tudo, e não sei o que fazer. Não sei como encarar isso.

Charlie fica com o rosto todo contorcido. Ela nunca chora as próprias lágrimas. Não muito. Mesmo nos piores dias, em que ela jura que sua voz não se encaixa no que ela é e não tem ideia de como contar para seus pais o que sente ou o que pensa a respeito de si mesma. Nunca chora. Seus olhos podem até ficar marejados, mas as lágrimas nunca caem. Pelo menos, não na minha frente. Só quando eu caio no choro é que Charlie também se acaba de chorar. Agora ela diminui ainda mais a distância que nos separa, bem devagar, como se estivesse tentando não me assustar. Mas não estou assustada. Não com ela. Estou desesperada. Desesperada para que esse sentimento vá embora, e Charlie é a única solução. Passo as mãos na sua cintura e encaixo o rosto no seu pescoço, com a respiração descontrolada. Sinto que seu corpo fica tenso no início, mas aí suas mãos acariciam meu cabelo, me acalmando e me segurando.

– Sei que você não sabe. Sinto muito.
– O que é que eu faço? Me fala o que fazer.
– Eu queria saber também.

As lágrimas continuam caindo. E o meu nariz continua encostado na garganta dela. Elas são quase um alívio, quentes e suaves, e o movimento que fazem, descendo pelo meu rosto, dá a sensação de que alguém está me embalando, me fazendo dormir. Lentamente vou relaxando, mas não solto Charlie. O seu rosto está apoiado na minha testa. Eu só precisaria levantar um pouquinho o queixo para nossas bocas se encostarem. Aperto os dedos nas suas costas, me puxo mais para perto dela. Acabo com a distância que nos separa. Posso sentir seu coração batendo contra o meu e, pela primeira vez em dias, me sinto *bem*. Levanto a cabeça, fixo os olhos nos seus lábios.

E aí ela limpa a garganta e me solta. Continua segurando uma das minhas mãos, mas agora uma distância grande nos separa. Grande demais.

— Como você sabe? — pergunta.

— Como... como eu sei o quê?

— Que Owen está mentindo.

Respiro fundo e tento esvaziar a cabeça.

— A gente teve uma reunião de família ontem à noite, e a minha mãe queria que ele me contasse o que foi que aconteceu, para ter certeza de que todos "concordamos". — Faço aspas no ar quando pronuncio a última palavra. — Owen só... eu simplesmente sei. A história toda que ele contou não faz o menor sentido. Hannah não teria ficado irritada por ter machucado o pulso se quisesse transar com o meu irmão. Ficaria brava consigo mesma, não com o meu irmão.

Charlie balança a cabeça, concordando.

— Eu sei.

Ficamos paradas ali, em silêncio, olhando uma para a outra. Estou ofegante, como se tivesse corrido muitas voltas em torno da escola.

— Não é só isso. Foi tipo... meu Deus, eu conseguia *sentir* a mentira na ponta da língua dele, ou algo assim. — Aperto a barriga, tentando não perder o controle. — E depois a gente jogou basquete, e tudo parecia tão... tão... normal. E, ao mesmo tempo, estava tudo tão errado. E eu não conseguia entender *por quê*. E só consegui pensar que o Owen fez isso mesmo... que ele...

— *Shhh* — faz Charlie, apertando meus dedos. — Está tudo bem, respira.

E eu respiro, devagar, igualzinho à noite passada, durante a minha crise de pânico. Mas sozinha, dessa vez, com Charlie massageando as costas da minha mão.

— Ele é meu irmão — falo, quando sinto que o meu peito já está um pouco menos apertado. — Eu amo o Owen, Charlie.

Ela não fala nada, fica só olhando para mim, e a tristeza é algo palpável, que nos separa.

Fecho bem os olhos. *O meu irmão.* Ele é o menino que ficou sorrindo de leve para mim, do outro lado da mesa, quando contei para nossos pais que sou bi, como se soubesse desde sempre. Ele acompanhou os meus passos durante aquele verão terrível antes de eu entrar no Ensino Médio, sempre se recusando a me deixar afundar, mesmo quando eu era grossa e gritava com ele. Nunca estive sem o Owen. Nunca poderia imaginar que ele faria mal a alguém. Sempre confiei no meu irmão.

Mas aquele menino que estava no bosque perto do lago, o menino que anda desfilando pelos corredores da escola nesses últimos dias, deixando uma nova história por onde passa, uma história terrível: aquele menino não é o meu irmão. Não é alguém em quem eu poderia confiar. Jamais.

— Eu preciso falar com ela — digo. — Preciso falar com a Hannah.

Charlie levanta a sobrancelha e pergunta:

— Você está *preparada* para isso?

O meu coração bate forte contra as minhas costelas. Preparada não é a palavra certa. Não estou preparada para nada disso. Mas Hannah também não estava.

— Você acha que ela quer falar comigo?

— Quer, sim. Me perguntou de você mais de uma vez.

— Sério?

— Está preocupada. Quer dizer, está preocupada com um monte de merda, mas também está preocupada com a amizade de vocês.

— Meu Deus.

— Vamos lá agora. Eu vou com você até lá. Só preciso pegar minhas coisas.

— E a reunião?

— A reunião é para discutir como podemos ajudar a Hannah. — Charlie entrelaça seus dedos nos meus e completa: — Vamos lá ajudá-la de verdade.

CAPÍTULO ONZE

Hannah mora em um casarão branco, com uma varanda enorme em volta de toda a casa. É o tipo de lugar que implora para a gente tomar um chazinho bem doce, sentada no balanço pintado de verde com os pés pendurados enquanto os vaga-lumes brilham na neblina. O pai dela é advogado e a mãe passa metade do tempo sendo curadora de uma pequena galeria de arte em Nashville e a outra metade revivendo a própria juventude desperdiçada através da filha. Consequentemente, Hannah se delicia — em um grau que chega a ser cômico — fazendo de tudo para ser aquela unha raspando no quadro-negro para os nervos da mãe dela. Só usa uns vestidos meio *hippies*, que a sra. Prior chama de "roupa de maconheiro", e meias-calças de cores vivas por baixo de shorts jeans, e sai sem sutiã sempre que possível. Apesar de tudo, é raro ter um evento na Pebblebrook em que a sra. Prior não está na plateia. Ela até já foi em uma reunião do Empodera. Hannah passou a hora inteira largada na cadeira, de braços cruzados, enquanto a gente dava uns sorrisos educados e a mãe dela contava a história de como conheceu e casou com o pai da Hannah quando tinha dezenove anos. Foi mais do que constrangedor.

Assim que Charlie para a picape na frente da ampla varanda da casa da família Prior, lembro da primeira vez em que vi a Hannah.

Ela estava bem ali, duas semanas depois de as aulas começarem, no segundo ano do Ensino Médio. O pai dela queria dar um churrasco de Dia do Trabalho para toda a turma. Eu e Charlie fomos juntas e ficamos basicamente na nossa.

Mas Hannah deu um jeito de nos encontrar.

Eu e Charlie nos aventuramos pelo quintal, fascinadas pelo lago cristalino. Algumas pessoas que tínhamos acabado de conhecer tinham pulado do deque e caído na água, gritando com uma espécie de alegria que fez algo dentro de mim doer. A lembrança é tão viva... De estar parada ali, com aquela grama perfeitamente aparada e macia debaixo dos meus pés, imaginando se algum dia eu me sentiria tão livre e feliz quanto aquelas pessoas que nadavam no lago.

— É ainda melhor de perto — disse uma voz, bem no meu ouvido.

Virei para trás e dei de cara com um par de olhos verdes e brilhantes. E um cabelo de um tom tão claro de vermelho que quase parecia rosa. Hannah deu um sorriso e segurou minha mão. Mal tive tempo de agarrar o braço da Charlie antes de ela começar a correr em direção ao deque, segurando meus dedos com força.

Hannah só parou de correr quando nós três caímos dentro do lago, sem ligar para o fato de ainda estarmos de roupa por cima do maiô.

Dou um sorriso por causa da lembrança, mas ela se esvai assim que eu saio do carro. A casa continua tão convidativa quanto antes. A varanda, livre das folhas de outono, com uma guirlanda de flores roxas e laranja pendurada na porta. A luz de algumas janelas ainda acesa. Tudo tão normal... Mesmo assim, sinto o nervosismo nas minhas entranhas. Porque isso é tudo, menos normal.

— Isso é uma péssima ideia — falo.

Charlie não responde, só dá a volta no carro e me dá o braço, me levando escada acima com todo o cuidado. E então aperta a campainha.

— Ela sabe que é a gente — fala.

— Sabe?

— Mandei mensagem. Hannah não anda muito a fim de surpresas ultimamente.

Respiro fundo, concentro minha atenção nas heras que se entrelaçam nas flores de plástico da guirlanda.

— Desculpa — diz Charlie, olhando para mim. — Eu não devia ter dito isso.

— É verdade, né?

Ela balança a cabeça, e ouvimos passos vindos de dentro da casa. Aperto o braço da Charlie, mas aí solto um pouco e me afasto dela. O trinco da porta gira e, de repente, viro um emaranhado de braços e pernas, sem noção do que fazer com as mãos, com os pés ou com a minha cara.

A porta pesada de madeira se abre, e Hannah fica debaixo da claridade suave da luz da varanda. Gira o trinco da porta de vidro contra tempestade e a abre também.

— E aí? — diz Charlie.

— Oi — responde ela, e sua voz é tão... da Hannah, mas fininha, como se fosse se despedaçar.

Eu tento dar oi, abro e fecho a boca, mas não consigo emitir nenhum som. Não consigo nem olhar para ela. Fico olhando para suas unhas do pé pintadas de prateado e depois para seus tornozelos finos, que aparecem debaixo da calça de ioga preta, enquanto entramos atrás dela na casa.

— Os meus pais saíram para resolver uma coisas e buscar alguma comida para o jantar — diz Hannah, percorrendo aqueles cômodos que sempre tiveram cara de ter saído direto do catálogo de alguma loja de móveis muito chique.

— Que milagre os dois terem deixado você sozinha — comenta Charlie.

Começamos a subir os degraus de madeira encerados que levam até o segundo andar da casa e Hannah solta uma risada seca.

— Tive que jurar que eu ia tirar um cochilo.

— E como vai o cochilo?

— Maravilha — debocha Hannah — Não dá pra ver?

Charlie dá uma risadinha. Esboço um sorriso mas, meu Deus, é uma coisa tão estranha neste exato momento que meu rosto quase dói.

Chegamos ao quarto da Hannah: é a última porta, no fim de um longo corredor. Lá dentro, um fogo à gás arde por cima da lenha falsa e há sinais da hibernação da Hannah por todos os lados. Na cama de dossel, com cortinas transparentes de um tom de coral, amarradas nos postes com uma fita dourada. O edredom também é coral, dourado e carmim, formando uma mandala, com fronhas iguais e lençóis iguais todos amassados, cobrindo o colchão. Tem um monte de livros espalhados ao pé da cama, alguns abertos, virados para baixo. O *laptop* está em cima de um travesseiro, com a tela parada, mostrando a careta de um super-herói em meio a uma batalha. O quarto como um todo tem um cheiro de chá de jasmim e cânfora, e tem um pote desse negócio em cima do criado-mudo.

A mãe da Hannah usa esse troço pra curar tudo, de dor de cabeça a cortes feitos com papel no dedos, passando por viroses que atacam o estômago.

Hannah vai até a cama e joga tudo para o lado. Alguns livros caem no chão, mas ela não os recolhe. Em vez disso, senta na cama. Ouço um *tap-tap* baixinho e sei que ela está batendo no lugar vago do lado dela, convidando a gente para sentar, mas o gesto é um borrão no canto do meu campo de visão. Charlie aperta o meio das minhas costas – os meus pés vão chegando cada vez mais perto da cama.

Charlie se acomoda do lado da Hannah, e eu sento na frente das duas, em cima de uma das pernas, e a outra fica pendurada no lado da cama. O silêncio paira sobre nós, e o único som é o ocasional crepitar da lareira. Fico olhando para a minha calça jeans, para cada um dos fios que formam o todo.

– Mara...

Um sussurro suave demais.

– Mara, por favor.

Lentamente, vou levantando os olhos para ela. Tenho que levantar. Por algum motivo, Hannah quer que eu olhe para ela, e não posso me recusar a fazer isso. Nunca mais posso me recusar a fazer algo que ela me peça. Meu olhar encontra o rosto dela, e as lágrimas ardem nos meus olhos, instantaneamente.

É a Hannah de sempre – a minha melhor amiga, depois da Charlie –, mas não é. Tem manchas escuras debaixo dos seus olhos, e suas bochechas estão mais afundadas do que deveriam, chamando atenção demais para as suas maçãs do rosto, que já são pronunciadas.

Apesar disso tudo, ela ainda continua bonita. Ainda continua *sendo ela*. Tenho vontade de lhe dizer isso, mas nem sei direito o que significa. Não tem a ver com a sua aparência. Não muito. É o jeito como ela olha para *mim*. O jeito como segura a mão da Charlie. O jeito de ter me convidado para entrar na sua casa, para começo de conversa.

Os olhos dela estão vermelhos, com algumas lágrimas, e ela levanta a outra mão para passar debaixo deles, o pulso enfaixado com uma bandagem bege.

— Meu Deus, sinto muito — diz, e continua a secar as lágrimas, que são mais rápidas e escorrem pelo seu rosto.

— O quê? — pergunto, porque fiquei chocada. — Hannah, por quê?

Ela encolhe os ombros.

— É só... talvez se eu...

Hannah fecha os olhos lentamente, e não sei o que dizer, se é que posso dizer alguma coisa. Charlie fica só esperando, pacientemente, enquanto Hannah aperta tanto a sua mão que corta a circulação.

Finalmente, Hannah respira fundo e diz:

— Ele estava tão bêbado.

Tudo em mim trava, porque me dou conta de que ela está prestes a me contar o que aconteceu. Um frio ardente se espalha pelo meu peito, porque fico meio com medo do que está por vir, do que está prestes a sair da sua boca, mas também meio aliviada, por não ter que perguntar.

— Estava tudo bem — continua, olha para mim e depois desvia o olhar. — Quer dizer, você nos viu. A gente bebeu e dançou um pouquinho. Mas ele não parava de pegar mais batida, até que eu consegui convencê-lo a dar uma volta. A gente foi para aquele mirante, e já faz tempo que isso virou uma piadinha nossa, que ali seria um lugar engraçado para... para... – ela engole em seco e lambe os lábios – ...para transar. E aí a gente começou a se pegar e, quando eu dei por mim, estávamos deitados em um dos bancos, e ia rolar, e eu surtei. Eu estava com frio e me sentindo constrangida e não parava de imaginar alguém passando por ali. Pedi para ele parar.

Os seus olhos ficam cheios de lágrimas. Estendo o braço e coloco a mão de leve no seu joelho. Ela olha nos meus olhos, bem devagar.

– Eu pedi para ele parar, Mara.

Os meus olhos se enchem de lágrimas, mas eu permito que elas rolem. As lágrimas me parecem adequadas, assim como as palavras que me vêm à cabeça, então eu também as deixo rolar.

– Eu sei que você pediu.

O fato de eu acreditar nela, pelo jeito, a faz desmoronar. E me faz desmoronar também. Acreditar em uma pessoa é não acreditar em outra. O pânico confunde os meus pensamentos e, de repente, só quero a minha mãe, quero conversar sobre isso, quero obrigá-la a me ouvir, quero permitir que ela me obrigue a ouvi-la. Mas aí a Hannah começa a soluçar e inclina o corpo para a frente, até pousar a cabeça no meu colo, e sei que tenho que acreditar nela. Não posso pensar no outro lado, em quem mais tenho que acreditar neste exato momento – deixando todo aquele rastro da mais pura desconfiança.

– Sinto muito, sinto muito, sinto muito – diz Hannah em um único sopro de ar.

Choro junto com ela, passando as mãos no seu cabelo.

139

— Sinto muito ter sido ele. Sinto muito ter sido o Owen.

Meu Deus, Hannah está pedindo desculpas para *mim*. Porque ele é meu irmão.

— *Shhh* — falo, cobrindo-a com o meu corpo, para conseguir abraçá-la. Charlie também se debruça sobre nós e corre as mãos pelos meus braços, e nós três ficamos enroscadas.

Não sei direito por quanto tempo ficamos assim, um nó formado por amigas e lágrimas. Finalmente desenroscamos nossos braços e pernas, e Charlie pega uma caixa de lenços de papel da mesinha de cabeceira da Hannah.

— Talvez, se eu tivesse dito "não" mais alto — continua Hannah. — Ou... sei lá, talvez se a gente não tivesse transado antes ou...

— Para — diz Charlie, com a voz tensa. — Isso é pôr a culpa em você, Hannah, e isso é mentira. Por mais bêbado que ele estivesse. Você disse "não", simples assim.

— Mas não é tão simples assim — argumenta Hannah, quase como se estivesse sonhando, como se estivesse falando sozinha. — Não é simples, eu amava o Owen, eu confiava nele, eu nunca pensei que ele...

A sua voz fica embargada, e ela sacode a cabeça, depois continua:

— Aí, lá no hospital, tudo aconteceu tão rápido a partir do momento em que meus pais chegaram. O hospital chamou a polícia sem sequer me perguntar, e a minha mãe quis que eu fizesse o exame de estupro, e eu... — Ela engole em seco e olha para baixo. — Foi tão horrível. Foi a pior experiência que eu já tive, e demorou horas. E aí o promotor foi tão... meu Deus, sei lá. Ele foi tão objetivo, foi um pesadelo, que não parava de se repetir. E ele ficava perguntando para os meus pais se *eu* tinha certeza de que aquilo tinha realmente acontecido. Por que ninguém pergunta nada para *mim*?

— Meu bem... — diz a Charlie, passando um lencinho debaixo dos olhos da Hannah. — Os seus pais só estavam assustados. E muito putos.

Hannah balança a cabeça.

— Espera aí — falo. — Você não quer prestar queixa?

— Não sei — responde Hannah. — Mas isso não interessa: os meus pais querem. Eu não sei se eu teria contado para alguém se Charlie não tivesse me encontrado. Mas, no fim das contas, a decisão não está nas mãos do meu pai. Ele falou que é o promotor quem decide, se achar que tem provas suficientes. Então eu não sei. Eu não sei o que quero que aconteça. Eu só... queria que não... — Ela respira, ofegante, e completa: — Isso é uma confusão absurda. O pessoal lá da escola já está me odiando, né?

Eu e Charlie nos entreolhamos, nossos olhares se cruzam e se desviam, mas é o suficiente para transmitir para Hannah tudo o que não contamos com as nossas palavras.

— Owen é a única pessoa que está falando sobre isso neste exato momento — explica Charlie. O nome do meu irmão soa estranho aos meus ouvidos, como acontece quando a gente repete tanto uma palavra que ela perde o sentido. — Só isso.

— É, ele adora mesmo falar — declara Hannah, sem emoção.

— Ok — diz Charlie, respirando fundo. — Vamos falar de outra coisa, só um pouquinho.

— Boa ideia. Concordo.

Mas aí nós três ficamos sentadas, em silêncio. Hannah fica

com a cabeça no meu colo, e passo os dedos pelo seu cabelo, bem devagar, pelos seus fios cor de morango. Não tem nenhum nó e estão tão sedosos, quase lisos de tanto pentear, parece que a mãe dela deu uma boa escovada. E Hannah deixou.

Não sei como, mas minha tristeza dobra.

— Vamos assistir a um filme — proponho. Puxo o computador da Hannah mais para perto e pergunto: — O que você estava assistindo?

— *Vingadores* — responde ela, e então tira a cabeça do meu colo e vai indo para trás, se enfia nas cobertas, solta um suspiro profundo e puxa o edredom até o queixo.

— Perfeito.

Nós três nos espremaemos na cama, com Hannah no meio, e aperto o *play*. O filme já começa no meio de uma explosão, com caminhões voando pelos ares e um cara de uniforme vermelho cruzando o céu e fazendo comentários sarcásticos sem parar. Tento permitir que as cores vivas e as pessoas lindas anestesiem meus pensamentos, mas não consigo parar de pensar.

"Não sei se eu teria contado para alguém se Charlie não tivesse me encontrado."

As emoções se atropelam. O alívio de saber que, talvez, o promotor não entre com um processo criminal, porque aí vamos poder deixar isso para trás o quanto antes. E aí me odeio por pensar isso, porque, se você separar a pessoa que fez isso com a Hannah da minha família, eu ia queria arrancar sangue do cara.

E aí tem o meu próprio silêncio, o meu próprio medo, a minha própria história. O sr. Knoll e o seu sorrisinho presunçoso, o jeito como ficou parado, simplesmente invulnerável. Ele detinha todo o poder. Podia me chamar de "putinha burra", e eu não podia fazer absolutamente nada a respeito.

Será que os três últimos anos da minha vida teriam sido muito diferente se alguém tivesse chegado, se alguém tivesse me encontrado quando saí correndo daquela sala de aula, me acabando de tanto chorar?

Se eu tivesse contado para a mãe que sempre esteve ao meu lado. Sinto alguém bater no meu ombro e olho para Hannah, que está afundada debaixo das cobertas, meio dormindo. Charlie me dá um sorriso e estica o braço por baixo do pescoço da Hannah para alcançar meu ombro e fica mexendo nas pontas do meu cabelo.

Eu poderia contar para ela. Eu poderia contar tudo para Charlie. Eu contei *tudo* para Charlie. Tudo menos isso. Mas já faz tanto tempo, e a única coisa que pode resultar de uma confissão dessas é a vergonha por ter esperado três anos para abrir a minha boca. Os créditos do filme estão passando bem na hora em que alguém bate na porta do quarto da Hannah. Ela leva um susto, depois relaxa, e senta, porque a mãe espia pela porta.

— Hannah? É o carro da Charlie que está lá fora? Pergunta se ela quer ficar para...

A sra. Prior engasga quando me vê. Fica completamente congelada na porta, perfeitamente prensada dentro da saia lápis e da blusa bem-cortada. Ela é a própria definição de "bem-arrumada". A não ser pela sua expressão, que só pode ser descrita como "horrorizada", de queixo caído, ficando cada vez mais caído. E então fecha a boca de repente, e o som dos seus dentes batendo uns nos outros ecoa pelo quarto em silêncio.

— Tudo bem, Melanie? — diz o sr. Prior, aparecendo atrás da esposa e espiando dentro do quarto.

A sra. Prior ficou pálida, mas o sr. Prior ficou vermelho do pescoço até as bochechas, com os olhos saltados. Hannah dá um chute nas cobertas, passa por cima da Charlie e sai da cama.

— Não faz isso, pai.

— Sai daqui — ordena o sr. Prior, com os dentes cerrados.

Ele escancara a porta e a sra. Prior sai da frente, ainda pálida, abraçando o próprio corpo.

Eu fico piscando para ele, confusa, enquanto a Hannah sacode a cabeça.

— Pai...

— Eu mandei sair já da minha casa.

Os olhos do sr. Prior ainda estão fixos em mim.

"Ai, meu Deus".

"Ele está falando comigo".

Com as mãos trêmulas, tiro as cobertas de cima do meu corpo e ponho os pés no chão. Fico esperando as minhas pernas se esmigalharem. Mas, não sei como, elas me sustentam e me arrastam para perto da porta.

— Como você tem coragem de aparecer aqui? — dispara o sr. Prior.

— Que merda, pai! — exclama Hannah, puxando o braço do pai. — Não é culpa dela.

— Por acaso a sua família não fez mal suficiente? — pergunta, sem comentar o fato de Hannah ter falado um palavrão. — Você tinha que aparecer aqui e obrigar a minha filha a reviver tudo? O seu irmão tem muita sorte de eu não ter ido até a sua casa e enchido ele de porrada.

— Espera aí, sr. Prior — diz Charlie, parada do meu lado. Quando foi que ela atravessou o quarto, não faço a menor ideia. Estou anestesiada, congelada por um olhar de mágoa, de ódio. — A Mara queria falar com a Hannah. Ela não...

— Ah, tenho certeza que sim, mas temo que isso não seja apropriado neste exato momento. Você devia saber disso, Charlie. — O sr. Prior não para de olhar para mim nem por um segundo. — Por favor, deixe a minha filha em paz.

— Desculpa — digo.

Não sei bem por quê. Mas me parece a única coisa certa a dizer.

— Não vai embora, Mara — suplica Hannah, com a voz embargada. — Isso é ridículo. Ela acredita em mim, pai! O senhor não pode simplesmente expulsá-la daqui. Fala para ele, mãe.

— Hannah — diz a sra. Prior, passando a mão pelo cabelo lisinho sedoso da Hannah. — Por favor, se acalme.

— Querida, você passou por muita coisa — fala o sr. Prior, com um tom instantaneamente carinhoso —, mas a Mara não pode ficar aqui neste momento. Owen é *irmão* dela.

A minha cabeça balança, tentando sinalizar que sim, e eu tento passar pelo sr. Prior e ir para o corredor, mas Hannah me impede, segurando o meu braço.

— Mara...

— Não quero dificultar ainda mais as coisas — falo, baixinho.

Sinto uma necessidade insuportável de sussurrar, de me esconder.

— Você não está dificultando nada — afirma ela, e as lágrimas escorrem livremente pelo seu rosto.

Antes era tão difícil fazer Hannah chorar. Ela e Charlie são bem parecidas nesse sentido. Elas guardam as coisas até não conseguir mais, até transbordar. Talvez nós três fôssemos assim. Antes. Agora Hannah só parece estar tão cansada que a água transborda dela por qualquer coisa.

O sr. Prior não diz mais nada, só entra no quarto da Hannah e começa a esticar a cama, a bater nos travesseiros, como se tentasse remover todos os vestígios que eu possa ter deixado.

— Desculpa — diz a Hannah. — Eles só...

— Tudo bem.

Tento sorrir, porque *não quero* mesmo dificultar as coisas para ela. Charlie fala alguma coisa para Hannah que não consigo entender, enquanto vou me arrastando pelo corredor, e Hannah balança a cabeça. Não demora muito e Charlie está do meu lado, segurando a minha mão. Sempre segurando a minha mão. Saímos da casa e eu me atiro dentro da picape de Charlie.

— Não quero falar sobre isso — aviso antes que Charlie comece a repetir lugares-comuns.

Antes que consiga dizer "não é culpa sua" ou "os pais dela só estão chateados" ou "não é com você que eles estão bravos". Todas são afirmações verdadeiras, na superfície. Mas, lá no fundo, eu sei que não são completamente verdadeiras.

Não, nenhuma de nós jamais pensou que Owen seria capaz de fazer uma coisa dessas. Mas talvez existissem sinais, alguma escuridão escondida que eu tentava explicar com termos como "personalidade forte", "paixão" ou "ambição". Owen nunca foi violento comigo nem com ninguém, aliás. Nunca se meteu em uma briga que chegasse às vias de fato. Nunca falou de meninas como se elas fossem só um pedaço de carne. Pelo menos não perto de mim. Então o que foi que eu deixei escapar? Porque eu só posso ter deixado escapar alguma coisa em algum momento, não é? Ele é o meu irmão gêmeo. Ele é metade de mim. Eu sou metade dele.

Fecho os olhos e deixo o murmurar suave dos pneus sobre o asfalto me acalmar. Eu não deixei nada escapar. Não tinha como deixar.

Porque esse cara que machucou a Hannah...

...Eu não o conheço, nem um pouco.

CAPÍTULO DOZE

Estou sentada no último degrau da escada que leva até a varanda, adiando o momento em que vou ser obrigada a entrar em casa, e a porta se abre. A voz da minha mãe ressoa na noite, tão baixa que só consigo ouvir algumas palavras.

— ...obrigada por aparecer... precisa de você neste momento... um amigo tão bom...

Logo a porta se fecha. Ouço passos vindo acima de mim, viro para trás e dou de cara com os olhos castanho-escuros do Alex.

Que desce a escada e se senta ao meu lado.

— E aí? — diz.

— E aí? Você já está de saída?

— Só passei para devolver umas partituras da aula de orquestra e o *tablet* do Owen, que ele esqueceu em casa semana passada.

Ele retorce a boca quando fala, como se estivesse tentando engolir uma careta.

— Cadê o seu carro?

Olho para a entrada de novo. Eu estava tão transtornada quando Charlie me deixou aqui que não me surpreenderia de ter passado batido pelo carro, por mais amarelo que seja.

— Vim andando.

— Como assim, veio andando? São quase cinco quilômetros.

— E daí?

Alex fica puxando um fio solto da calça jeans. Puxa tanto que o fio se solta, bem comprido. Ele dá um piparote no negócio e o fio vai parar na calçada. Fico observando Alex por mais alguns segundos, imaginando por que ele não vai ficar para jantar. Ele costuma jantar com a gente umas duas vezes por semana, assim como Charlie. Os dois são uma extensão de mim e do Owen, nossas estrelas vizinhas. Mas não sei se algum dia Charlie vai pôr os pés na minha casa de novo, e isso vai tomando conta de mim devagar, a ideia de que as coisas nunca mais serão as mesmas.

— Você e o Owen brigaram? — pergunto.

Alex não se mexe, mas a pele em volta dos seus olhos se estica.

— Claro que não. Quer dizer, sou um "amigo tão bom", né?

Então ele levanta e começa a se afastar.

— Ei, espera — digo, ficando de pé também. Olho para a minha casa, atrás de mim, com as suas janelas que exalam calor, o jantar que os meus pais devem estar colocando em cima da mesa, com quatro pratos, todos no seu devido lugar. A família perfeita. — Quer uma carona?

A luz da varanda não ilumina por pouco o seu rosto, e ele está com as mãos dentro dos bolsos. Alex nunca foi uma pessoa fácil de interpretar, mas quase consigo sentir que tem algo dentro dele tentando se conectar comigo, assim como sinto algo dentro de mim tentando se conectar com ele.

— É, pode ser — responde.

Tiro a chave da mochila e, logo depois, estamos trancados dentro do carro que divido com Owen, cantando pneu porque saí bem rápido. A minha casa vai sumindo pelo retrovisor, e tenho a sensação de um grilhão se rompendo. Baixo os vidros e ponho a mão que não segura o volante para fora, deixado que o ar gelado da noite salpique os meus dedos e meu cabelo. Alex faz a mesma coisa, com a cabeça encostada no banco, o braço pendurado para fora do carro.

Perto do centro a rua do Alex aparece à direita. Ligo a seta, diminuo a velocidade para fazer a curva, vou mais devagar... mais devagar...

Então nos entreolhamos por cima do painel. Ele não fala nada, nem sequer pisca, mas um sorriso minúsculo se esboça no seu rosto, suavizando todos aqueles traços de tensão que apareciam quando estava na frente da minha casa. É o suficiente para me fazer acelerar e passar reto pela rua da sua casa.

Ficamos andando de carro por um tempo, nos contentando só em ouvir música e sentir que estamos nos movimentando pela face da Terra. Quando paro no estacionamento do cemitério da Orange Street, Alex dá risada.

— Tem outros lugares que eu gosto de ir também, sabia?

— Sério? — Tiro as chaves da ignição. — Achei que você só se interessava por lápides, o tempo todo.

Ele estala os dedos de um jeito exagerado.

— Caramba, esqueci o violino de novo.

Dou risada, feliz de ver aquele Alex da Galáxia Fluorescente, o Alex livre de Owen, que — começo a suspeitar — é o verdadeiro Alex. A luz da Lua cheia atravessa os vidros do carro, e os raios prateados fazem Alex começar a picar.

— Bom, não é por causa das lápides que eu venho. É por causa das histórias.

Ele sai do carro depois de mim e subimos o morrinho que depois se transforma em uma espécie de vale, e as tumbas quase brilham no escuro. O rio cintila atrás delas, sua superfície reluz ao luar.

— Uau — suspira Alex.
— É, é lindo.
— De um jeito bem sinistro.
— É mais deprê que sinistro. Deprê também pode ser lindo.
— Você tem andado demais com Charlie.

Tento dar risada do comentário, mas o riso fica preso na minha garganta. Em vez disso, entrelaço os dedos nos dele e começo a descer o morro. Alex não se afasta, só dobra a mão em volta da minha, quase a engolindo.

Quando chegamos lá embaixo, solto os seus dedos. A sensação de ter alguém segurando a minha mão é tão conhecida, mas tão diferente quando a mão é do Alex. É intensa e assustadora, e uma faísca de culpa se acende no meu peito. Então me afasto dele, recuperando o fôlego enquanto leio o epitáfio mais próximo.

Ficamos perambulando pelos túmulos por um tempo, e logo Alex percebe que estou procurando por meninas que tenham algo além de "filha", "mãe" ou "esposa" escrito na lápide.

— Aqui tem uma "bela amiga" — diz, se agachando na frente de uma pedra que parece ser muito antiga.

Eu me aproximo dele e me ajoelho na grama prateada.

— "Naomi Lark, 1899–1920". Meu Deus, como tem mulheres jovens enterradas aqui.

Alex balança a cabeça e passa os dedos por cima das palavras gravadas na pedra com tanta delicadeza que sinto um nó na garganta.

— Gostaria de ter isso gravado na minha lápide um dia — fala, ficando de pé e batendo as mãos para limpar a poeira. — "Belo amigo." É simples, mas... caramba, que legado...

Dou um sorriso para ele, mas os meus pensamentos estão com Charlie e Hannah e comigo, há poucas horas, naquele momento em que havia uma certa beleza no fato de nós três estarmos abraçadas, chorando juntas na cama da Hannah, segurando a barra uma da outra. Uma certa beleza, mas também uma certa feiura, por causa do motivo para estarmos lá, por causa de quem eu estava lá. Por causa do esfacelamento que senti, debaixo da minha pele, feito uma constelação que se despedaça.

— O sr. Prior me expulsou da casa dele hoje.

Alex levanta a sobrancelha e pergunta:

— Você foi visitar a Hannah?

Balanço a cabeça.

— Como... como ela está?

Começo a andar em direção ao rio, Alex me segue. Não respondo de imediato: de repente, essa pergunta me parece tão difícil... A água rola sobre si mesma, nos convidando a chegar mais perto, e o luar se reflete na sua superfície. A cena parece ter saído de um filme antigo em preto e branco.

— Ela está triste — digo, finalmente, parando onde a beira do rio se afunda e a grama fica mais longa, em volta da margem. — E com raiva.

Alex suspira do meu lado.

— E o pai dela te expulsou?

— É. Ele também está triste e com raiva.

— Mas você não fez nada. Foi o Owen que...

Nós nos entreolhamos e Alex se cala. Vira o rosto. Mas, mesmo no escuro, consigo ver a confusão estampada na sua cara. Ele tateia e encontra a minha mão, nossos dedos se entrelaçam, desajeitados, em uma tentativa desesperada de se apegar a alguma coisa.

Ficamos ali parados por alguns minutos, em silêncio, com os mortos descansando atrás de nós e a vida pulsante do rio na nossa frente. O rio que flui suavemente, como se estivesse tentando fazer as pazes com todo aquele caos. De repente, tenho a sensação de que tudo é pesado demais. Afundo na grama, sentada em cima das pernas.

— Por que a gente nunca fez isso antes? — pergunto.

Alex senta do meu lado, com os cotovelos apoiados nos joelhos.

— O quê? Saltitar pelo cemitério? A gente fez isso ainda ontem.

Dou um empurrão no seu ombro, e ele dá risada.

— Eu estava falando de sair.

— A gente já saiu.

— Não só nós dois.

Ele encolhe os ombros e responde:

— Não sei por quê. Deveríamos. Pelo menos, agora nós saímos.

Olho para o céu límpido. O cemitério fica a uma distância do centro de Frederick que permite que as estrelas pareçam milhares de minúsculas luzinhas de cabeceira ligadas no escuro.

Apesar de a gente se conhecer há um tempão, ter estudado juntos, ter tocado nos mesmos concertos de Natal por anos, eu e o Alex nunca fomos amigos, nunca nos procuramos.

E nunca me senti tão desesperada para mudar isso, por mim e por ele.

— Me conta alguma coisa — peço.

— Tipo o quê?

— Alguma coisa que eu não saiba a seu respeito.

Ele aperta os lábios, com um sorrisinho no canto da boca.

— Ai, meu Deus. Não me diga que andar pelo cemitério carregando o violino é o único *hobby* que você tem, né?

Ele cai na gargalhada, mas balança a cabeça.

— Agora você me pegou.

Um vento gelado passa no meio da gente e chego um pouquinho mais perto do Alex.

— Sério.

Alex solta um suspiro.

— Sério mesmo? Odeio me apresentar em público.

— Ah... Alguém está só falando por falar.

Ele encosta no meu ombro e não se afasta mais.

— Não. Quer dizer, é isso que eu estou tentando falar. Eu odeio me apresentar, tocar violino em público.

— Mesmo? Mas... você é incrível.

Ele encolhe os ombros.

— Eu gosto de tocar, não me entenda mal, mas no meu quarto. Ou nos ensaios, só com a orquestra. Mas odeio concertos. Todo mundo me olhando, enquanto dou pedaços da minha alma para as pessoas. Isso me estressa.

— Uau. Pedaços da sua alma? — provoco, mas entendo o que ele quer dizer.

É por isso que eu nunca aprendi a tocar violão nem a compor, apesar de ter vontade desde a primeira vez que a Charlie se ofereceu para me ensinar, no primeiro ano. É simplesmente... *eu* demais. Com as matérias para o Empodera, é diferente. São coisas que eu penso e opiniões que preciso pôr para fora porque tem tanta coisa que não consigo pôr para fora. Mas música... é pura emoção.

Alex sacode os ombros de novo.

— Eu tento ficar com o posto de primeiro violino porque é uma coisa que tenho que fazer, sabe? Eu curso a escola de artes cênicas porque os meus pais também gostam das outras matérias que eles dão, e é bom para o meu currículo, conta pontos na hora de entrar na faculdade. Tenho capacidade para ser o primeiro violino, logo, é isso que eu faço.

— E o que você *quer* fazer?

Ele passa a mão na nuca e responde:

— Sinceramente? Estudar História. Talvez dar aula, um dia. Eu adoro as aulas da sra. Cabrero. Ela se diverte, sabe?

— Sério mesmo? A mãe da Charlie era professora de História antes de virar diretora.

Na mesma hora me arrependo de ter feito essa comparação. Por que estou falando da Charlie neste momento? Por sorte, Alex só dá um sorriso e balança a cabeça.

— Eu gosto das histórias. De um acontecimento poder influenciar as próximas centenas de anos, de a gente poder simplesmente... *conhecer* essas vidas que foram vividas e como fomos transformados por elas.

— Uau.

— É esse o verdadeiro motivo para eu vir ao cemitério de vez em quando. Quer dizer, gosto do silêncio, mas você tem razão: é por causa das histórias, das vidas que já foram vividas. Isso me faz sentir...

Alex não completa a frase e olha ao longe.

— O quê? Isso faz você se sentir o quê?

Então ele olha bem nos meus olhos e diz:

— Uma pessoa corajosa. Não tão sozinha.

Fico com um nó na garganta e só consigo balançar a cabeça.

— E você? — pergunta, chegando mais perto.

Daria para encostar a testa na dele, se eu me mexesse um centímetro.

— O que tem eu?

— Você gosta de cantar? É isso que você quer fazer?

— De verdade? Não sei. Até gosto, de vez em quando, mas meio que sinto a mesma coisa que você. A parte das apresentações é difícil para mim. Por isso nunca me candidato a ser solista ou interpretar papéis de destaque nos musicais.

— Mas deveria. Já ouvi você cantar. Você é incrível.

Sinto um frio na barriga.

— Bom, você também é incrível com o violino. Ser incrível em alguma coisa não significa que a gente é obrigado a fazer isso. Acho que você daria um historiador sensacional.

Alex dá um sorriso.

— Mas — continuo — não sei o que mais eu poderia fazer.

— Os artigos que você escreve no Empodera são muito bons. Que tal jornalismo, escrever livros ou algo assim?

— Você leu os meus artigos no Empodera?

— Todos eles, desde o dia em que você fundou o jornal.
— Sério? Owen acha ridículo, como se fosse uma grande piada.

Alex sacode a cabeça. E aí estende a mão e tira uma mecha de cabelo que caiu nos meus olhos. Não a puxa nem passa o dedo nela. Só a prende atrás da minha orelha. Fico com os braços arrepiados e não sei dizer se gosto disso ou não.

— Não são nada ridículos, são a *sua cara*, Mara. Aquele sobre os dois pesos e as duas medidas em relação ao sexo do ano passado? Mandei para a minha irmã. Ela adorou, fez todas as amigas lerem. Todo mundo ficou comentando por semanas a fio lá na escola. Foi uma coisa importante.

Fico só olhando para ele, e as lágrimas pinicam os meus olhos. Porque Alex tem razão. Esses artigos são o que eu quero dizer. As palavras que eu *posso* dizer. Porque tenho medo demais e sou pequena demais para dizer outras palavras. As palavras certas.

— A Greta ficou com o meu lugar no Empodera — conto.
— O quê? Você, tipo, saiu?
— Não exatamente. Foi mais para... saíram comigo.
— Ah. Uau. E ela pode fazer isso?

Dou de ombros.
— Era a coisa certa a fazer. Por enquanto.

E então vejo, pela sua expressão, que ele entendeu.
— Ah.
— É.
— Sinto muito.
— Não foi culpa sua.

Ele balança a cabeça e fica um instante sem falar nada.

— Mas é culpa de alguém.

As suas bochechas e os seus lábios se remexem, a sua voz fica grave e embargada, e me dou conta de que Alex está se segurando para não chorar.

Sinto o meu coração fraco e frágil dentro do peito, porque nós dois sabemos quem é esse alguém. Fico de joelhos e percorro os poucos centímetros que nos separam.

— Alex...

Passo as mãos nos seus braços e sinto o seu blusão macio e felpudo nos meus dedos. Ele fecha bem os olhos e respira, ofegante. Seguro seus ombros, depois passo a mão no seu pescoço, no seu rosto. Não sei por quê. Não sei o que estou fazendo. Estou com medo, e as lembranças estão ameaçando vir à tona e me estraçalhar, mas aqui tem alguma coisa de que eu preciso. Alguma coisa que precisa de mim. Alguma coisa nessa situação que me faz sentir bem e, caramba, preciso me sentir bem em relação a alguma coisa.

Alex também fica de joelhos e me abraça, vai escorregando a mão até a minha cintura devagar, como se estivesse esperando que eu fosse me afastar. Não me afasto. Em vez disso, aproximo o rosto dele do meu, até nossas testas se tocarem. Depois nossos narizes.

— Você... você tem certeza? — sussurra, e o ar que sai da sua boca aquece os meus lábios.

Não tenho certeza por uma fração de segundo, quando lembro que o meu coração está a quilômetros de distância, com uma menina de cabelo castanho-escuro que toca violão. E, provavelmente, sempre vai estar. Em outra fração de segundo, todos os meus sentidos absorvem a expressão do Alex, tentam avaliar a pressão de seus dedos, procurando uma ameaça. Mas não encontram, e todas essas frações de segundo se acumulam e viram um poço de carência, lá nas minhas entranhas.

Dou um beijo nele. Um leve roçar de lábios. A barba por fazer do Alex arranha a minha pele e me faz sentir saudade de um rosto mais lisinho, mas também me dá uma sensação inebriante. Diferente. Pressiono minha boca contra a dele, abro seus lábios com os meus. Ele corresponde, suspira, com a boca colada na minha, e sobe uma das mãos, até segurar a minha nuca. Tudo começa tão suavemente, mas nosso beijo fica mais intenso, desesperado, as mãos em uma pressa louca de ter um tipo de contato que eu quase nunca me permiti ter nos últimos quatro anos, a não ser com a Charlie. Tem uma certa tristeza nesse beijo, e isso também me faz sentir bem.

Uma faísca de pânico paira sobre mim, mas não se alastra. Esse pânico é coisa *minha*, não tem nada a ver com Alex, e eu realmente quero fazer isso. Quero ser capaz de querer e, mais do que isso, fazer de verdade. Chego mais perto dele e Alex afasta a boca da minha e para atrás da minha orelha. Vai beijando meu pescoço e incendiando minha pele, mesmo com aquele vento gelado. O seu peito chapado, o seu maxilar raspando na minha pele... É uma sensação incrível. Eu não beijava um menino desde o segundo ano, quando fiquei com o Mathias Dole por alguns meses. Ele era chato e previsível, deixava eu escolher aonde a gente ia quando saía, deixava eu tomar a iniciativa de rolar alguma coisa mais íntima entre a gente, e eu quase nunca tomava. Nada além de beijar. Nunca mais saí com um menino desde então.

Já estava envolvida demais com Charlie naquela época.

As mãos do Alex sobem pelas minhas costelas e, lá no fundo, sei que ainda estou. Mas tem um outro lado meu, maior, que não liga. Eu fiz a minha escolha, e ela concordou.

Encosto o rosto no pescoço do Alex, sentindo o seu cheiro, que me faz lembrar de outono. De acampar e de correr. Pouco a pouco, os nossos movimentos vão ficando mais lentos, os nossos beijos vão rareando, mas ainda estou enroscada nele, e ficamos assim um bom tempo, ajoelhados na grama. Meu rosto encostado no seu ombro, as mãos dele acariciando as minhas costas, criamos a nossa própria ilha de calor neste mundo. Não nos beijamos mais. Não precisamos. Só precisamos disso.

Aqui, não existe Owen. Não existe irmão gêmeo. Não existe nem Charlie, nem Tess. Só existe eu e Alex. Toda a nossa confusão e a nossa mágoa se transformando em consolo.

E, por enquanto, isso basta.

CAPÍTULO TREZE

Já são quase nove da noite quando chego em casa, depois de deixar o Alex. Olho para o celular pela primeira vez durante a noite toda, depois de estacionar o carro. Como a minha mãe mandou mensagem e me ligou umas cinco vezes, provavelmente devo estar bem encrencada com ela.

Ao sair do carro, sinto um desejo súbito de falar com Charlie. Tenho uma sensação no peito que não consigo entender — meio de alívio, meio de culpa. Sei que a segunda não tem o menor motivo para existir, mas ela não para de me cutucar enquanto subo a escada. Quem sabe passa se eu falar com ela, contar que eu passei umas duas horas com Alex, talvez até contar que a gente se beijou, porque é isso que as melhores amigas fazem. Preciso que Charlie me diga que não tem problema.

Antes que dê tempo de eu desistir, digito o nome dela na tela. Charlie odeia falar no telefone, mas eu preciso ouvir a sua voz. Ela vai ter que, simplesmente, se conformar em receber uma ligação de verdade. Toca várias vezes antes de eu ouvir aquele *clique* revelador, mas ninguém me cumprimenta do outro lado da linha: só ouço um rumor de vozes.

— Alô? — digo.

— Não... — ouço a Charlie dizer, mas de longe e como se não fosse ela que estivesse segurando o telefone.

— Ah, para, eu devia falar com ela, você não acha? — declara uma voz feminina desconhecida, dando uma risada.

— Tess, eu pedi para você não atender...

Mais barulhos, outra risada e então um *clique*, porque alguém desligou.

Fico piscando para a tela, tentando controlar as lágrimas que ardem nos meus olhos. Enfio o celular no bolso de trás da calça e me obrigo a subir a escada e entrar em casa.

A minha mãe vem tirar satisfação no instante em que eu fecho a porta. Está parada na entrada, olhando feio para mim, com as mãos na cintura e os cachos presos em um coque bagunçado. Está com cara de cansada. Ultimamente, todo mundo está com cara de cansado, o tempo todo. De repente, também me sinto assim, todo aquele encantamento que eu estava sentindo por causa do que rolou lá no rio, com o Alex, foi dissolvido por aquela risadinha mínima ao telefone.

— Por onde você andava? — pergunta a minha mãe.

— Fui dar uma volta.

Passo por ela e entro na cozinha. Abro a porta do freezer e pego o pote de sorvete de *cookies and cream* que lembrava ter visto hoje de manhã.

— Foi dar uma volta? — repete ela, vindo atrás de mim. — Isso é tudo que você tem a dizer? Mal te vi nos últimos dias.

— Eu estava na casa da Charlie, só isso. — A mentira queima a minha língua, gelada, mais gelada do que o sorvete que não paro de enfiar na boca. Dou mais uma colherada e vou para a escada. — Tenho lição para fazer.

Ela me obriga a parar, pondo a mão no meu braço.

— O que está acontecendo, Mara? Conversa comigo, querida.

Tem tanta coisa que eu quero contar para a minha mãe. A saudade que eu tenho da Charlie, que eu acabei de beijar Alex sob a luz do luar. Coisas sobre as quais uma filha deveria poder conversar com a mãe, tomando chá quente. Mas tantas outras coisas, que não foram ditas, me impedem de contar o que quer que seja. A sensação de que o meu irmão — a minha família, eu mesma — está se partindo ao meio. O medo que eu sinto o tempo todo. Que, nos últimos três anos, tenho pesadelos, pelo menos uma vez por semana, que perco a voz, que os dedos do sr. Knoll estão arrancando as cordas vocais da minha garganta.

Que, ontem à noite, tive o mesmo sonho, só que dessa vez foi com os dedos do Owen, e a minha voz ficava brilhando, feito um diamante embaçado, na mão dele. Eu estava, literalmente, sem voz, só tinha um coração partido.

— Estou cansada, mãe.

Ela faz cara feia, mas solta o meu braço, balança a cabeça e olha para o pote de sorvete.

— Isso não é jantar. Posso esquentar um pratinho para você.

— Não precisa.

Ela fica me observando por alguns segundos que custam a passar, espremendo os olhos. Ela sempre acreditou que um bom jogo do sério faz qualquer um confessar. Quando eu tinha dez anos e quebrei a moldura de um quadro que ficava em cima da lareira, correndo pela casa, tentando bater nas pernas do Owen com um cobertor, pus a culpa no Zipper, o gato que a gente tinha naquela época. A minha mãe cruzou os braços e ficou me olhando com cara de "ah, é?" até eu desembuchar. E continuou aplicando essa tática religiosamente, mesmo depois de não surtir mais efeito. Naquele verão, depois do que aconteceu com o sr. Knoll, ela ficava me encarando durante o jantar — o único momento em que eu me aventurava a sair do quarto — com uma espécie de fogo nos olhos, esperando que eu falasse com ela. Não sucumbi naquela época e não vou sucumbir agora. Essa história não é nenhuma moldura quebrada.

— Tudo bem — declara, enfim. — Mas dá um oi para o Owen, tá? Ele comentou que não tem te visto muito ultimamente. O seu irmão está com saudade de você.

Paro com o pé no ar e um grito sobe pela minha garganta, feito uma inundação repentina. Odeio a calma que a voz da minha mãe transmite, o jeito que está agindo, como se tudo estivesse normal, a certeza que ela tem de que o Owen ainda é o Owen que eu conheço desde que nasci, o Owen que segura a minha mão, lá nas estrelas.

Parece que percebeu a minha hesitação, porque solta um suspiro e diz:

— Mara, por favor. Ele precisa de você.

"O meu irmão precisava de mim", penso. "Owen McHale não precisa."

Mas aí aquela vozinha solitária de ontem à noite surge na minha cabeça, delicada como a fumaça que sai de uma vela. "Por favor, ainda sou eu. Sou só eu."

Sem dizer mais nada, vou para o andar de cima. Gotículas geladas se acumulam nos meus dedos, o papelão do pote de sorvete está ficando mole. Enfio mais uma colherada cremosa na boca, mas mal consigo engolir. A caminho do meu quarto jogo o troço, com colher e tudo, na lixeira do banheiro.

— Mar!

A voz do Owen revira o meu estômago. Não estava esperando por isso, sua voz, de repente, me causar tamanho choque. Vou até o quarto dele, meticulosamente arrumado, e um clarão vermelho rouba a minha atenção.

Um clarão vermelho e outra voz feminina desconhecida.

Eu paro na frente da porta do quarto do Owen. O meu irmão está sentado na cama, com as costas apoiadas na cabeceira e com um livro aberto no colo.

Tem uma menina sentada do lado dele. De cabelo liso escorrido e quase preto, usando uma camiseta justa vermelho-cereja, um tom vivo e alegre. Seu riso se esvai quando ela me vê.

— Oi, Mar — diz Owen, sorrindo. — O que é que está pegando?

— Nada — respondo.

— Você conhece a Angie, né? — pergunta, inclinando a cabeça para a menina. — Ela toca flauta.

— Conheço, claro. — Fico observando a garota, o nome dela faz uma lembrança vir à tona, da aula de história da música do ano passado, mas aquela menina tinha um cabelo tão cacheado que quase parecia ter vida própria. — Você alisou o cabelo.

— Ah, sim — diz. Então dá uma risada nervosa e mexe no cabelo. — Faço chapinha de vez em quando.

A menina continua mexendo no cabelo, olhando para o Owen, depois para o livro, depois para o Owen de novo. O meu irmão dá uma cutucada nela, que sorri mais ainda.

— A gente está estudando cálculo — fala o meu irmão. — Que pé no saco. Quer estudar com a gente?

Ouço o que ele está dizendo, mas meus pensamentos já estão bem longe, eles passaram por cima de nossa casa, atravessaram o bosque e foram parar no lago, onde encontraram Hannah chorando, sentada em sua cama.

— Mar?

Eu me encolho de susto, e ouvir meu nome me faz voltar para o quarto do Owen. O seu olhar tem um quê quase maníaco. Um brilho febril, uma espécie de expectativa, como se ele fosse a minha mãe, esperando eu sucumbir, como se estivesse esperando que o que rolou ontem à noite conserte algo no nosso relacionamento. Responda a alguma pergunta. Mas sei que não foi nada disso. Já sabia ontem e sei mais ainda agora. Mesmo assim, sinto que estou imitando os movimentos dele, como sempre fiz. É um instinto. Um lance de gêmeos, que a gente sempre adorou.

— Não — respondo. — Tudo bem, estou de boa.

O sorriso esperançoso do Owen some dos seus lábios, mas ele balança a cabeça, fazendo sinal para a janela do quarto.

— Constelação de Gêmeos mais tarde?

Sentada do seu lado, a Angie franze o cenho, morrendo de curiosidade, mas o meu irmão não dá nenhuma explicação. Fica só me olhando, folheando o livro.

— *Ãhn*...

— Para, Mara. Nossos gêmeos têm sido seriamente negligenciados nos últimos tempos. — Um sorriso suave se esboça nos seus lábios. — Por favor?

— Eu... eu estou muito cansada. Eu só... logo mais. A gente faz isso logo, tá?

Ele se encolhe contra a cabeceira, mas balança a cabeça e diz:
— Tá. OK. Logo.
— Boa noite, Angie — falo, baixinho.
Sinto que estou tremendo, "logo" é uma esperança desesperada que faz meu coração bater com força contra as costelas.

CAPÍTULO QUATORZE

Na noite seguinte, o caminho até Nashville, no carro da Charlie, teve muita música e zero conversa. O dia na escola foi uma bosta, os cochichos ficaram me seguindo pelos corredores, feito fantasmas malditos. Toda vez que eu via meu irmão dando risada com os amigos, não conseguia me decidir se tinha vontade de chorar no banheiro por uma hora ou de arrancar a cabeça de todos eles. Acabei não escolhendo nenhuma das duas alternativas, fiquei de cabeça baixa quando estava nos corredores e de boca fechada durante a aula. O nome do Owen estava em todos os lugares, mas não o vi mais, o que foi um alívio.

E também me fez sentir uma solidão imensa.

No intervalo entre o segundo e o terceiro período, Angie acenou para mim no corredor. E deu um sorriso. E disse "Oi, Mara". Seu sorriso se desfez porque fiquei só encarando a menina, paralisada pelo seu olhar tranquilo. Ela foi logo virando o rosto, apertando os livros contra o peito. Quando me dei conta disso e percebi como estava sendo idiota, ela já tinha ido embora.

Almocei com Alex, lá fora, na escadaria, então não sei se Charlie nos viu. Também não sei se ela se importaria com isso. Neste exato momento, não faço ideia do que dizer para Charlie, um milhão de perguntas a respeito da Tess contaminam os meus pensamentos, mas não tenho direito de fazer essas perguntas. Beijei um menino há menos de vinte e quatro horas.

E não me arrependo disso. Eu queria beijá-lo. Mas tem alguma outra coisa se avolumando no meu peito que não consigo identificar. Não é arrependimento, é mais uma sensação de que... falta alguma coisa. Deve ter sido por isso que nem eu nem Alex comentamos sobre o beijo durante o almoço. Não nos tocamos. Não ficamos de mão dada nem demos um abraço de "oi" nem de "tchau". Ficamos só conversando sobre nada e comemos nossos *cheeseburguers* torrados da cantina, e foi bom.

Agora, depois da aula, Charlie fica se remexendo dentro do carro. Está inquieta e ajusta a temperatura, a velocidade da ventilação, o volume do som, o espelho retrovisor, e muda de música sem parar. A quantidade de movimentos que alguém é capaz de fazer enquanto está dirigindo é impressionante.

— Nervosa? — pergunto, depois de ela ter ouvido cerca de dez segundos de cada uma das faixas de um álbum inteiro do Silversun Pickups, então desistido e colocado o último EP da Fleurie para tocar.

— Não, claro que não — debocha. — Só estou prestes a me apresentar em um dos melhores palcos de Nashville. Não é nada.

— Desculpa, pergunta imbecil.

Charlie solta um longo suspiro e diz:

— É só que... E se ninguém gostar das minhas músicas? E se eu for vaiada a ponto de ter que sair do palco? E se...

— E se o quê? Todo mundo vai adorar você.

Ela passa o dedo na bainha da regata de renda, por baixo da camiseta largona.

— Eu estou... eu estou parecendo um menino?

— Você está parecendo você.

Eu falo isso no automático, não porque estou tentando acalmá-la, mas porque é verdade. Charlie é linda e forte. Adora máscaras de cílios e gravatas masculinas e coturnos pesados e calça jeans *skinny* e música deprê de menina e manteiga de amendoim em cima do *waffle* e Harry Potter, mais do que a própria vida. Ela é Charlie, assim como eu sou Mara, e Hannah é Hannah. — Você quer parecer o quê?

Ela encolhe os ombros e responde:

— Hoje estou me sentindo muito mais... feminina, acho eu, mas é isso que eu pareço com essa roupa? Só quero parecer eu mesma. *Me expressar*, sabe?

— Você está parecendo você mesma, sim.

— Mas nem sempre sinto que estou, sabe?

— Acho que todo mundo se sente um pouco assim. Pelo menos de vez em quando.

Charlie balança a cabeça, e na mesma hora me sinto uma bosta.

— Desculpa, não quis dar a entender que isso não é nada demais.

Ela relaxa e me dá um sorriso tranquilo.

— Não entendo o que sinto boa parte do tempo. Bom, isso não é verdade. Entendo. Sei como me sinto. Acho que só fico confusa entre expressar como me sinto e como acho que eu deveria me sentir. Quer dizer, eu nasci menina, certo? Então deveria me *sentir* menina o tempo todo. Não deveria?

— Deveria? Quem disse?

Charlie aperta os lábios e fala:

— E "se sentir menina" significa o quê, para começo de conversa?

— Justamente.

Ela solta o ar, junto com um "argh". Tenho vontade de pegar na sua mão, tenho vontade de dizer que eu a amo. Isso é verdade, não importa como ela se sinta, com ou sem Tess, com ou sem Alex.

E é isso que eu faço. Seguro os seus dedos, que pairam perto do botão de descongelar os vidros – apesar de estar um dia ensolarado e fazer quase 22°C – e os entrelaço nos meus.

— Eu te amo. Você sabe disso, né?

Tento manter as emoções fora das minhas palavras – ou, pelo menos, qualquer coisa parecida com *saudade* –, imbuindo a minha voz de força e firmeza.

Charlie balança a cabeça e aperta minha mão, sem tirar os olhos da estrada, e só solta quando paramos no estacionamento do 3rd and Lindsley.

— Mara – fala, ao desligar o motor. As nossas mãos se separaram. — Ontem à noite... eu não queria que a Tess...

— Tudo bem – digo, então solto o cinto de segurança e abro a porta do carro. Se falarmos da Tess, vamos ter que falar do Alex, e eu não estou a fim de falar de nenhum dos dois.

— Mas...

— Você tem um público para arrebatar. – Empurro o seu ombro na direção da porta do motorista. – Então vamos arrebatar esse povo.

Charlie sorri, mas seu sorriso logo se desfaz, o nervosismo toma conta da sua expressão.

— Arrebatar – repito, pronunciando cada sílaba e inclinando a cabeça, para obrigar Charlie a me olhar nos olhos.

Ela balança a cabeça, respira bem fundo, pega a minha mão e a aperta uma última vez.

★☆★

O 3rd and Lindsley é um bar e restaurante escuro, com chão preto e garçons cheios de *piercings* e tatuagens. O segundo andar tem uma porção de mesas e cadeiras, gente jantando e tomando cerveja. É no primeiro andar que as coisas acontecem: tem um palco enorme com bateria, vários microfones de pedestal e uma tonelada de fios. Na frente do palco, o público já está esperando o show começar.

Sou empurrada para lá e para cá enquanto caminho com Charlie pela lateral do salão, seguindo um cara chamado Grant, que tem uma certa afinidade com a palavra "mano", para Charlie passar o som. Como eles fazem isso com tanta gente na plateia, não faço a menor ideia.

— O cara do som usa fone de ouvido! — grita Charlie, virando para trás, porque fiz a pergunta em voz alta.

— Certo, mano — fala Grant, parado na frente da porta que leva para os camarins. Sua cabeça raspada brilha sob as luzes do palco. — Vai lá para trás e deixa suas coisas, depois vem posicionar seu violão no palco. Como você é a terceira a se apresentar, pode ficar lá nos bastidores até chegar a sua vez. Pode ser?

— Pode — responde Charlie, distraída, de olhos arregalados, absorvendo toda aquela cena.

— Está tudo bem? — pergunto, ou melhor, grito.

Charlie balança a cabeça e engole em seco.

— Posso entrar com ela? — pergunto, para Grant.

— Desculpa, mano. O acesso é só para os músicos. A gente vai cuidar dela. Você pode ir procurar um lugar ao Sol lá na pista.

— Você vai ficar bem sozinha? — indaga Charlie, enquanto Grant aponta para a porta.

— Vou, claro — respondo, mas já estou me sentindo espremida, todas aquelas pessoas atrás de mim mais parecem paredes se encolhendo na minha direção. — Boa sorte. Você vai arrasar, tenho certeza.

Charlie aperta a barriga com uma mão e, com a outra, o *case* do violão.

— Tenta encontrar um lugar perto do palco, tá? Para eu conseguir te ver?

— Claro.

— Ok. Ok, tchau.

Mesmo assim, ela não se mexe, fica ali, parada, mordendo o lábio. Atrás da Charlie, Grant não parece nem um pouco feliz. Diz algo sem emitir som que parece muito com "adolescentes" e fica olhando feio para o celular.

Passo a mão na cabeça de Charlie — uma vez só, de brincadeira — e aí a viro para frente e pressiono suas costas com a palma da mão, empurrando-a na direção da porta. Ela vai em frente, e eu vou desviando da multidão, tentando chegar mais perto do palco. Quando consigo parar umas duas fileiras atrás do ponto em que Charlie está, afinando o violão, já estou sem ar e com as mãos suando. Alguém cai na risada à minha esquerda, ouço um grito vindo da direita, e um líquido derrama de um copo de plástico e cai no chão perto dos meus pés. Engancho mãos nos cotovelos e aperto bem até as luzes ficarem ainda mais fracas e o primeiro músico aparecer no palco.

É um cara mais ou menos da nossa idade, de cabelo bagunçado, traços genéricos, que canta uma musiquinha emo bem rebelde sem causa, sobre passar pelo luto do amor vagando pela floresta ou algo assim. Até que é decente e tem um tom de voz bem aveludado, mas não prende a atenção da plateia por muito tempo. Mesmo assim, muita gente bate palma e assobia quando o cara termina de cantar, rolam muitos soquinhos no ar e gritos de "é isso aí".

A próxima a se apresentar é uma menina negra com um cabelo cacheado maravilhoso, que ataca uma ária que conheço da escola, mas cujo nome não consigo lembrar. Está cantando em um tom mais grave, acompanhada por um violão acústico, como uma voz bem ao estilo *folk*. Não sei como, mas dá certo: o público presta mais atenção nela do que no Menino Emo.

Finalmente, a Menina da Ária sai do palco. Tem um breve intervalo, um dos técnicos levanta um pouco o microfone e confere um pedal no chão. Charlie é a próxima. O nervosismo me dá um aperto no estômago, como se tivesse uma mão se fechando em volta dele.

E aí ela aparece diante de mim, alta e elegante, sem nenhum sinal de nervosismo. Cumprimenta a plateia e diz seu nome no microfone, com a voz cristalina e suave. Perfeita. Enquanto fala, percorre a plateia com os olhos e cruza o olhar com o meu antes mesmo de seu sobrenome sair dos seus lábios.

— Esta música é para você — diz, com o olhar vagando pela plateia.

E então toca. Os primeiros acordes bastam para eu saber que nunca ouvi essa música.

Vamos lá para fora, vem comigo,
não precisa se esconder,
nossa máscara está caindo.
Nossos pés esmagam as risadas
a ferro e fogo, palavras vão se retorcer,
um milhão de meninas silenciadas.

Força e beleza,
é uma máscara, uma fortaleza
Nem sei como continuamos de pé para lutar
Força e beleza,
é uma fase, é dureza
Nem vem dizer que não sei meu lugar

Charlie não olha para mim novamente, mas eu não consigo tirar os olhos dela. O lugar ficou bem mais silencioso do que durante a apresentação dos dois artistas anteriores, todo mundo está hipnotizado. A voz dela é rouca, mas também cristalina, como a água do rio batendo sobre as rochas. A música... meu Deus, esta música. Quase dói, de tão sincera. De tão... Charlie. Não consigo nem pensar direito enquanto ouço, tentando decorar a letra, para ficar repetindo sem parar na minha cabeça, mais tarde.

— Caramba, ela é boa. A menina é incrível – diz um cara, do meu lado.

Não sei se ele está falando comigo, com os amigos ou com o próprio universo, mas isso não tem a menor importância. Meu sorriso brota naturalmente ao ouvir um desconhecido, que não deve nada para mim nem para a Charlie, elogiá-la. Vê-la, de verdade.

— É. Ela é mágica, não é mesmo? — comento.

Ninguém responde, mas não preciso que me respondam. Só preciso disso. De Charlie.

Vou me acotovelando com a multidão, preciso chegar ainda mais perto do palco, de Charlie, que está completamente eletrizada lá em cima. A música se intensifica, fica mais contagiante quando repete o refrão, mais uma vez.

Força e beleza,
é uma máscara, uma fortaleza...

Charlie se movimenta pelo palco com graça, sem provocar demais, mas com energia suficiente para hipnotizar qualquer um que esteja olhando para ela. Para o seu cabelo curto e a sua regata de renda, para o seus coturnos e o seu violão. Não faço ideia de por que Charlie quer esconder tudo isso dos pais. Os dois adorariam vê-la naquele palco. Adorariam tudo.

Quando Charlie canta, mal consigo ficar parada. Sempre foi assim, algo fluorescente, quase radioativo, esquenta o meu sangue. E não é só porque eu gosto de suas músicas, da sua voz, gosto *de Charlie*. Alguma coisa se acende dentro de mim quando toca, alguma coisa fundamental que dói e luta para se libertar.

Não é à toa que Charlie é considerada a melhor cantora da escola pela maioria das pessoas. Tem uma voz que parece uma mistura de Adele e Halsey, que captura qualquer um que a esteja ouvindo e torna a pessoa completamente impotente. A primeira vez que a ouvir cantar, a gente tinha catorze anos e se conhecia há uma semana, apesar de parecer mais. Parecia que a gente se conhecia há uma vida. Estávamos no quarto de Charlie e brinquei que ela parecia uma das sereias da *Odisseia*. Charlie sorriu, quase com vergonha, começou a cantar "Didn't leave nobody but the baby", uma música antiga, de um filme antigo, com um tom *folk* aveludado e sedutor.

> *Go to sleep you little babe*
> *Go to sleep you little babe*
> *You and me and the devil makes three*
> *Don't need no other lovin' baby*

Eu quase morri daquela vez e estou quase morrendo agora.

Tive vontade de beijá-la daquela vez e tenho vontade de beijá-la agora. De fazer alguma loucura, qualquer uma, todas, para estar à altura do que a música e as palavras de Charlie estão provocando em mim neste exato momento. Gritar e sair correndo, de braços abertos, ao vento, até desmaiar.

A canção acaba com um bater intenso da palheta nas cordas do violão, e esse som profundo ecoa pelo ambiente.

A plateia começa a aplaudir.

Tipo, se acaba de tanto aplaudir.

Levanto as mãos, bato palmas junto com todo mundo, me equilibrando nas pontas dos pés e torcendo para Charlie olhar para mim. Ela sorri e faz a mais sutil das reverências para a plateia, toda elegante e ofegante. Logo antes de se virar para sair do palco, cruza o olhar com o meu. Dá uma piscadela. Sério, dá uma piscadela de verdade, e não posso deixar de rir, porque sinto uma coisa boba, de menininha, borbulhando no meu peito.

A plateia não se acalma depois que ela sai do palco. Não estão mais aplaudindo Charlie, mas têm uma certa inquietude. Uma expectativa, um desejo — não sei. Os meus próprios dedos formigam de tanta impaciência, e levanto a cabeça, dobro o pescoço para ver melhor, tento enxergar a porta do palco, torcendo para ver Charlie sair dali.

Precisando ver Charlie sair dali.

Vou me dirigindo até a porta, mal tomando consciência da multidão barulhenta. Finalmente avisto os seus cabelos castanho-escuros e seus ombros lisinhos, um sorriso nos lábios. Quando Charlie me vê, abre ainda mais o sorriso, acena para mim e vem na minha direção. Para a cada dois passos para conversar: todo mundo quer lhe dizer o quanto é incrível.

— Oi, ai, meu Deus — diz, quando me encontra, passando as duas mãos no cabelo, que fica quase engraçado de tão espetado. — Foi uma loucura, né?

— É. Você foi incrível.

As minhas palavras parecem tão pobres, tão fúteis. Mas, junto com toda essa energia, também tem uma timidez. Que me ataca toda vez que eu vejo Charlie cantar, droga. Não sei se é deslumbramento, inveja ou um pouquinho dos dois.

— É? — pergunta.

— Ai, meu Deus, sim.

— Você não achou que foi muito...

Eu a interrompo, segurando as suas mãos. Que sempre se encaixam tão perfeitamente nas minhas.

— Sério, Charlie. Aquela... *você*... simplesmente fiquei deslumbrada. Todo mundo neste lugar ficou encantado com você.

Ela fica corada.

— Aquela música — continuo, e o sorriso da Charlie vai ficando cada vez maior. — Linda. Não. Não, "linda" nem é a palavra certa. Acho que não *existe* uma palavra para definir aquela música.

— Sério?

— Sério. Como foi para você?

Charlie solta um leve suspiro e fecha os olhos por uma fração de segundo.

— Perfeito.

— Ah, é? Sua voz estava em um dia bom?

Ela dá mais um sorriso enorme.

— Estava. Tudo deu tão certo, Mara. E foi tão bom tudo ter dado certo, sabe?

Balanço a cabeça e aperto a sua mão. Charlie varia entre adorar e desprezar a própria voz. Tem dias em que diz que sua voz parece dela, expressa o que ela quer, que soa bela e original aos seus ouvidos. Em outros, diz que é aguda demais ou cristalina demais ou rouca de menos.

— Simplesmente *sinto* que não sou eu — declarou, em uma tarde de Sol, no segundo ano do Ensino Médio quando estava treinando uma canção para a professora de canto e estava com os olhos cheios de lágrimas de tanta frustração e se recusava a chorar.

— Fico feliz — falo.

— Foi incrível para caramba — diz ela, dando risada. E então tapa a boca com as duas mãos, depois aponta para o palco, lá em cima, onde o próximo a se apresentar está posicionando a guitarra elétrica. — Quer dizer, minha nossa, acabei de fazer isso.

— Fez mesmo. Foi *mesmo* incrível para caramba. *Eu* me sinto incrível para caramba. Essa plateia toda se sente incrível para caramba.

Charlie dá risada, eu dou risada, e parece que as coisas são como sempre foram entre a gente. Estamos felizes, bêbadas de euforia, até, e eu tinha esquecido o quanto isso pode ser poderoso: simplesmente estar feliz, ao lado da nossa melhor amiga.

— Você me ensina? — pergunto, colocando as mãos nos seus ombros.

Charlie está literalmente pulando de alegria. Ou talvez eu esteja. Acho que nós duas estamos.

— Ensinar o quê?

— Tudo. A tocar violão, compor.

Charlie ri outra vez.

— Faz pelo menos dois anos que eu tento te convencer a aprender a tocar violão.

— Bom, *agora* estou pronta.

— Teimosa.

— Sempre.

A gente sorri uma para outra, e parece que agora tem mais ar no recinto do que antes. Tudo se encaixa. É assim que as coisas são entre a gente, é assim que deveriam ser.

— Podemos começar quando você quiser — fala, com um certo tom de excitação. — Na verdade, acabei de comprar uns livros para principiante, porque a Tess queria... apren...

Fico esperando ela ir em frente, dar logo o tapa na cara, mas

Charlie não faz isso. E aí me dou conta de que ela deve ter interrompido a frase porque tirei as mãos dos seus ombros. Consigo sentir a mágoa e a surpresa cobrindo o meu rosto como se fosse uma base pesada, tapando toda a minha espontaneidade.

— Ah — é só isso que eu digo.

— Mara...

— Tudo bem. — Ignoro a Menina. Tess não está aqui em uma das noites mais importantes da vida da minha melhor amiga. Eu estou. E me recuso a abrir mão disso por quem quer que seja. — Claro. Podemos começar semana que vem.

Charlie fica em dúvida, mas então abre mais um sorriso.

— Mal posso esperar para ouvir uma música composta por você.

Uma sensação aguda de esperança surge no meu peito. É pequena, mas está lá. Pela primeira vez, depois de muito tempo, acho que tenho algo a dizer, sim. E talvez esteja, finalmente, preparada para dizer.

CAPÍTULO QUINZE

No dia seguinte, acordo faminta. Meu estômago parece vazio, mas é um tipo diferente de fome, tenho a sensação de que está atacando minhas vísceras. Não consigo decidir se é uma sensação boa ou ruim. Ontem, depois que Charlie me deixou em casa, passei a noite inteira tentando dormir, a noite inteira sem conseguir dormir, e a minha cabeça fervia de tantos pensamentos, tantas canções, tantas palavras há tanto tempo enterradas.

Depois de tomar banho, na tentativa de fazer a água levar aquela energia toda que saía pelos poros da minha pele, sento na beira da cama e seco o cabelo com a toalha. Meus pés ficam balançando, roçando no carpete, com aquela sensação borbulhante no peito que sinto antes dos concertos da escola e no dia em que sai a nova edição do Empodera. A mesma sensação que tive ontem à noite, ao ver Charlie tocar. Não consigo me livrar dessa necessidade de fazer alguma coisa, qualquer coisa.

Eu me concentro em passar um *leave-in* no cabelo, um pouquinho de máscara de cílios e *gloss*, sentindo a pressão dos meus dedos no balcão gelado do banheiro. Todas essas pequenas coisas que faço para organizar o meu mundo, as coisas que faço para me certificar de que não vou desaparecer. Ultimamente, todas essas coisas têm escapado pelos meus dedos.

Levanto e vou até o armário, tomando decisões insignificantes como uma tentativa de me distrair dessa inquietude. Blusas, calças, sapatos, cabelo preso ou solto. Puxo de uma das prateleiras um blusão de tamanho bem maior do que o meu e é aí que uma saia preta de pregas, pendurada no cabide, chama a minha atenção. Passo os dedos pelo algodão macio.

Ela já tem alguns anos e ficou muito curta para mim. Tinha pensado nela como uma das opções para o meu plano de atacar a política de vestimenta e a experimentei há algumas semanas. Só que, quando sentei, senti o frio da cadeira encostando na minha bunda, que ficou metade à mostra, ou seja: a saia não se encaixa na proposta de ficar no limite entre ser aceitável e constituir uma infração.

Em cima do criado-mudo, o meu celular apita. Deixo a saia no lugar, junto com as outras roupas, e passo o dedo na tela para ler a mensagem.

Vou para a aula hoje. Me encontra no nosso armário?

É da Hannah.

Sim, você sabe que sim, respondo, na mesma hora. **Estou aqui para o que der e vier.**

Fico olhando para o celular, enquanto a sinceridade das minhas palavras se assenta dentro de mim. Sinto um nó no estômago só de imaginar o que a Hannah vai ter que enfrentar quando puser os pés naqueles corredores. Aqueles corredores barulhentos, com meninos dando risadas e meninas fazendo gracinhas, olhares de soslaio e cochichos. Aqueles corredores em que Owen McHale está por toda parte.

Volto ao armário e arranco a saia do cabide.

★☆★

A expressão de Alex quando me vê chega a ser engraçada. Depois de me vestir, mandei uma mensagem para ele, pedindo para vir me buscar. Não queria que mais ninguém me visse, incluindo Charlie e Owen, antes de eu chegar na escola. Fiquei escondida no meu quarto, ignorando todas as vezes que a minha mãe me chamou para tomar café da manhã, até ver aquele clarão amarelo aparecer na frente de casa. Desci a escada correndo, gritei "tchau", já com a mochila no ombro, e saí pela porta antes que os meus pais me vissem.

Enquanto desço rápido os degraus, tentando não puxar a saia para baixo, Alex sai do carro. Fica piscando, boquiaberto, enquanto me aproximo dele.

– Oi... o que... *ãhn*... oi.

Seu olhar vai descendo pelo meu corpo, com um misto de desejo e choque. Além da saia preta, vesti uma camiseta verde-escuro da Escola de Ensino Médio Pebblebrook que eu usava no primeiro ano, que realça minha cintura e os meus peitos na medida exata. Os meus coturnos pretos de cano alto completam o modelito.

Alex ainda está sem fala, e a tentação de abraçá-lo, de olhar para ele, batendo as pestanas, é tão grande... Eu até meio que tenho vontade de ronronar para ele enquanto faço isso. Essa roupa me faz sentir sensual, me dá vontade de tocar e de ser tocada, me dá a sensação de estar no controle da situação. Mas ainda tem alguma coisa esquisita rolando entre mim e Alex, um limite que não consigo ultrapassar. Então, por enquanto, só dou um sorriso e sacudo os ombros, com cara de inocente.

— O que você está... por que você está vestida desse jeito? — pergunta.

Sacudo os ombros de novo e respondo com uma meia verdade:
— É só um lance do Empodera.
— Quer dizer... não que você não... *ãhn*... esteja bonita, mas acho que vão te mandar voltar para casa.
— Eu sei.

Ele inclina a cabeça e fala:
— Tramando alguma?
— Talvez, só um pouquinho...

Alex me olha nos olhos, e sua preocupação fica visível. Mas, antes que eu tenha tempo de dizer ou fazer alguma coisa, a porta de casa se escancara atrás de mim.

— E aí, cara? — diz Owen. Não viro para trás, mas ouço seus passos descendo a escada. — Por acaso você me mandou mensagem oferecendo carona enquanto eu estava dormindo?
— *Ãhn*... e aí? — responde Alex. — Não, Mara me pediu carona.

É só aí que eu viro para trás. Owen está remexendo na mochila, concentrado no que tem lá dentro.

— A Mara? — fala, tirando da mochila a touca de lã azul-escuro.
— Por que...

E é só aí que ele me vê. Me vê de verdade, e seus olhos vão ficando cada vez mais arregalados, e tenho certeza de que as pálpebras vão se rasgar, de tão esticadas.

— Mas que...? — Owen vai ficando boquiaberto à medida que se dá conta do meu figurino. — *Ãhn*, não. Simplesmente não.
— Como? — pergunto.

— Sério isso? De jeito nenhum. Não vou deixar a minha irmã ir para a escola vestida desse jeito.

— Desculpa... não vai *deixar*?

— É, não vou *deixar*. Você acha que eu quero que todo mundo fique olhando para a sua... para a sua... — Ele aponta para as minhas pernas. — Você está fantasiada do quê? De colegial vadia?

Meu coração quase para de bater ao ouvir seu tom de desprezo, ao perceber a facilidade com que posso me tornar outra pessoa, *um certo tipo de menina* para o meu irmão, só por causa da roupa que estou usando. Owen sempre teve dificuldade de calar a boca quando fica chateado. Quando a gente tinha oito anos, os resquícios de um furacão causaram tempestades em todo o Estado que duraram dias, e tivemos que cancelar nossa festa de aniversário, que ia ser na piscina. O meu irmão ficou tão furioso quando a mamãe contou que falou todos os palavrões que sabia, e ela o mandou ir para o quarto, sem comer bolo. Os anos da nossa vida são cheios de pequenos momentos como esse, de "vai se ferrar" ditos para os professores pelas costas e na frente dos nossos avós, de palavras duras, ditas em voz alta, antes de audições e provas finais.

Mas isso vai além de um comentário em um momento de irritação. Owen está falando *comigo* e devia saber que não pode me tratar desse jeito. Devia saber que não pode um monte de coisas e não vou ser eu que vou acalmá-lo desta vez.

Eu me inclino, chegando mais perto dele, e cerro os dentes para não gritar.

— É disso mesmo que estou fantasiada.

— Para, Mar — fala Owen, passando a mão na testa. — Alex, fala para ela que isso é ridículo.

Parado do meu lado, Alex irradia tensão. Ele nunca foi muito bom com conflitos. Quando eu e Owen brigávamos para ver quem ia ficar com o controle do Wii, no Fundamental, ele tentava nos convencer a jogar algum jogo de tabuleiro chato, tipo Ludo, só para a gente parar de brigar.

— Por favor, vai trocar de roupa — diz o meu irmão, com um olhar de súplica.

— Não.

— Então vou contar para a mamãe. Você acha que ela vai deixar você ir para a escola vestida desse jeito?

— E, mais uma vez, a palavra "deixar" é empregada.

— Ela é nossa mãe, Mar. Ela pode "deixar" e "não deixar".

A raiva corre pelas minhas veias, fazendo meu sangue ferver. Estou delirando, furiosa com esse cara que está bem na minha frente, falando coisas como "deixar" e "vadia". Meio zonza, dou as costas para ele e escancaro a porta do carro.

Sinto uma mão no meu braço.

— Mara...

Viro para trás de supetão e pergunto:

— Qual é o problema, Owen? Está com medo de que alguém me estupre?

Na mesma hora, me arrependo de ter dito isso. Não porque Owen não está errado, mas porque *aquela palavra* escapou pelos meus lábios e parece uma faca afiada que cortou a minha pele.

Alex solta um suspiro de surpresa, bem alto, e Owen se encolhe todo, como se eu tivesse lhe dado um tapa na cara. A gente fica se encarando, e não consigo distinguir se ele está magoado ou com raiva. Não consigo distinguir qual das duas coisas quero que ele esteja.

— Sério, Mara? — diz Owen, enfim, mas tão baixo que quase não ouço. — Que merda!

Não digo nada. Não consigo. Dou as costas e me acomodo no banco do carro do Alex, com os olhos fixos no para-brisa. Do lado de fora, os meninos estão conversando, e Owen vai levantando a voz. Não sei o que Alex fala. Mas, pelo jeito, dá uma acalmada no meu irmão. Não olho diretamente para ele, mas o vejo se afastar, ouço um "dane-se" sair da boca dele enquanto ele vai até o nosso carro. Depois de alguns segundos, Alex dá a volta no OSR e entra.

— Ele está bem puto — declara, já apertando o botão da ignição.

— Ótimo — falo, mas a palavra sai como um sussurro, porque as lágrimas que ameaçam cair embargam a minha voz.

CAPÍTULO DEZESSEIS

Quando paramos no estacionamento da escola, toda a energia que eu tinha acumulado ontem à noite já havia se transformado em raiva. Meu corpo estremece com ela, como se tivesse passado o caminho inteiro tomando alguma droga na veia. A expressão horrorizada do Owen ao me ver na frente de casa fica gravada a ferro e fogo no meu cérebro, uma marca indelével. Não sobrou nenhum traço do irmão com quem fiquei lado a lado no telhado durante a última década. Só sobrou um menino olhando para uma menina, sem enxergá-la de verdade.

Sinto a pressão da vergonha, ouço uma voz sussurrando "putinha burra" no meu ouvido. Essas palavras lutam contra a minha fúria. E, enquanto Alex desliga o carro no estacionamento do colégio e suspira, não sei qual das duas vai vencer hoje.

— Você está bem? — pergunta.

Ele levanta o braço, como se fosse segurar a minha mão, mas acho que mudou de ideia, porque pousa os dedos no câmbio em vez disso. Ainda não nos tocamos desde aquela noite, lá no cemitério.

— Estou — minto.

— Owen sabe ser um idiota, viu?

— Eu sei.

Mudo de entonação mais para o fim da frase, como se fosse

uma pergunta. Porque, até uma semana atrás, eu teria dado risada dessa afirmação. Teria brincado, dito que ele é *muito* idiota, sabendo que a minha adoração pelo meu irmão transpareceria em cada sílaba que eu pronunciasse. Quer dizer, sim, ele sabe ser um imbecil, mas sempre foi do tipo que faz a gente dar risada, do tipo que é divertido encontrar em uma festa e conta piadas ridículas, do tipo que baixa a bola quando está comigo lá no telhado.

— Ele só está... preocupado — continua Alex. — Não quer que você se meta em encrenca.

— Você também acha que eu sou uma vadia? Por causa da minha roupa?

Viro para ele, sem me dar ao trabalho de puxar a sainha preta, que sobe, chegando tão perto do meu quadril que a minha coxa inteira fica arrepiada.

Alex fica boquiaberto e balbucia:

— Quê? Não, eu...

— Você acha que me vestir do jeito que eu quero e querer ter um pouco de controle na vida é uma coisa ruim? Os homens adoram esse tipo de menina, não? Eles a desejam e a odeiam em segredo e a ameaçam, não tão em segredo, como se ela nem fosse um ser humano e...

— Ei, para com isso — diz Alex, me olhando nos olhos. — Não acho nada disso. Acho que você é inteligente e talentosa e pode fazer o que quiser, que eu jamais vou te odiar. A gente é amigo.

Inspiro, meio trêmula, balanço a cabeça e falo:

— Desculpa.

— Não precisa pedir desculpa. Owen foi mesmo um imbecil.

Ultimamente, ele... — Alex não completa a frase e sacode a cabeça.
— Não sei.
— Também não sei.
Ele pega a mochila no banco de trás. E aí olha para mim de cima abaixo de novo, com um sorrisinho de admiração.
— De qualquer maneira, vão mandar você para a diretoria.
Reviro os olhos, mas consigo dar um sorriso.
Quando saímos do carro, a temperatura do meu sangue baixa alguns graus, passa de água fervente para morna. Todo mundo fica olhando para a gente, os cochichos começam à medida que o pessoal sai do estacionamento e vê Alex e eu juntos. Ouço o nome do Owen algumas vezes, ouço a palavra "saia" combinada com "que merda" mais de uma vez, mas simplesmente ignoro.
Até que vejo Charlie.
Ou melhor: até que Charlie me vê.
Ela está parada na entrada da escola, debaixo de um cartaz enorme, com letras vermelhas e laranjas, anunciando o Festival de Outono, que acontece no sábado. Encostada no corrimão da escada, com os tornozelos cruzados, alguns livros contra o peito, parece tão normal, vestindo a sua típica camisa xadrez com calça jeans preta, mas a sua expressão é uma mistura de... nem sei do quê. Charlie dá um sorriso, mas é tímido e nervoso, e entreabre os lábios ao processar o que vê. O seu rosto me dá um aperto absurdo no coração. Não sei direito o que eu esperava sentir depois de ontem à noite, mas agora estou sentindo *tudo*, e isso expulsa todo o ar dos meus pulmões.
Mas aí lembro da voz da Tess, daquela noite, uma pessoa sobre a qual não sei nada, porque a minha melhor amiga não quer me

contar. E lembro de ontem à noite, com Charlie, como tudo foi perfeito. Mas será que foi perfeito porque é melhor a gente ser só amiga ou porque nunca vamos ser só amigas?

Essa dúvida me deixa zonza. À medida que os risquinhos verdes dos olhos castanhos de Charlie se aproximam de mim, nem sei o que fazer, a não ser sorrir e me obrigar a erguer o queixo, naquela distância que nos separa.

— Oi — digo, com o tom mais animado que consigo.

— E aí? — fala, com a voz meio rouca. Ela limpa a garganta. — Oi. Oi, Alex.

— E aí, Charlie? — Consigo sentir o Alex olhando para mim e para ela, enquanto nós duas ficamos nos encarando. — *Ãhn...* preciso pegar uma coisa no meu armário. Te vejo mais tarde?

— Sim — respondo.

Ele se despede de Charlie balançando a cabeça e some no meio da multidão.

— Então... você está saindo com o Alex? — pergunta ela.

Dou de ombros, como se não fosse nada demais. Não deveria ser. Mas Charlie sabe melhor do que ninguém que eu e Alex nunca saímos sozinhos. Mas isso era antes. Antes de tudo.

— De vez em quando — respondo.

A Charlie faz uma careta.

— Desde quando?

Abro a boca para responder, mas não sai nada. "Desde quando?", de repente, me parece uma pergunta muito complicada.

— Por que você não me contou nada ontem à noite? — indaga Charlie.

— Achei que não tinha nada para contar.

Ela inclina a cabeça, espremendo de leve os olhos para mim e fala:

— Ok.

— Ok.

Essa é a nossa nova dancinha, um movimento silencioso de dois corpos tentando encontrar a posição certa. Não somos mais tão melhores amigas, mas também não temos coragem de dizer por quê. A verdade é que eu pretendia contar sobre Alex para Charlie. Eu até queria contar para ela que a gente se beijou, apesar de ter quase certeza de que aquele beijo foi uma tentativa isolada de tentar me apegar... a alguma coisa. Mas aí Tess atendeu o celular dela, e aí Charlie estava em cima do palco, fazendo mágica, me levando até as estrelas com a sua voz e o seu violão, e a gente estava feliz, e eu nem pensei no Alex de novo pelo resto da noite. Charlie eclipsou tudo, e tem uma faísca minúscula na minha cabeça que sabe que isso significa alguma coisa. Exatamente o quê, não sei, e não ligo e não posso ligar neste exato momento.

— Trouxe para você — diz Charlie, soltando alguns livros nos meus braços.

Olho para baixo e sinto um leve aperto no estômago. São livros que ensinam a tocar violão.

— Você não vai me ensinar?

— Não, vou, sim. Só achei que você poderia querer dar uma olhada neles antes.

"Tess não vai precisar dos livros?" Essas palavras quase escapam pela minha boca, mas eu as engulo.

— Valeu — É o que acabo falando. — Quando a gente começa?

— Quando você quiser.
— Ok. Neste fim de semana, quem sabe?
— Ok.
É tudo tão cordial e formal.
— Que saia é essa, Mara? — pergunta.
Por um instante, esqueci a roupa que estou usando.
— Ah, Hannah vem para a aula hoje.
Charlie levanta a sobrancelha.
— É mesmo?
— É... a gente precisa ficar de olho nela.
— Claro. Mas o que isso tem haver com a sua saia?
A pergunta me faz falar pelos cotovelos.
— Tudo. Eu só... só me deu vontade de usar, tá? Por mim. Para fazer alguma coisa, qualquer coisa, sei lá. E, quem sabe, se o povo ficar olhando para mim, não vai olhar tanto para a Hannah.

Charlie inclina a cabeça, refletindo sobre as minhas palavras. Depois olha para os meus pés, para as minhas pernas e para o meu rosto de novo. Não dá para dizer que é um olhar sensual, é mais observador, mas sinto um calor se alastrar por mim, mesmo assim. Ninguém consegue me acender como Charlie. Com ela, não tenho dúvidas, não fico me perguntando se estou em segurança, não fico pensando em jeitos de como tudo poderia se tornar algo feio, sujo e errado.

— Bom, o povo com certeza vai olhar para você. Não dá para dizer que essa saia fica no meio-termo. Você vai ser mandada...
— Eu sei.
Ela levanta as mãos, em um gesto de rendição.
— Tá bom. Você é que sabe.

Por instinto, vamos nos dirigindo à entrada, andando lado a lado, como se tudo estivesse normal. Nosso armário fica junto, e a gente vai passando pela multidão. Tem tantos alunos pelos corredores antes da primeira aula que a minha saia fica escondida no meio do empurra-empurra.

Por enquanto.

Estou enfiando os livros de Literatura Inglesa e Teoria Musical na mochila, para as aulas do primeiro e do segundo períodos, quando ouço um silêncio esquisito tomar conta do ambiente. Viro para Charlie e nossos olhares se cruzam por uma fração de segundo, antes de saírem procurando o motivo do súbito silêncio. Fico na ponta dos pés, mexendo o pescoço, e vejo um cabelo cor de morango se aproximando pelo corredor. Os alunos se afastam para permitir que ela passe, e é tudo tão surreal que até parece uma cena de filme. Tem gente que continua andando e conversando, sem tomar conhecimento, mas a maioria fixa os olhos na Hannah, como se ela fosse uma bomba prestes a explodir.

Ela está com a postura tão rígida que mais parece uma barra de aço, com uma expressão vazia e sem emoção, mas seus dedos estão brancos, de tanto apertar a alça da mochila. Hannah está de *legging* cinza, vestido preto soltinho, nada comprometedor, e botas. O cabelo sedoso emoldura seu rosto. Sedoso demais. Parece a Hannah. E não parece nem um pouco a Hannah.

Aceno para ela e, quando nos vê, uma leve faísca de alívio brilha em seu olhar. Aperta o passo, e o povo volta se movimentar, a conversar.

— E aí, vadia? Seja bem-vinda.

As palavras rompem o silêncio, e Hanna fica paralisada. Assim como todo mundo, com exceção de alguns suspiros de espanto misturados a risadas e alguns "ai, caramba". Do meu lado, Charlie parte para a ação, vai se acotovelando com a multidão para buscar a Hannah, que está parada feito um animal sob a mira de um caçador, no meio do corredor. Fico olhando em volta, tentando descobrir de onde veio aquela voz masculina, mas tem meninos demais, possibilidades demais, quando a cena volta a se desenrolar.

Charlie volta, de braço dado com a Hannah.

— Meu Deus — resmunga, tentando usar o próprio corpo de escudo entre Hannah e as outras pessoas. — Você está bem?

Hannah engole em seco várias vezes antes de responder:

— Sei lá.

— Você quer que eu ligue para a sua mãe? — pergunto.

Ela sacode a cabeça.

— A minha mãe não queria que eu viesse hoje. Mas... eu tinha que vir. Eu tenho que... meu Deus, tenho que superar isso.

Hannah passa as duas mãos na testa, depois pressiona os dois olhos.

— Você não *tem* nada — diz Charlie, baixinho. — Eu não... não sei, mas acho que isso não é uma coisa que a gente supera, meu bem.

— Mas eu estou *bem* — insiste Hannah. Mas, pela voz, não parece nada bem. Percebo que não está mais com um pulso enfaixado, só que ainda tem alguns hematomas amarelados manchando a sua pele. — Já faltei quase uma semana de aula. Agora chega: eu estou bem.

— Não tem problema se você não estiver — insiste Charlie, mas isso só deixa Hannah ainda mais agitada.

Ela sacode a cabeça sem parar. Seus olhos se enchem de lágrimas, que vão logo escorrendo. E Hannah estapeia o próprio rosto para contê-las.

— E aí, vadia? Seja bem-vinda.

Outra voz masculina, que fala mais baixo. Hannah leva um susto e bate as costas no armário de metal atrás dela. Viro para trás de repente, procurando o imbecil, mas todo mundo se mistura, formando um borrão colorido.

— E aí, vadia? Seja bem-vinda.

Charlie tenta esconder escondê-la, mas é impossível tapá-la completamente. Hannah se agarra ao braço de Charlie, fica claro que está prestes a desmoronar.

— E aí, vadia? Seja bem-vinda.

As palavras continuam surgindo, sem parar, vozes diferentes de meninos cuspindo veneno, cada tapa verbal desferido com tanto cuidado que não consigo descobrir a identidade de quem falou. Ouço também algumas vozes femininas. Fico girando, com o sangue fervendo nas veias, desesperada para localizar a fonte das palavras, mas tem gente demais no corredor. Todo mundo está de boca aberta, dando risada, conversando ou zoando.

"E aí, vadia? Seja bem-vinda."

"E aí, vadia? Seja bem-vinda."

"E aí, vadia? Seja bem-vinda."

As vozes se misturam. Devem ser só umas quinze pessoas, mas parece que estão entoando um cântico: a mesmíssima frase disparada no corredor, com o mesmíssimo tom de voz, a mesmíssima entonação.

Como se tivesse sido combinado.

— Vou dar o fora daqui — diz Charlie, e então pega a Hannah pelo braço e corre para o banheiro mais próximo, e Hannah está em total estado de choque.

Eu fico observando as duas se afastarem, ainda procurando por um criminoso.

Finalmente, encontro um.

Enquanto Charlie e Hannah andam pelo corredor, encostadas nos armários para ninguém notar, vejo que Jaden Abbot reparou e dá um sorrisinho malicioso. Então abre a boca e pronuncia aquelas palavras horrorosas.

"E aí, vadia? Seja bem-vinda."

O meu sangue ferve.

Vou na direção dele, atravessando no meio dos outros alunos como se estivesse partindo manteiga com uma faca. Não tenho um plano, não sei o que vou *fazer* quando chegar perto dele, mas sigo em frente.

Quando chego na frente do Jaden, solto o braço. A minha mão arde em contato com a pele dele, a mínima barba por fazer arranha os meus dedos.

— Que merda é essa?! — exclama ele.

Jaden vai cambaleando para trás e leva a mão ao rosto. Acompanho os seus movimentos. Dou um empurrão no seu peito. Grito com ele. Nem sei o que digo. Tenho a sensação de estar fora de mim, flutuando no teto e observando tudo isso acontecer. A expressão do Jaden fica borrada, sendo substituída pela do sr. Knoll. Pela do Owen.

Uma rodinha se forma ao nosso redor, e eu continuo empurrando o Jaden. Continuo batendo nele. Continuo gritando. E Jaden continua cambaleando para trás.

— Sua vaca! — grita, e levanto a mão de novo.

Desta vez, ele segura o meu pulso e afasta a minha mão do seu rosto, mas nem ligo.

Porque isso... isso é mais do que usar uma saia curta mostrando as pernas. Isso é fazer alguma coisa.

— Mara!

Ouço a voz do Alex atrás de mim, mas não é real, não está presente de verdade. A minha garganta dói de tanto gritar, mas continuo berrando. As palavras sem sentido saem pela minha boca, palavras dirigidas a este imbecil e a todos os imbecis.

Os meus braços são segurados nas minhas costas. Nem olho para trás para ver quem fez isso, fico só fazendo cara feia para o Jaden, que agora está endireitando as roupas e fazendo cara feia para mim. Tem uma marca de mão vermelha no seu rosto, um olho está todo inchado e lacrimejando.

— Acho que agora já chega, srta. McHale.

O diretor Carr está do meu lado e a sra. Rodriguez, do lado dele. O segurança de plantão, o guarda Russell, segura meus braços para trás. Dá para perceber que ele está tentando não usar força, mas não estou facilitando as coisas. Eu me debato e berro, alguma coisa selvagem se libertou dentro de mim. E o fato de que devo estar mostrando as calcinhas para metade do corpo discente é só um "que merda" que me vem à cabeça. Mas, neste exato momento, eu nem ligo.

Os três me arrastam pelo corredor até chegar à diretoria. Pouco antes de fecharem a porta, vejo um emaranhado de cachos castanho-claros, perto da primeira parede de armários. Owen fica olhando para mim, boquiaberto, em estado de choque. A sua expressão faz a minha visão embaralhada clarear, e tenho vontade de me soltar das pessoas que estão me segurando, correr até ele, segurá-lo pela camiseta e obrigá-lo a falar que não fez os amigos participarem desse show de horror que acabei de testemunhar. Que ele não fez Hannah ficar em frangalhos.

Só que aí todo o sentimento que penso ter visto no seu olhar se esvai e é substituído pela frieza. O seu lábio inferior treme, apesar de ele estar com os dentes cerrados, mas então o meu irmão me dá as costas e se perde atrás de um grupinho de alunos do primeiro ano enlouquecidos, bem na hora em que o sinal da segunda chamada ecoa pelo corredor.

CAPÍTULO DEZESSETE

Eles me obrigam a sentar numa cadeira forrada de poliéster toda arranhada, do lado de fora da sala do diretor Carr, até os meus pais chegarem. A sra. Villanova, a secretária, que sempre foi muito legal comigo, não para de lançar olhares de reprovação para mim e para as minhas pernas à mostra, o que não ajuda em nada a acalmar o furacão que rodopia e ganha forças dentro da minha cabeça neste exato momento.

A porta de vidro que separa a diretoria do saguão principal da escola se escancara, e a minha mãe entra correndo por ela, esvoaçando o cabelo comprido solto. O papai entra logo depois, com as mãos enfiadas nos bolsos.

A sra. Villanova sequer cumprimenta os dois, só tira o fone do gancho, aperta um botão e diz:

— O sr. e a sra. McHale chegaram.

E desliga em seguida.

A minha mãe me vê, tremendo no canto, e seus olhos quase pulam das órbitas. Fica piscando para a minha roupa, para a minha postura tensa, para os meus dentes cerrados.

— Mara — sussurra o meu pai, desviando da minha mãe para me ver melhor. — Você está bem, querida?

Não consigo responder. Não quero mentir, mas se eu disser

"não", sei que ele vai se ajoelhar na minha frente, segurar as minhas mãos e, aí, vou desmoronar de vez.

— É óbvio que ela não está, Chris – diz a mamãe. — Mara, pelo amor de Deus, que roupa é essa?

Fico só olhando feio para ela, odiando aquele seu olhar de nojo. Ela se encolhe toda. A minha mãe literalmente pula de susto, e eu me delicio com isso. Queria poder tirar uma foto de mim mesma neste exato momento, para poder lembrar dessa menina decidida, me apegar a ela.

Antes que dê tempo de a mamãe dizer mais alguma coisa, a porta da sala do diretor Carr se abre e ele sai, todo de terno listrado e gravata vermelha, com gel demais naquele cabelo grisalho. Ele e o meu pai se cumprimentam com um aperto de mão, como bons homens que são, e o diretor só balança a cabeça para a minha mãe, muito cavalheiro. Reviro os olhos com tanta força que chega a doer.

— Obrigado por terem vindo, sr. e sra. McHale. Por que não vamos todos para minha sala?

— Claro – responde a minha mãe, desviando dele assim que o diretor faz sinal para ela entrar.

Meu pai fica em dúvida e espera por mim. Fico de pé, com as pernas bambas, ainda sob efeito da adrenalina, como se fosse de uma droga. O papai respira fundo – agora dá para ver todo o meu figurino –, mas ele não fala nada.

Assim que os dois se acomodam nas poltronas de couro na frente da enorme escrivaninha de mogno – eu fico sentada na ponta de uma cadeira de plástico –, o diretor Carr faz um relato muito triste e muito compadecido do que aconteceu no corredor. Só que é cheio de buracos e meias-verdades, deixa a Hannah de fora, assim como os cochichos maldosos que ficaram serpenteando pelo corredor feito uma naja maldita. Ele só fala "Mara", "inapropriado", "violento" e "gratuito".

— E, como se não bastasse — diz —, Mara está cometendo uma flagrante infração à nossa política de vestimenta no dia de hoje.

— Isso eu estou vendo, diretor Carr — retruca a minha mãe. — E vamos ter uma conversa com ela a esse respeito. Mas, neste exato momento, estou mais preocupada com esse tal de Jaden. — Então vira para mim, apertando bem os lábios pintados de rosa. — Nem sei o que dizer, Mara.

— Que tal "por quê"? — disparo.

— Não fale comigo nesse tom, mocinha — responde ela, espremendo os olhos.

— Sério que você não quer saber o motivo?

— Claro que quero. Mas me desculpe se estou um pouco irritada por ter recebido um telefonema no meio de uma restauração de um móvel, informando que a minha filha, normalmente tão comportada, agrediu um pobre menino.

— Ele não é "um pobre menino". Ele é um idiota.

— OK — intervém o meu pai. — Vamos todos nos acalmar.

— E por acaso não era isso que você queria que eu fizesse? — pergunto para minha mãe, apontando para a saia que estou usando. — Você não tinha ficado *tão* animada quando soube que eu ia atacar... como foi mesmo que você disse? "A misoginia institucionalizada do sistema patriarcal"?

Ela fica vermelha.

203

— Não foi isso que eu quis dizer, e você sabe muito bem disso. Você foi longe demais. Essa saia é inapropriada, e a violência, em qualquer forma e seja qual for o motivo, é inaceitável.

Eu cerro os dentes, e as palavras que preciso dizer lutam para sair. Odeio essas palavras — tenho medo delas, até —, mas elas são fortes e furiosas e escapolem pela minha boca.

— Acho que você está falando com o gêmeo errado.

Um silêncio se segue depois dessas palavras. O diretor Carr limpa a garganta, mas ninguém olha para ele. A minha mãe fica me encarando, e o horror praticamente sai pelos seus poros. Saboreio isso também, ao mesmo tempo que odeio a facilidade com que ela se transforma em alguém que eu não conheço, o fato de eu não conhecer mais ninguém, merda.

"Torcida organizada do Owen."

O diretor Carr fica fazendo rodeios por alguns segundos e aí começa a passar os detalhes da suspensão de dois dias que vou levar: um pela infração à política de vestimenta e outro por ter "comportamento indigno de uma dama". Com essas palavras, e me dá vontade de cuspir na sua cara.

Quando minha mãe me puxa pelo braço para eu levantar da cadeira, estou com tanta raiva que mal consigo enxergar direito. Estou sem palavras, sem reação. Ela me arrasta para fora do prédio enquanto o meu pai assina a papelada.

Estamos quase chegando em casa quando me dou conta de que não expliquei o porquê, e que a minha mãe nem sequer perguntou.

Quando chegamos, meu pai tem que voltar para loja, mas minha mãe fica em casa, provavelmente para se certificar de que não vou fugir. Então declara que está brava demais para olhar para mim e pega um refrigerante na geladeira.

— Vai tirar essa fantasia e pensar no que você fez. Depois a gente conversa.

E então vai para o seu quarto e bate a porta, só por via das dúvidas, caso eu não tenha entendido o quanto ela está irritada.

Tenho vontade de mostrar a língua para a mamãe. Se me tratar feito criança, vou agir feito uma.

Antes de ir embora, meu pai fica olhando para mim, como se não soubesse quem eu sou. E não deve saber mesmo. Nenhum de nós sabe o que o outro é. Anos debaixo do mesmo teto e somos todos desconhecidos, que se encontram e vivem alimentando ilusões felizes a respeito de irmãos gêmeos, feitos de estrelas, e de pais que os amam tanto que permitem que os dois se aventurem pelo céu.

Fico perambulando pela casa por um tempo, minha pele e meu sangue vibram tanto que não consigo ficar parada, mas uma hora sucumbo. Acabo no meu quarto, na frente do espelho de corpo inteiro, observando as minhas próprias coxas e aquela camisetinha apertada no meu peito. Os meus braços se erguem como que por instinto, abraçando meu corpo não para escondê-lo, mas para que eu não desmorone. Eu devia me sentir empoderada. Orgulhosa, até. A pele da palma da minha mão direita ainda está um pouco dolorida por ter batido no Jaden e sinto a garganta arranhada por ter gritado com ele.

Mas não me sinto empoderada. Não me sinto orgulhosa. Eu me sinto exaurida e impotente, cansada e triste.

Deito na cama e me enrolo no cobertor, até ficar bem escondida. O aparelhinho que faz sons relaxantes para eu dormir está ali, na mesa de cabeceira, e não consigo nem esticar o braço para ligá-lo. O silêncio toma conta de mim, trazendo lembranças à tona.

Uma lembrança específica. O dia que uma certa menina morreu e outra nasceu.

CAPÍTULO DEZOITO

O SINAL DO FINAL DA AULA ecoa pelos ares e todo mundo sai correndo da sala de aula, batendo as mãos e dando risada, um verão inteiro pela frente, que se estende como oceano interminável na beira da praia. Do outro lado da sala, pego Alex sorrindo. Os últimos três anos do Fundamental foram uma bosta para ele, uma enxurrada constante de piadas de gordo, imbecis o xingando de vesgo, e sei que faz muito tempo que Alex estava esperando por esse último sinal tocar. Dou um sorriso para ele e passo a mão na testa, fazendo sinal de "ufa". Ele dá risada e balança a cabeça, concordando, depois faz sinal para o corredor.

Owen. Ele vai atrás do Owen, a necessidade de comemorar e fazer um "toca aqui" com o melhor amigo vence a possibilidade de esperar para sair comigo da sala.

Eu mando um "joinha" para o Alex e pego a minha mochila, que está pesada por causa de tudo que tirei do armário do colégio: lápis gastos e cadernos com as páginas cheias de anotações, a caixinha de maquiagem repleta de gloss com sabor de frutas e perfume roll-on, que convenci a minha mãe de que precisava ficar no colégio.

A Andrea e a Callie, duas amigas da aula de coro que choraram lágrimas de verdade no dia em que contei que eu ia me matricular na Pebblebrook e não na escola de Ensino Médio local, que fica do lado do Colégio Butler, me esperam enquanto me aproximo da porta. Ficam falando dos planos para o verão, de dormir na casa uma da outra e ir para praia e passar os dias fazendo nada, deitadas na grama perto do lago, besuntadas de protetor solar com cheirinho de coco. Uma sensação boa se espalha pelo meu peito, de pura liberdade, luz do Sol, amigas e risadas.

— Mara?

Eu me viro e dou de cara com os olhos azul-piscina do sr. Knoll. As minhas orelhas ficam vermelhas, como acontece sempre que meu professor de matemática olha diretamente para mim. Ele é alto, tem ombros largos e está de camisa azul--celeste e gravata cinza fininha. Seu cabelo cor de areia cai em cima da testa, de um jeito desproposital e perfeito, ao mesmo tempo. Ele sorri para mim, e sinto um frio na barriga.

— Preciso falar com você um minutinho — diz.

Andrea e Callie tapam a boca com a mão, abafando as risadinhas.

— Ok — respondo, esbarrando no ombro da Andrea, de brincadeira, quando passo por ela.

— Te espero lá em casa às seis, né, Mara? — pergunta Callie.

Eu balanço a cabeça e prometo levar docinhos e a minha coleção de filmes do High School Musical *porque vamos todas dormir na casa dela hoje à noite*.

O sr. Knoll deseja um bom verão para as duas e faz uma piada, dizendo para não se meterem em confusão, ou evitar confusão, ou algo completamente previsível e sem graça. Estou distraída demais, imaginando por que ele quer conversar comigo, e vou ficando com a boca seca à medida que lembro de todas as vezes em que eu e as minhas amigas falamos, de brincadeira, que o professor é bonitinho. Então me sacudo e dou risada, que nojo! Ele é um professor jovem. Mas até professores jovens são muito velhos.

O sr. Knoll fecha a porta depois que as minhas amigas saem e vai até a sua mesa. Remexe em alguns papéis. Pega algumas folhas, atravessa a sala e senta na mesa que, de vez em quando, usa para trabalhar com pequenos grupos de alunos. Eu o sigo e viro de frente para ele, na expectativa. O sr. Knoll coloca os papéis de lado e espalma as mãos em cima da mesa, olhando para mim. Está com um sorrisinho nos lábios, um dos cantos da boca ligeiramente erguido.

— Animada com a chegada do verão? — pergunta.
— Sim.
— Muitos planos?
Dou de ombros.
— Só... o de sempre, acho.
— O de sempre também pode ser divertido. — Ele faz um gesto com a mão, sinalizando a sala de aula. — Qualquer coisa é melhor do que ser obrigada a ficar trancafiada aqui por mais tempo, certo?
Dou risada.
— Com certeza.
— Eu adorava o verão quando tinha a sua idade. Ainda adoro.
Eu balanço a cabeça, ajeitando a mochila no ombro.
— Então — diz o professor, esboçando aquele sorrisinho de novo. — Mara...
Engulo em seco.
— Está... está tudo bem?
Ele solta um suspiro e fica com uma expressão preocupada. Pega de novo os papéis que estão do seu lado, e seu sorriso se transforma em uma careta, à medida que vai folheando as páginas.
— Temo que não.
— Qual... qual é o problema?
Ele me estende os papéis e fala:
— Me explique isso.
Eu pego as folhas e passo os olhos no que parecem ser minhas últimas três provas, três notas dez escritas em vermelho, circuladas, ao lado do meu nome.
— O que tem elas?
— São suas, correto?
— Sim.

— E você estudou muito? Deu o melhor de si?

Minha boca estremece.

— Sim.

O professor inclina a cabeça, franzindo o cenho, e meu estômago se revira. Como não faço a menor ideia do que ele quer que eu diga, não digo nada.

Por fim, o sr. Knoll solta mais um suspiro e cruza os braços.

— Mara, um aluno, um aluno que pediu para não ser identificado, veio falar comigo hoje e me informou que você anda colando dele há muitos meses.

— O quê? Eu não...

— Esse aluno disse que você copiou as tarefas e as provas dele. Que ele não denunciou antes porque estava com medo de se encrencar. E todo mundo gosta muito de você, Mara. Acho que essa pessoa ficou com medo de que eu não fosse acreditar nela.

A minha cabeça gira, pensando em quem poderia ter dito isso. A gente senta em fileiras, um atrás do outro, e mal conversei com as duas pessoas que sentam bem do meu lado durante todo o semestre. O Gabriel não-sei-do-quê, que é tão tímido que nem cheguei a ouvir a voz dele, e o Jackson West, que, para ser sincera, é péssimo em Matemática.

— Mas eu não fiz isso. Juro que não colei.

Pré-álgebra não é a minha matéria preferida, mas minhas notas até que são boas. Não vou bem em provas no geral, mas quase só tirei oito. E aumentei a nota para dez nos últimos dois meses porque realmente comecei a estudar as minhas anotações em casa antes da prova, em vez de só prestar atenção na aula. Eu até ajudei o Owen com alguns conceitos mais difíceis, e olha que ele pegou a professora mais fácil, a sra. Sparks.

O sr. Knoll estende a mão para pegar as provas. Eu as devolvo, e meus pensamentos se embaralham enquanto o professor as confere mais uma vez.

— Sinto muito, Mara. Mas essas notas são significativamente mais altas do que as das suas provas anteriores.

— Eu sei. Porque eu...

Ele levanta a mão e declara:

— Isso tem conserto. Não vou reprovar você se estiver disposta a se esforçar um pouquinho.

— Como assim, me reprovar?

— Não posso aprovar uma aluna que passou mais da metade do semestre falsificando as notas das provas.

Fico olhando para o professor, boquiaberta, tentando entender o que realmente está acontecendo.

— Não entendo — falo, quase sussurrando.

Ele balança a cabeça, com uma expressão compreensiva, mas aí seus olhos vão subindo pelas minhas pernas, pelo meu corpo. Estou de calça jeans e moletom do colégio, bem largo. Está fazendo frio, para o mês de maio, e chove. Além disso, me sinto segura com esse moletom: os meus peitos, que já são tamanho 44, ficam escondidos debaixo do algodão macio cor de vinho. Mas o jeito como o sr. Knoll me olha agora me revira o estômago. De repente, me sinto nua, um breve alarme dispara na minha cabeça, mas não sei o que significa. O sr. Knoll é professor, e eu estou no colégio. Por acaso tem algum motivo para eu ficar com medo dessa situação?

— É muito simples, Mara. Estou decepcionado com você, mas tenho certeza de que é capaz de ser melhor do que isso. De qualquer modo, você ainda corre o risco de ser reprovada neste semestre. E, a menos que esteja disposta a trabalhar comigo, vai ter que repetir a matéria durante o curso de verão.

— Curso de verão? Mas... eu entendo tudo que aprendemos nesta matéria. E hoje é último dia de aula. Por que...

— Além de colar, você passou o semestre distraída, concentrada demais no verão e no Ensino Médio. Acho que pode ser bom se repetir a matéria.

— Mas todos os meus professores falaram para eu me concentrar no Ensino Médio.

O sr. Knoll fica com um olhar irritado.

— Independente disso, ainda temos um problema. Você está disposta a trabalhar comigo para resolvê-lo? Suponho que não queira passar o verão inteiro presa dentro de uma sala de aula.

— Não! Quer dizer, sim, eu vou me esforçar. O que o senhor precisa que eu faça?

Ele inspira bem devagar pelo nariz.

— Nada muito difícil, espero.

Ficamos nos encarando por alguns instantes, e não sei direito o que fazer. Alguma coisa me parece estranha, mas estou surtando com o fato de um dos meus professores preferidos acreditar que sou mesmo uma pessoa que cola e mente.

— Venha cá — diz o sr. Knoll, e dou um passo para frente. Ele fica me observando, com um olhar que não consigo descrever. — Isso mesmo, menina.

O meu coração bate tão forte que vai parar nas minhas costelas, porque o meu professor põe as mãos em cima da fivela do seu cinto, seus dedos seguram aquele retângulo prateado e o soltam.

— Acho que a gente pode dar um jeito nisso agora mesmo. Você não acha, Mara?

— Eu... eu não sei.

O seu indicador vai até o botão da calça, e fico com a boca seca, com a cabeça cheia de perguntas.

— O que o senhor está fazendo?

— Fique quieta.

Os meus olhos se enchem de lágrimas. A voz do professor ainda é suave, ainda é tão agradável quanto sempre foi durante a aula, mas alguma coisa tinge suas palavras, o seu tom de voz. Algo dito baixinho, feito um segredo que ele não quer que ninguém descubra. Fico com a pele toda arrepiada, no mau sentido. No sentido de alerta.

Os seus dedos abrem o botão e é aí que me dou conta do volume revelador na altura da sua braguilha. O tipo de volume que faz os meninos darem gargalhadas durante a aula de Educação Física e as meninas ficarem de risadinha no vestiário. Sinto uma onda gelada de choque. Tento dar um passo para trás, correr até a porta, mas estou paralisada, com os olhos arregalados e ardendo, sem acreditar no que vejo.

O sr. Knoll abre o zíper, revelando a sua cueca verde-hortelã. A cor é quase infantil, tipo algo que se veria em um quarto de bebê. Mas não tem nada de infantil nisso. Fecho bem os olhos, torcendo para que seja um sonho, torcendo para acordar.

— Você precisa trabalhar comigo, Mara — diz ele, baixinho. — Abra os olhos.

Sacudo a cabeça e fecho os olhos com tanta força que fogos de artifício explodem debaixo das pálpebras.

— Abra... os olhos.

A sua voz, que continua suave, me atravessa, e eu obedeço. Olho para a porta, mas ela está bem fechada, com aquele papel preto que os professores precisam desenrolar quando fazemos treinamento para ameaças de invasão tapando a janela retangular.

— É uma solução simples, Mara — diz o sr. Knoll, se recostando de leve. — Não seja burra.

Não sei o que dizer, não sei o que fazer. O que o professor quer que eu faça? Fico só olhando para a cara dele, respirando tão rápido que fico tonta.

O sr. Knoll fica esperando, me observa engolir o ar. O silêncio é ensurdecedor, um zumbido nos meus ouvidos abafa o som dos meus pulmões, que se contraem. O odor pungente de canetas de quadro branco e suor de menino adolescente *faz o meu nariz arder. Os meus sentidos estão a mil, sinto um gosto amargo na boca, arrepios sobem e descem pelos meus braços e pelas minhas pernas, mesmo eu estando de moletom e calça jeans.*

— Você está pensando demais, Mara. Não é grande coisa — diz ele, por fim.
— Vi como você fica vermelha quando eu falo com você. Você é uma menina bonita. Não tem problema. É natural ter curiosidade e uma quedinha pelo professor.
— Eu... eu não... eu...
— Não faça isso. Não seja tímida.
Sacudo a cabeça, confusa.
— Chegue mais perto.
— Eu... eu não posso...
Mas ele não me deixa terminar a frase. Fecha a mão em volta do meu pulso e me puxa para perto dele. Solto um suspiro apavorado. Mas, em vez de me largar, o professor põe a minha mão em cima da sua cueca. É um completo choque, e tento tirar, mas ele me segura com força.
— Tudo bem — sussurra.
Então movimenta a minha mão, obrigando os meus dedos a fazerem o que ele quer. Eu me sinto uma marionete, com um titereiro sorridente, lá em cima, manipulando os meus braços como se estivessem presos a arames.
— Viu só? — diz, ofegante. — Estamos apenas nos divertindo, certo?
— Eu... eu...
Aí põe a mão no meu rosto, passa o dedo pelos rastros das lágrimas, espalma a mão na minha nuca e me puxa mais para perto.
— Logo você vai poder ir embora e passar o verão com as suas amigas, com a sua família, como tinha planejado. Você não quer estragar isso, quer?
Não sei como consigo sacudir a cabeça, e o sr. Knoll dá um sorriso.
— Isso mesmo, menina.

E então começo a soluçar em silêncio, as lágrimas em uma missão suicida para escapar dos meus olhos. Só consigo lembrar do Owen torcendo nariz, na única vez que comentei que achava o sr. Knoll bonitinho. "O cara é um tarado", disse o meu irmão. Eu revirei os olhos e defendi o sr. Knoll. O sr. Knoll, que sempre foi gentil. O sr. Knoll, que sempre foi paciente. O sr. Knoll, que estava sempre sorrindo. O sr. Knoll, que nunca encostava um dedo em ninguém, seja menina ou menino. Nem para dar um tapinha no ombro.

O sr. Knoll, que está com a mão enfiada no meu cabelo e me puxando mais para perto dele. Os seus dedos massageiam o meu pescoço, e sinto um gosto de bile subir pela minha garganta. Ele se concentra na minha mão que está tocando o seu corpo e solta um pouco o meu pescoço. Engulo o ar devagar, estou apavorada demais para respirar fundo. Bem na hora em que vou tentar me soltar, o professor segura o meu cabelo com mais força, enrosca os dedos nos meus cachos.

Eu me jogo para trás mesmo assim.

Sinto uma dor intensa no meu couro cabeludo e tropeço na mochila que deixei cair no chão, batendo com tudo nas lajotas encardidas. Levanto correndo, passo o braço pela tira da mochila, deixo escapar um ruído animalesco à medida que vou me afastando do meu professor e aperto as escápulas contra a parede de cimento pintada. O apontador machuca as minhas costelas, mas é uma sensação quase boa. É uma sensação de segurança.

O sr. Knoll fica me olhando, impassível. Tem um brilho de raiva em seu olhar, mas, mais do que tudo, ele parece decepcionado. Não faz nada para cobrir suas partes, só abre a mão. Vários fios do meu cabelo comprido caem no chão.

— Você é uma putinha burra.

Não quero ouvir o que ele vai dizer depois disso. Com os olhos embaçados, os ossos tremendo, nada além da adrenalina para me fazer seguir em frente, consigo abrir a porta e saio cambaleando pelo corredor.

Caminho rápido, olhando para baixo. Vou para casa sozinha. Nem lembro como, na verdade, mas naquela mesma noite a minha mãe encheu meu saco porque eu sujei o saguão de lama.

Lembro de ter ficado no banho por mais de uma hora, debaixo da água escaldante, esfregando as mãos sem parar.

Lembro de ficar acordada na cama, ouvindo música no celular a noite toda. Porque, de repente, o silêncio daquela casa onde todo mundo estava dormindo me dava a sensação de ter dedos pressionando a minha nuca.

Lembro de ter caído em um sono agitado, com as últimas palavras que o sr. Knoll me disse ecoando nos meus ouvidos, feito uma canção de ninar sinistra.

CAPÍTULO DEZENOVE

O RESTO DO DIA PASSA FLUTUANDO, em uma relativa solidão. A minha mãe continua tão brava comigo que o "depois a gente conversa" não chega a se concretizar. Lá pelo meio-dia, ela deixa uma bandeja com queijos-quentes, feitos com fatias grossas de pão de fermentação natural e uma sopa de tomate cremosa na porta do meu quarto – é a minha comida caseira preferida –, mas nem sequer bate. É como se estivesse tentando fazer as pazes sem me dirigir a palavra de fato. Deixo a comida intocada no corredor e me alimento do meu estoque de barrinhas de proteína, que sempre tenho na mochila, para fazer um lanchinho durante os ensaios.

Charlie me manda várias mensagens, com perguntas inocentes sobre como estou me sentindo, e ignoro todas. Ela acaba parando de mandar. Tento não pensar no que isso significa ou deixa de significar. Eu e Alex trocamos algumas mensagens, mas sobre nada. E não atendo a única vez que ele me liga.

Sinto uma dor constante nos ossos, uma clareza excessiva nos meus pensamentos. Estou de castigo por tempo indeterminado. Mas, quando chega a sexta-feira à noite, estou desesperada para sair de casa.

Na hora do jantar, já estou tramando diversas maneiras de sair escondida, e Owen bate na porta do meu quarto. Sei que é meu irmão antes mesmo de ele chamar meu nome: seu jeito sincopado de bater o denuncia. Chego a pensar em ignorá-lo, em me esconder debaixo das cobertas e fingir que estou dormindo, mas a luz do quarto está acesa, e estou ouvindo música, e, antes que eu consiga evitar, ouço a minha própria voz dizendo "Sim?".

Ele entreabre a porta e espia, então me olha nos olhos antes de entrar.

— A mamãe pediu para eu te avisar que a gente vai jantar fora. Na pizzaria.

— Ah é?

Sento na cama, encostada na cabeceira, com um dos livros de violão que a Charlie me deu aberto no colo. Olho para o quarto, que tem roupa suja espalhada por todos os cantos, já pensando no que vou vestir e como vou fazer para conseguir passar uma refeição inteira sentada, em um lugar público, sem gritar com toda a minha família. Como vou fazer para fingir que está tudo bem.

— Ela deixou um prato do macarrão de ontem no micro-ondas para você — diz Owen, e toda a confusão que há em mim se aquieta.

— Ah — suspiro.

É impressionante como é fácil a relutância e a raiva se transformarem em decepção e feridas abertas.

Eu me acomodo na cama, escondendo meus punhos cerrados embaixo do edredom. Owen fica me observando, com a testa franzida. Passa a mão na nuca, e eu fico esperando ele ir embora, sair para o seu jantar feliz com os nossos pais que o adoram. Mas o meu irmão só fica ali, parado, olhando para a janela, depois nos meus olhos, como se estivesse tentando me posicionar nas estrelas e eu não conseguisse mais me ver lá no céu.

Olho para as minhas pernas, para a calça de pijama com estampa de beijinhos cor-de-rosa e roxos que vesti mais cedo. As emoções que se debatem na expressão do meu irmão me são bem conhecidas, bem próximas.
— Você não acredita mesmo em mim, né? — pergunta ele, tão baixinho que mal consigo ouvir.
Levanto a cabeça de repente. Como que por instinto, minha boca se abre para responder, porque eu sempre respondo às perguntas do meu irmão. Nunca tive motivo para não responder. Antes, minha voz estava sempre disposta para reagir à sua; meus pensamentos, sempre dispostos a serem compartilhados com ele; meus ouvidos, sempre dispostos a escutá-lo. Mas, agora, estou sem resposta, estou sem voz. Não posso dizer "sim", mas também não posso dizer "não". Não posso nem dizer "não sei", porque, lá no fundo, eu sei, *sim*, mas essa resposta está emperrada, presa no emaranhado de medos e fatos que se formou dentro da minha cabeça.
Como não digo nada, Owen fica só piscando, bem rápido, e vira o rosto, com os dentes cerrados.
— O promotor ligou para a mamãe hoje — declara. — Não vão entrar com o processo.
E aí ele vai embora, a porta do meu quarto faz *clique*, se fechando, em silêncio, e tudo o que ele disse cai em cima de mim feito uma nevasca — linda e tão gelada que dói.
Tem uma menina dentro de mim, uma irmã, que tem vontade de pular da cama e sair correndo do quarto, se atirar escada abaixo e cair direto nos braços do irmão. Ela tem vontade de chorar, de contar tudo, de deixar que ele explique mais uma vez por que o

"processo" chegou a ser aventado, porque essa menina o conhece e sabe que deve haver uma explicação, que deve haver alguma maneira de tudo não passar de um mal-entendido.

Mas também tem outra menina dentro de mim. Cansada. Com medo. Sozinha. Com raiva. Arrasada. Ferida. Ela levanta da cama, mas não vai atrás do irmão.

Ela não tem irmão.

Ela vai até a janela e a abre. Ela ouve o portão da garagem subir, roncando, e descer, roncando, vê um carro cinza-chumbo se afastar, com a sua família dentro, com certeza indo comemorar a liberdade do Owen. Essa menina também sente uma pontada de alívio ao receber a notícia, mas isso não lhe cai bem, como se fosse um casaco do tamanho errado, apertando os seus quadris, que não param de aumentar. Ela pula a janela e senta no telhado, olhando para a imensidão escura do céu. Ela não procura os gêmeos. Em vez disso, busca por Andrômeda, uma menina feita de estrelas, cuja mãe não parava de falar da beleza da filha, e por isso a filha foi punida. Poseidon mandou prendê-la nas rochas à beira do mar, para ser devorada por um monstro. E agora ela mora no céu, uma lembrança constante do tempo em que ficou acorrentada e quase foi sacrificada por causa das atitudes de outra pessoa, da obsessão de outra pessoa, do egoísmo de outra pessoa.

Pisco os olhos para o céu, sentindo que a minha própria pele cobre os meus ossos novamente. É difícil avistar Andrômeda, porque costuma ficar muito para o Sul, em relação ao horizonte. Mas ela está lá em cima, em algum lugar, presa e sozinha, esperando ser libertada.

CAPÍTULO VINTE

Jogar pedrinhas na janela do segundo andar da casa de uma família que provavelmente me odeia não é a melhor ideia que eu já tive na vida, mas a Hannah não está respondendo as minhas mensagens e não vou tocar a campainha por nada neste mundo.

Cortinas transparentes cobrem a janela, onde brilha uma luz fraca. Jogo outra pedrinha, que bate no vidro. Alguns segundos depois, uma sombra irrompe na luz amarelada. O rosto da Hannah aparece. Ela olha para baixo, para mim, sem expressão. Olho para ela também, mas acabo conseguindo levantar a mão para cumprimentá-la e, em seguida, faço sinal para ela descer. Hannah some da janela, e fico andando em círculos pelo pátio lateral, evitando olhar para o lago e inspirando o cheiro de fumaça que ficou das folhas queimadas.

Muitos minutos transcorrem, e já estou quase voltando para o carro, que estacionei na rua, quando ouço o *crec* da porta de tela nos fundos da casa. Esgueirando-se pelos arbustos de junípero, vejo a silhueta da Hannah se afastar lentamente da porta, que ela fechou com todo o cuidado. Está com o dedo nos lábios, e balanço a cabeça, enquanto ela fica paralisada, prestando atenção a qualquer ruído. Aí desce a escada na ponta dos pés e chega perto de mim. Está de calça jeans e moletom, com o cabelo preso em um rabo de cavalo lambido e sem graça. Eu nem sabia que a Hannah possuía uma calça jeans. Caramba, não sabia nem que ela tinha um elástico de cabelo.

Sem dizer nada, nos afastamos do lago e vamos caminhando pela grama perfeitamente aparada na lateral da entrada da casa. Só falamos quando estamos dentro do carro, em segurança.

— Isso pode te trazer problemas? — pergunto.

Ela dá de ombros, suspira e recosta a cabeça no banco.

— Falei para meus pais que ia deitar, e aí sai de fininho pela escada dos fundos. Não tem problema nenhum.

— Aposto que os seus pais discordariam disso.

— Eles têm discordado de muita coisa ultimamente.

— Sinto muito.

Essas palavras escapam da minha boca, mas sinto que são verdadeiras. Eu *sinto* muito mesmo, tenho a sensação de que preciso dizer isso para Hannah, sem parar, mesmo que não saiba direito por que estou pedindo desculpas.

— Aonde vamos? — pergunta ela.

Nós nos entreolhamos no escuro e, não sei por quê, me sinto relaxar enquanto a gente fica se olhando. Na verdade, não vim até aqui com um plano na cabeça. Eu só queria vê-la, alguma coisa dentro de mim queria entrar em contato com alguma coisa dentro dela. Ficamos sentadas em silêncio, com o cansaço e a impotência parecendo coisas palpáveis, pesando sobre nosso corpo, e dou um sorriso.

— Acho que sei um lugar para onde a gente pode ir — respondo.

Andamos pelo minúsculo centro de Frederick, com seus postes de luz suave e suas calçadas de paralelepípedos, com seu falso clima simpático e acolhedor. Paro em uma rua lateral perto da igreja presbiteriana, que tem séculos de idade, e descemos a rua, evitando a avenida principal, nos afastando do centro e dos fregueses dos restaurantes que saíram para jantar.

Enfim, o nosso destino surge diante de nós, um fantasma branco em contraste com o céu negro. Uma marquise sem nada escrito, a não ser o nome A EXIBIÇÃO bem lá em cima, circula a fachada do velho cinema abandonado. A parte da frente do prédio quase parece a de uma catedral, com pedras caiadas e telhado em torre se erguendo em direção ao céu.

Cubro os olhos com as mãos para enxergar na escuridão lá dentro, através das portas de vidro com moldura de metal. Do outro lado, vejo o tapete vermelho esfarrapado, coberto de poeira, cheio de ingressos antigos e caixinhas de pipoca vazias. Esse cinema existe desde o tempo em que os filmes eram chamados de "imagens em movimento", mas fechou para reforma há alguns anos, para tristeza dos moradores da cidade. Tinha uma sala de projeção, com cortinas em volta da tela. Almofadas de veludo nas poltronas e lanterninhas que usavam aqueles uniformes de mensageiro de hotel de luxo. Passava filmes antigos e no balcão dos doces vendia sorvete italiano e leite batido com chocolate maltado. Assisti a *O mágico de Oz* pela primeira vez neste cinema, balançando os pés, empolgada, sentada na poltrona do lado do Owen, e meus dedos sequer encostavam no chão.

— O que estamos fazendo aqui? — pergunta a Hannah.

Viro para ela, esperando ver aquele brilho travesso em seu olhar, como no dia em que nos conhecemos e ela pegou na minha mão e saiu correndo, pulando comigo dentro do lago.

Mas o seu olhar é de cansaço, e fica pairando entre o meu rosto e a rua.

Chego perto dela e seguro as suas duas mãos. Faço isso bem devagar, com todo o cuidado, para ter certeza de que Hannah está acompanhando cada um dos meus movimentos. Como ela não se afasta, aperto seus dedos e respondo:

— Vamos invadir esse cinema só para ver como é e lembrar do tempo em que a gente era só duas meninas que assistiam a filmes antigos em preto e branco. Vamos fazer algo bem bobo, louco e divertido.

— Por quê?

— Porque a gente ainda pode fazer isso.

Hannah fica me olhando por alguns segundos que demoram para passar, e acho que ela vai dizer "não". A gente não pode. Talvez nunca tenha podido. Mas aí o mais sutil dos sorrisos suaviza a tensão nos seus lábios e, por um breve instante, o seu olhar volta a ser como era antes. O sorriso se alastra, tomando conta de mim, e pega fogo, até que nós duas começamos a dar risada. Continuamos de mãos dadas e vamos para lateral do prédio, ficamos procurando por onde entrar, rindo o tempo todo.

Até que, enfim, na parte de trás da construção, em um beco cheio de latas de lixo velhas e com uma caçamba repleta de poltronas de cinema e cordas de veludo roídas pelos ratos, encontramos uma janela entreaberta, cerca de dois centímetros. Fica a uns dois metros acima da nossa cabeça. Mas, se eu subir na caçamba, tenho quase certeza de que consigo alcançá-la.

— Você pode me dar uma ajudinha? — pergunto.

Em seguida, piso nos dedos entrelaçados da Hannah. Ela me

empurra para cima e, por pouco, não passo reto pela beirada da caçamba e caio dentro daquele troço. Consigo me segurar, apoio a barriga na beirada e dou um jeito de ficar de pé.

— Ai, meu Deus! — exclama Hannah, dando risada. — Desculpa.

— É bom pedir desculpa mesmo — brinco, sorrindo para ela.

Estico os braços para me equilibrar e subo na janela. O parapeito está coberto de poeira, de fuligem e de alguma coisa que se parece tanto com ossinhos de animais que chega ser perturbador. Limpo tudo com a manga e balanço a janela até conseguir abri-la. Lascas de tinta caem no chão, mas consigo abrir um espaço suficiente para passar pela janela me arrastando. Hannah encontra um caixote de leite velho atrás a caçamba e sobe também. Não demora muito para a gente entrar rolando em um banheiro masculino.

— Eca — diz Hannah, então fica de pé e passa mão no cabelo.
— Que cheiro de mijo.

— E por acaso banheiro masculino não tem sempre cheiro de mijo?

— Em quantos banheiros masculinos você já entrou, Mara?

— Ah, muitos.

Ela me dá um sorriso, e tenho uma sensação de vitória.

Como a prefeitura supostamente está reformando o cinema, a eletricidade continua ligada, e algumas luzinhas estão acesas nos corredores. Encontro um conjunto de interruptores e acendo o restante. O saguão, logo adiante, fica com um brilho em tom de sépia. Ficamos vagando por um tempo, tentando não pisar nos cocôs não identificados espalhados pelo chão, olhando os cartazes de filmes antigos, que eu lembrava de ter visto quando era criança e que continuavam pregados nas paredes descascadas. Tem até um punhado de objetos pessoais há muito esquecidos: uma sombrinha de bolinha preta e branca meio rasgada, um boné do Atlanta Braves desbotado, um daqueles celulares antiquíssimos de *flip*. Parece que estamos fazendo um *tour* por dentro de um fantasma, vendo todas as coisas que um dia fizeram dele uma pessoa viva. Por algum motivo me dá tristeza, mas uma tristeza que purifica, uma doença que precisa sair do meu corpo.

Então subimos até o andar de cima. O teto da sala é abobadado, todo ornamentado: a tinta de um tom mais escuro de rosa se mistura aos arabescos de gesso cor de creme, tudo velho e descascado, feito um passarinho que está trocando as penas. Ficamos lado a lado na beirada do mezanino, olhando para a grande área da sala de exibição que se estende diante de nós.

— Sou só eu ou esse lugar tem uma beleza deprimente? — pergunta Hannah.

— Não é só você, não. — Bato uma palma e o som ecoa pelo ambiente cinco vezes. — E, esta noite, toda essa beleza deprimente é só nossa.

Era para ser uma piada, mas nem eu nem Hannah damos risada. Porque isso me faz sentir bem, estar aqui com Hannah. Este lugar, vazio e ainda de pé, cheio de história, mas quase esquecido.

— Fiquei sabendo da decisão do promotor — digo.

Hannah respira fundo e fala:

— É...

— Você está bem?

— Sei lá. Não queria causar uma confusão, sabe? Mas... o fato de um desconhecido ter o direito de decidir se acha que alguém acreditaria em mim ou não, se aconteceu de verdade ou não... é simplesmente... uma merda.

— É.

— Disseram que encontraram alguns pelos pubianos durante aquele exame horroroso. Mas sabe a melhor? O promotor disse que não vão nem examiná-los porque o Owen usou camisinha.

— Ai.

— Eu te contei que falei "não" quando a gente já tinha se agarrado bastante.

— Eu sei.

— O promotor também disse que, apesar de os pelos poderem provar que ele transou comigo, a camisinha é problemática. Foi esta a palavra que ele usou: "problemática". Como se a gente estivesse conversando sobre política ou algo assim.

— Que bosta.

— É. Todo mundo acha que, quando alguém é estu... — Hannah engole em seco, respira fundo e continua: — ...que quando alguém é estuprado, é uma coisa rápida, espontânea, sempre violenta, que causa hematomas e olho roxo. Mas acho que nem sempre é assim. Até o meu pulso, sabe? "Problemático". Porque, sei lá, a gente estava em público, e em um banco de pedra, olha, quer saber, foi uma transa esquisita de adolescentes.

— Meu Deus.

Ela dá de ombros, mas o gesto é tenso, extenuado.

— O fato de ele ser meu namorado e a gente já ter transado antes é uma grande questão. É claro que ninguém ia acreditar em mim.

— Eu acredito.

Hannah franze a testa e pergunta:

— Por quê? Owen é seu irmão. Vocês se dão bem. Ele te adora, Mara. E você adora o Owen. Sei que adora.

Não respondo logo de cara. Em vez disso, sento no degrau do corredor, deito de costas e fico acompanhando com os olhos os intrincados arabescos do teto. Hannah faz a mesma coisa, cruzando as mãos em cima da barriga.

— Às vezes, eu não sei por quê — falo. — Chego até a odiar o fato de acreditar em você. Tipo, ele é meu irmão, certo? É meu irmão gêmeo. Eu me sinto mal desde que tudo isso começou e não posso evitar de achar que é porque *ele* também se sente mal. Que, a qualquer instante, Owen vai pedir para todo mundo sentar e explicar o que foi que aconteceu. Confessar. Fazer *alguma coisa* para essa situação ser diferente do que é.

O silêncio toma conta do pequeno espaço que nos separa, e as lágrimas vão dando um nó na minha garganta, mas então eu simplesmente digo. Digo porque preciso, porque tenho que dizer, porque é verdade.

— Eu não quero acreditar em você.

Um instante de silêncio em excesso.

— Eu também não quero acreditar em mim.

— Mas eu não consigo *não* acreditar. Tentei, no começo. Quem quer acreditar que o próprio irmão fez uma coisa dessas? Mas eu... não consegui. Odeio ambas as opções.

Hannah aperta a minha mão e diz:

— Eu também.

— Eu ainda amo o Owen — falo, como se estivesse confessando.

— Mara... Meu Deus, claro que ama.
— Mas você não deveria ter que dizer isso. — A minha garganta dói, a enxurrada de lágrimas pressiona cada uma das minhas células. — Você deveria poder odiar o Owen e permitir que todos os seus amigos odiassem o meu irmão com você.

Demora um milhão de segundos para Hannah falar de novo. Quando fala, é em voz baixa, quase um sussurro.

— Posso te contar uma coisa bem zoada?
— Pode.
— Eu tenho saudade dele. Do cara que eu conhecia antes daquela noite. Do cara que eu achava que amava. Owen sempre foi meio mimado, meio arrogante, mas isso era só...
— Isso era só o jeito do Owen.
— É. Não deixava de ser fofo, sabe?

Balanço a cabeça: a minha boca ficou seca de repente.

Hannah esfrega os olhos.

— Meu Deus, parece que ele é duas pessoas completamente diferentes. E eu deveria ter adivinhado. Caramba, eu deveria ter adivinhado.

— Como é que você ia adivinhar que isso ia acontecer?

— Bom, não isso, exatamente. Mas ele é de gêmeos. Eu sou de escorpião. Ar e água, dois elementos diferentes tentando se misturar. Achei que a gente desafiava os astros, sabe? Tipo, sei que muita gente acha astrologia uma bobagem, mas eu gosto. Gosto do equilíbrio cósmico e de haver um propósito para tudo. E eu pensei que... Sei lá o que eu pensei. Pensei que a gente dava certo. Até o momento em que deixou de dar.

— Não tem problema nenhum você gostar de astrologia, Hannah. Eu também gosto.

Penso nas histórias que eu e o Owen contávamos no telhado. Gêmeos vivendo aventuras pelo céu. Nunca prestamos muita atenção em horóscopo ou em como o nosso signo poderia influenciar nossa vida, como Hannah, mas as estrelas... as estrelas sempre fizeram parte da gente.

— E nada disso é culpa sua — falo. — Por favor, diz que você sabe disso.

Ela balança a cabeça e pressiona os olhos de novo.

— Não acho zoado você ter saudade dele.

Irmão e menino. Da família e desconhecido. Amigo e inimigo. É zoado, *sim*, mas não porque nós duas estamos dividindo o Owen ao meio na nossa cabeça. É zoado porque a gente é obrigada a fazer isso.

— Só posso contar para você que sinto saudade dele, Mara. Então, não se sinta mal, tá? Por se sentir... desse jeito em relação ao Owen.

Tateio o chão e encontro a mão dela, entrelaço nossos dedos e aperto com todas as minhas forças.

— Obrigada — diz Hannah.

— Pelo quê?

— Por isso.

Ela levanta nossas mãos dadas, e aperto ainda mais seus dedos.

— Você teria contado para alguém? Se Charlie não tivesse te encontrado naquela noite?

Hannah solta um suspiro profundo e responde:

— Não sei. Não sei mesmo. Em grande parte, acho que teria, por mais que eu saiba que essa é a resposta errada. Eu deveria contar, certo? Isso é crime, e eu nunca mais vou ser a mesma por causa disso. Muita gente nunca mais vai ser a mesma. A minha mãe fica me falando que sou muito corajosa, mas não sou, não. Só estou tentando sobreviver, me manter de pé por mais um dia. Mas... eu nunca tinha entendido direito antes, sabe? Todas as histórias que já ouvi, de outras mulheres, contando da vergonha que sentem por isso ter acontecido com elas. Mas é isso mesmo. Tem esse peso, de ter sido responsável, de... meu Deus, sei lá. De simplesmente existir. Como se, de alguma maneira, se eu tivesse simplesmente parado de respirar em um dado momento, teria sido melhor para todo mundo. E não estou querendo dizer que *quero* deixar de existir... é só... sei lá. Como se eu não *devesse* existir. Como se eu me sentisse burra pelo fato de existir. É muito zoado.

"Putinha burra" ecoa dentro de mim, uma velha companheira, muito íntima e muito afiada. E aí não consigo mais me segurar. Os soluços extravasam, horrorosos, molhados, bem altos. Reverberam no cinema vazio. Hannah se apoia em um dos cotovelos e não consigo nem sequer olhar para ela. Cubro o meu rosto com as mãos e fico tremendo.

— O que foi, Mara?

Sacudo a cabeça, porque esse fardo não é da Hannah. Ela não deveria ter que suportar o peso da minha história — tem a sua própria história, mais recente, mais em carne viva, mais invasiva, está com a irmã do seu agressor deitada bem do seu lado. Mas alguma coisa dentro de mim — poeira estelar e lágrimas silenciosas — está tentando se conectar de novo com aquela coisa dentro dela, uma coisa que temos em comum, uma coisa que só nós duas, no mundo inteiro, podemos realmente entender.

E é por isso que tudo o que aconteceu com o sr. Knoll transborda de dentro de mim. Não só para receber consolo, mas também para dar.

Hannah não diz nada quando termino de contar. Acho que ela nem respira. O silêncio é tão opressivo, tão ensurdecedor, que fico a ponto de gritar. Mas aí ela se encolhe do meu lado, passa o braço, com todo o cuidado, pela minha barriga. Encosta a cabeça no meu ombro e começa a cantarolar baixinho, de um jeito suave e lindo. É tão perfeito que a água continua a rolar pelo meu rosto, se misturando com as lágrimas que posso ouvir na voz dela. Até esse momento, eu não tinha me dado conta do quanto eu precisava disso, de alguém que apenas me ouvisse.

Logo depois, meu tom de contralto se mescla com o seu doce soprano. Cantarolamos "Sing me to heaven" uma canção *à cappella* que o nosso coral apresentou ano passado, no concerto do segundo semestre. É maravilhosa, poética, triste e poderosa. As palavras se formam e se curvam às notas, e logo a gente senta, fica de pé, apesar de eu não lembrar de ter levantado. Entrelaçamos os dedos no corrimão do mezanino, nossa voz encontra os tons perfeitos e toma conta daquele ambiente abandonado.

In my heart's sequestered chambers lie truths stripped of poet's gloss...

A letra flui de dentro de nós, surreal e real demais, tudo ao mesmo tempo. O som é lindo, as nossas vozes formam uma harmonia tão perfeita que não dá para distinguir quem está cantando a melodia e quem está fazendo segunda voz. Nossos dedos estão entrelaçados, se recusando a se soltar, à medida que a emoção da canção — de coisas indescritíveis — vai conseguindo se libertar desse jeito tão estranho.

É uma música tão séria, tão sóbria, composta para vozes perfeitamente treinadas e controladas, para sussurros e preces firmes.

Sing me a lullaby, a love song, a requiem...

Mas, à medida que eu e a Hannah cantamos, nossa voz vai ficando mais alta e mais ousada, sorrisos se acendem no nosso rosto. Algumas risadas misturadas com lágrimas começam a escapar, e o que cantamos é qualquer coisa, menos um canto de devoção.

É um grito de guerra.

Repetirmos a canção sem parar, de mãos dadas, com os braços levantados, na ponta dos pés, quase pulando, e um eco musical rodopia à nossa volta, como se a gente tivesse acordado os mortos.

E não posso deixar de ter esperança de que, talvez, a gente tenha acordado mesmo.

Quando voltamos para o carro, Hannah solta o rabo de cavalo e dá um piparote no elástico, que cai na rua. Não diminui o passo, mas passa os dedos pelas mechas brilhantes do seu cabelo e as trança, fazendo um penteado bem menos lisinho e comportado.

Não é aquela linda bagunça emaranhada de sempre.

Mas é quase.

CAPÍTULO VINTE E UM

Na manhã seguinte, abro os olhos, piscando, e fico olhando para o ventilador de teto do meu quarto, esperando que aquele peso tão conhecido, uma espécie de cobertor, pouse sobre mim, como aconteceu nas últimas manhãs.

Bom. Nos últimos anos, na verdade. Fiquei tão acostumada com ele, de vez em quando tão distraída pelo Empodera e por Charlie — quase feliz —, que parei de perceber o quanto esse peso arranha a minha pele e pressiona os meus ombros para baixo, me fazendo encolher para dentro.

Mas, hoje de manhã... não tem nada disso. No lugar do peso tem uma clareza que quase me assusta. O murmúrio relaxante do aparelhinho e a luz enevoada do outono que passa pelas frestas da persiana tentam borrar os meus pensamentos, mas eles não querem ser apagados. Passar a noite de ontem com Hannah deixou tudo mais nítido, liberou uma enxurrada de alívio dentro de mim. Finalmente *contei* para alguém. Finalmente sei que alguém acredita em mim.

Ontem à noite, Hannah parecia bem quando a deixei em casa. Nós duas ainda estávamos com os olhos cheios de lágrima e com a garganta rouca de tanto cantar errado, mas havia uma espécie de calma que nos cercava, como se, finalmente, a gente tivesse se livrado de um peso antigo que esmagava os nossos ombros. Pouco antes de eu pegar no sono, ela me mandou uma mensagem.

Muito obrigada.

Foi só isso que ela escreveu. Mas, nessas duas palavrinhas, reconheci o alívio que Hannah sentiu por ter alguém com quem chorar, gritar e dar risada, por ter invadido um cinema antigo só para provar que a gente era capaz disso.

Levanto as cobertas, visto uma calça jeans e o meu moletom dos Coristas de Pebblebrook. Ontem à noite, logo depois que Hannah me mandou mensagem, a mamãe apareceu na porta do meu quarto e me informou que ela e o meu pai ainda estavam contando que eu fosse ao Festival de Outono do colégio no fim de semana, para trabalhar na barraquinha do "Qual é a música?".

— É para angariar dinheiro para a escola — disse ela. — Nem eu nem o diretor Carr achamos apropriado se esquivar das suas responsabilidades. Ainda mais considerando que eu sei que você saiu de carro, estando tecnicamente de castigo.

— Ok — respondo.

Ficamos nos olhando por alguns segundos. Eu é que não vou dizer "sinto muito" por ter saído de casa e dado uma volta com Hannah. Não sinto. Então rolei na cama de frente e fiquei olhando para a parede. Ela continuou parada na porta e dava para sentir os seus olhos fixos em mim. Fiquei esperando ela se aproximar e sentar perto de mim, acariciar as minhas costas até eu pegar no sono.

Ela não fez isso, mas também não me lembro de vê-la indo embora. Devo ter pegado no sono enquanto ainda estava lá, com aquele cheiro de mofo do A Exibição entranhado na minha pele.

235

Agora as minhas mãos tremem enquanto tento prender o cabelo em um coque bagunçado e passar um pouco máscara de cílios e *gloss*. Parece que entornei um energético de estômago vazio, meus nervos estão à flor da pele

O Festival de Outono costuma ser um dos meus eventos preferidos no calendário da escola. Tem chocolate quente, folhas queimadas e panos dourados e cor de ferrugem em cima de fardos de feno e brincadeiras bobas que me fazem dar risada e agir feito criança. Ano passado, eu e Charlie trabalhamos na barraquinha chata dos bolos, mas demos uma apimentada, exigindo que os fregueses não apenas pagassem um dólar pelo brownie mas também adivinhassem a música que Charlie dedilhava no violão e eu cantarolava bem alto e desafinado. A gente enfureceu tantos pais com abstinência de chocolate que a sra. Rodriguez sugeriu que nós duas simplesmente montássemos uma barraquinha de músicas, sem bolo.

O meu estômago se revira ao ver todas as mensagens de Charlie que ignorei ontem, seguidas pelo seu silêncio. O Festival de Outono é mais do que normal. E, se tem uma coisa de que eu e Charlie realmente estamos precisando neste exato momento, é de normalidade.

Lá embaixo, os meus pais estão aprontando na cozinha, fazendo ovos com bacon e dando risada, como fariam em qualquer manhã de sábado. O papai toma chá e a mamãe deve estar na quarta caneca de café. Ela enche um prato de ovos dourados e dá uma batidinha com o quadril no meu pai, para ele sair da frente da pia e ela poder lavar a frigideira. O papai reage batendo com o pano de prato na bunda da minha mãe. Fico observando os dois por um minuto, respirando fundo. Alguma coisa naquela cena me parece errada, como se eu estivesse tentando entrar em uma calça jeans que há muito tempo ficou pequena para mim.

E aí Owen entra em casa, todo suado e vermelho, porque acabou de correr, e meu corpo inteiro trava, uma sensação de matar ou correr faz a minha pulsação disparar.

Mas tem mais uma coisa que desperta o pânico. Uma coisa nova e alegre.

— Oi, querido — diz a minha mãe, colocando dois pratos no balcão da ilha, onde eu e Owen costumamos sentar para tomar café nos dias de aula. — Ah, Mara. Você também está aqui. Eu e o seu pai temos que ir para loja, vocês dois vão sozinhos para o Festival.

— Espera aí — falo. — Eu e Owen vamos no mesmo carro para lá?

A mamãe levanta a sobrancelha para mim e responde:

— Claro que vão.

— Vou tomar banho, juro — promete Owen.

Ele esbarra no meu braço, de brincadeira, quando passa por mim a caminho da geladeira, indo pegar uma garrafinha d'água.

Fico paralisada, só olhando para o meu irmão. Que se movimenta do mesmo jeito de sempre, com graça e força, completamente à vontade de ser quem é. Na última semana tinha alguma coisa estranha, o seu corpo estava tenso, coisa que eu nunca tinha visto nele e que me ajudava separá-lo dentro da minha cabeça. Mas agora Owen simplesmente parece o meu irmão, e me dou conta de que não consigo parar de observá-lo enquanto ele abre a garrafa, dá alguns goles, enquanto ele olha nos meus olhos, e vejo aquela delicadeza no seu olhar que conheço tão bem.

"Gêmeos."

Mas aí ele vira o rosto, e um trovão explode no ar. Uma canção ecoando em um cinema abandonado. Nada é igual ao que era antes. Nunca mais vai ser.

A mamãe deve ter percebido o conflito transformando a minha expressão, porque põe as duas mãos no meu ombro, me tira da cozinha, me leva para sala e me vira de frente para ela. Aperta meus braços e me olha nos olhos pela primeira vez em dias.

— Meu amor... Sei que tudo o que aconteceu com Owen foi assustador. Mas ele está bem. Não vão entrar com processo, e precisamos virar essa página. Por nós. Pela nossa família. — Ela prende uma mecha de cabelo atrás da minha orelha e completa: — A gente está com saudade de você, querida.

As lágrimas que Hannah derramou ontem à noite me vêm à mente, feito fogos de artifício pipocando na escuridão do céu.

Mas o que aconteceu ontem à noite foi mais do que tristeza. Foi mais do que raiva. Foi o jeito como a gente se abraçou. Como cantamos. O jeito como a minha confissão se misturou com a história dela e se tornou algo além do que só o que aconteceu comigo e do que aconteceu com ela. Se tornou algo que aconteceu *com nós duas*. Juntas. Ontem à noite, depois de eu contar tudo para Hannah e de a gente ter soltado a voz naquele cinema antigo, de paredes descascadas, tapetes imundos e tudo o mais, senti uma faísca de algo que eu não sentia há anos.

Liberdade.

Alívio.

Uma espécie de desmoronar que também foi uma libertação. E talvez fosse disso que eu precisava, durante todos esses anos. Era disso que ela precisava. Só que alguém nos ouvisse. Sinto um calor no sangue que vem disso, da Hannah, mas tenho medo de que seja apenas uma gota de fogo em um oceano congelado.

Olho para os meus pés descalços, para o esmalte verde que Charlie passou, semanas atrás, já bem longe das minhas cutículas. A verdade é que sinto uma saudade imensa da minha família. Não só do Owen, mas dos meus pais também.

Sei que Hannah está cansada. Todos temos a sensação de que está mais do que na hora de tudo isso acabar. Na verdade, para mim, está mais do que na hora há três anos. Todo mundo quer seguir em frente. O problema, acho eu, é que todo mundo tem uma ideia diferente do que seja "seguir em frente".

Não sei o que dizer para a minha mãe, então meio que me jogo pra frente, abraço a sua cintura e encosto o rosto no seu ombro.

A mamãe solta um "uf!", surpresa, mas também me abraça, na mesma hora. Passa a mão nos meus cabelos, nos meus braços, de todos os modos que eu queria permitir que ela me abraçasse na última semana. Nos últimos três anos.

— Eu te amo, querida — diz ela.

Eu a abraço mais apertado, sentindo o cheiro de hidratante de hibisco e sabonete que eu conheço tão bem. Faço isso para ser consolada, para me aproximar, porque quero muito que este momento com a minha mãe me traga uma sensação de vitória.

Uma mudança.

Mesmo que, lá no fundo, eu saiba que ainda tem muita coisa a ser dita.

CAPÍTULO VINTE E DOIS

Owen e eu vamos para o festival em silêncio. Ele não para de respirar fundo, de limpar a garganta, de trocar a música que está tocando no celular, depois repete toda essa sequência. O que me faz lembrar de Charlie, os dois nunca param quietos. E é aí que eu tenho certeza de que o meu irmão quer me dizer alguma coisa. Não consigo decidir se quero ou não ouvir.

Aquele instante lá em casa, com a minha mãe, foi verdadeiro: estou preparada para seguir em frente. Owen agora não corre mais risco de ser processado criminalmente. O que aconteceu com o sr. Knoll já faz muito tempo, é muito difícil de provar. O que mais pode ser feito? O que uma menina pode fazer, já que todo mundo, menos ela, consegue esquecer tudo, como se fosse um pesadelo aleatório? Não faço ideia do som, de que cara "seguir em frente" tem. Passei os últimos três anos tentando e, definitivamente, não consegui superar nada.

— Então... — digo, engolindo em seco. — Como vão as coisas no posto de primeiro violino?

Sinto que o meu irmão está olhando para mim e me obrigo a olhá-lo nos olhos.

— Tudo bem. Está uma correria por causa do concerto de fim do semestre, que está quase chegando. Sabe, eu tenho que ir lá na frente, completamente sozinho, e comandar a afinação. É esquisito.

— Ah, faça-me o favor. — Dou uma risada forçada. — Você adora essa função e sabe muito bem disso.

Ele dá de ombros, esboçando um leve sorriso.

— O que dizer? Nasci para entradas triunfais... *antes de todo mundo*.

— Não me diga que você acabou de comparar o posto de primeiro violino com o nosso nascimento.

— Certidões de nascimento não mentem.

— Tá brincando? Claro que mentem. Isso se chama "falha humana". Alguma enfermeira sobrecarregada e exausta com certeza se enganou em relação à hora em que a gente nasceu e... quem sabe...

Vou ficando engasgada e não completo frase, com um nó na garganta. Isso me parece errado, ficar de brincadeirinha, como se as palavras que eu devia estar pronunciando não fossem essas.

— Mar?

Não respondo.

Poucos minutos depois, Owen para o carro no estacionamento da escola e atravessamos o gramado que fica ao lado do ginásio, onde o festival já está rolando. Ele para perto da barraquinha em que vai trabalhar, uma espécie de dança das cadeiras ao som de gravações dos melhores concertos da orquestra da escola. Quem ganha leva um bolo.

— Então, é aqui que eu fico.

Balanço a cabeça, mas não falo nada.

— Qual é o problema, Mara?

— Nada. Estou bem.

O que é mentira, e Owen sabe disso. Levanta as sobrancelhas, esperando que eu continue falando, mas vou logo me afastando dele, antes que dê tempo de dizer mais alguma coisa. Quais deveriam ser as palavras, nem sei. Elas não têm forma definida dentro da minha cabeça, são só rabiscos escuros, de pontas afiadas. Não são agradáveis nem inteligentes nem carinhosas.

"Nada bem, nada bem, nada bem."

Ao atravessar o gramado, com as palavras girando na minha cabeça, as pernas afundando na grama, sinto que dúzias de pares de olhos me acompanham. Não vi ninguém da escola, a não ser a Hannah, desde que tentei arrancar os olhos do Jaden. E, para ser sincera, essa lembrança quase me acalma um pouco. Passo de cabeça erguida por alguns amiguinhos do Jaden, da orquestra, que olham feio para mim. Mas aí lembro que eles também são amigos do Owen, que todo aquele show de horror que a Hannah teve que aturar foi *por causa* do Owen, mesmo que ele não tenha tramado tudo.

"Nada bem."

Diminuo um pouco o passo, mas me obrigo a cerrar os dentes. Fixo os olhos na barraquinha de pano vermelho que avisto, um pouco mais pra lá, com uma faixa QUAL É A MÚSICA? tremulando ao vento.

— Mara!

Viro na direção da voz que chamou meu nome, me preparando para dar de cara com algum idiota. Mas quase caio de joelhos quando vejo Alex desviando das famílias, segurando dois algodões--doces bem chamativos, um rosa e um azul.

— Oi — falo.

Fico tão aliviada em vê-lo que até consigo dar um sorriso.

— Você está bem? Parece que faz um tempão que eu não falo com você.

— Faz mais ou menos um dia.

Alex sacode a mão e dá um sorriso, mas o seu sorriso logo ser desfaz.

— Sinto muito pelo que rolou aqui na escola.

É a minha vez de sacudir a mão, como se não fosse nada.

— Já foi. Estou bem.

"Nada bem."

— E então, seus pais te liberaram?

— Só para "trabalhar". — Faço sinal de aspas no ar quando digo a última palavra. — Mas para mim já está bom.

— Para mim também. Ei, quer ir lá em casa hoje à noite?

Faço cara de desconfiança, e Alex fica vermelho, de verdade.

— Nada demais — explica. — Os meus pais sempre cozinham alguma coisa e a gente pode... sei lá. Jogar Wii ou algo assim?

— Wii? Tipo Mario Kart?

Alex dá um sorrisinho e responde:

— Desde que eu seja a Princesa Peach.

Não posso deixar de rir dessa. Owen ficava com a Princesa Peach sempre que nós três jogávamos Mario Kart juntos, quando éramos mais novos. "Ela é durona!", dizia. E sempre adorei o fato de o meu irmão escolher a princesa. Era muito legal o meu irmão, um cara tão popular, não ter medo de ser a menina do jogo e sempre fazer de tudo para ela ganhar.

Essa lembrança é como um soco no meu peito. Tudo o que vinha borbulhando e se acumulando dentro de mim desde ontem à noite transborda. E, por um segundo, não consigo respirar.

— Ei — diz Alex, chegando mais perto. — Você está bem?

Balanço a cabeça e aperto a barriga, tentando obrigar o ar a entrar nos meus pulmões.

Alex estica o braço e logo me toca, pela primeira vez desde que nos beijamos. Não é nada demais, só encosta de leve as mãos nos meus ombros, mas é um choque tão grande que respiro fundo uma vez, mais uma, e logo me sinto mais calma.

Até que vejo Owen observando a gente, a algumas barraquinhas de distância, boquiaberto, na frente dos bolos empilhados, que formam uma fortaleza em cima da mesa atrás dele. Meu irmão franze a testa, aproxima bem as sobrancelhas, como sempre faz quando está confuso. Chamo essa expressão de "olhar de velhinho". Consequentemente, ele diz que eu fico com "olhar de velhinha", porque faço exatamente a mesma coisa.

— Você tem falado com meu irmão? — pergunto.

Ele faz careta e responde:

— Não muito.

— É. Eu também não.

— Eu sei. Sinto muito.

Sacudo os ombros, e suas mãos escorregam. Palavras não ditas pairam entre nós — "processo", "acreditar", "Hannah" —, mas não tenho coragem de pronunciar nenhuma delas.

— Preciso ir encontrar Charlie.

Alex balança a cabeça.

— OK. Claro.

— Ei — falo, segurando a manga do seu blusão azul-marinho. — Te vejo à noite.

— Sério?

— É. Se os meus pais deixarem.

Alex dá um sorriso, minúsculo.

— Umas seis e meia?

Balanço a cabeça e me dirijo à barraquinha das músicas. Não olho para trás, para Owen, mas não consigo deixar de imaginar a gente sentado no telhado, observando as estrelas.

"Você sabe que agora vai ter que se casar com Alex, certo?", diria o meu irmão.

"Por quê?"

"Ele encostou no seu ombro: isso é tipo um pedido de casamento segundo as minhas regras. Além do mais, não consigo dividir a minha lealdade. É muito injusto."

"Ah, sim, esqueci que todas as minhas amizades só existem para a sua conveniência."

"Pode crer. Além do mais, posso simplesmente ir morar com vocês, no porão, e aí os dois vão cuidar de mim pelo resto da vida."

"Vai sonhando."

É assim que aconteceria, se nada disso estivesse acontecendo. Se não existissem todas essas mentiras e aquele estranho com a cara do meu irmão que se interpõe entre a gente.

A dor no meu peito é tão aguda que me dá falta de ar. Queria que essa conversa imaginada fosse real. Queria uma vida inteira de sorrisos de deboche sob as estrelas. As nossas estrelas. Mas estou começando a achar que essa vida se foi para sempre. Talvez nunca tenha existido. Talvez eu a tenha perdido no instante em que o sr. Knoll me pediu para permanecer na sala, depois que a aula terminou. Talvez tenha sido aí que perdi tudo.

Continuo andando, deixando um rastro de um milhão de pensamentos e desejos diferentes. Charlie aparece no meu campo de visão e aperto o passo.

Ela não me vê logo de início. Está sentada em um banquinho atrás de uma mesa, debruçada sobre um novelo de lã dourada e brandindo as agulhas de tricô, transformando a lã em um amontoado carmim. Está mordendo o lábio, e percebo que a sua boca pronunciou um "merda", porque ela desmanchou um nó que não era para desmanchar. Está tão fofa que o fato de não termos nos falado nas últimas vinte e quatro horas fica em segundo plano.

— E aí? — digo, passando por baixo do pano da barraquinha.

Ela leva um susto e deixa as agulhas de tricô caírem em cima da mesa, e o novelo de lã cai, se desenrolando por alguns metros.

— Oi — responde. E começa a se movimentar, pega as agulhas e o novelo e os guarda, junto com o troço que está tricotando, dentro da pasta. Então enfia as mãos nos bolsos e tenta dar um sorriso. — E aí?

— Você está bem?

Ela balança a cabeça.

— Estou. Só... fiquei feliz porque você veio.

O seu olhar é tão intenso que os seus pensamentos praticamente brotam dos seus olhos.

— Eu estou bem — falo, antes que ela me pergunte. — Mesmo.

— Está?

Balanço a cabeça.

— Você nem respondeu as minhas mensagens.

— Você parou de me mandar.

— Sim, porque você não respondeu nenhuma.

Tiro o cabelo do rosto e respondo:

— Eu estava de castigo e precisava de um tempo para pensar.

— Você deveria ter adivinhado que ia levar suspensão por bater no Jaden.

— Nem pensei nisso na hora. E o diretor Carr também me deu suspensão por causa da saia.

— Sério?

— Ãhn-hãn.

— Que imbecil. Ainda que você estivesse meio... — ela não completa a frase e fica mordendo o lábio.

— Eu estava meio o quê?

Um sorriso se esboça em seus lábios.

— Sensual para caramba. Mas você fica sensual para caramba com qualquer roupa.

Meu estômago vai parar no pé.

— Desculpa — diz Charlie, entrelaçando as mãos. — Eu não deveria ter dito isso.

— Você não tem permissão para me achar bonita?

Ela faz careta.

— Não. Eu só... sei lá.

— Ãhn-hãn, claro. A *Tess*.

— Não foi isso que eu disse.

— Quem é essa menina, afinal?

Charlie solta um suspiro e passa as duas mãos pelo cabelo. Que fica todo espetado, cheio de montanhas e vales castanhos, uma coisa tão fofa que chega a me dar dor nos dentes.

— Eu a conheci na noite da pizza a que fui há algumas semanas, na escola em que o meu pai trabalha. A mãe dela dá aula de matemática lá.

— Que amor. Vocês estão namorando?

— Não faz isso.

— Isso o quê?

— Você sabe. Falar comigo como se tivesse interesse em saber quando, na verdade, você está irritada.

— Eu não estou irritada: só quero saber quem é essa menina.

Charlie fica tentando descascar a borda de plástico da mesa e sacode a cabeça. É só quando ela para de me olhar que me dou conta de que meus os dedos estão tremendo, porque cerrei os punhos, tentando segurar todos esses fios da minha vida. Mas eles não param de se desenrolar.

— Foi você que quis assim, Mara — sussurra Charlie. — E você tem o Alex.

— Não tenho, não. A gente é só amigo.

— Tem alguma coisa rolando entre vocês.

A mágoa transparece nas suas palavras, mas não sei o que dizer. Quando terminei com Charlie, me pareceu uma coisa inteligente e certa a fazer, para nós duas. Eu achava que jamais conseguiria ser uma boa namorada para Charlie. Então quis que as coisas fossem assim. Mas não queria que fossem *assim*. Passo de leve a mão nas suas costas, sentindo a sua respiração pressionar as pontas dos meus dedos.

As fronteiras entre o romance e a amizade são confusas para mim e para Charlie. Sempre foram. É difícil apontar a diferença.

É difícil apontar qual é o mais importante. É difícil até apontar se um tem que ser mais importante do que o outro. Mas, entre mim e Charlie, sempre rolou algo a mais.

— Então, você tem uma lista de músicas para a gente infernizar os nossos fregueses? — pergunto, me apoiando na mesa de plástico.

Preciso parar de pensar nisso. Preciso parar de pensar em tudo isso.

Ela fica me encarando por alguns segundos que demoram a passar, mil emoções transparecendo na sua expressão. Por fim, aperta os lábios e olha para os próprios pés, balançando a cabeça.

— Músicas? — insisto.

— Sim. — Então põe a mão debaixo da mesa e tira um aquário de vidro cheio de pedacinhos de papel dobrados. Coloca em cima da mesa, tira o violão do *case*, que está apoiado no chão, e dedilha as cordas, girando as tarraxas de afinação. — São todas bem básicas. Não vai ser muito difícil.

Remexo no aquário, tiro um papelzinho, desdobro e reviro os olhos.

— "Let it be"? Se não adivinhar com três notas, a pessoa não merece ganhar a pulseirinha que brilha no escuro ou o colar comestível ou seja lá qual for a merda de prêmio que foi arrecadado nas doações deste ano.

Charlie se faz de ofendida.

— Todo mundo merece uma oportunidade de ganhar uma tatuagem temporária do *Wicked*, Mara. — Aí pega uma cestinha de vime cheia de Elphabas e Glindas de quatro por cinco centímetros e põe ao lado do aquário. — Todo mundo.

Dou risada, feliz de poder ficar de zoeira com a minha melhor amiga de novo.

Logo os primeiros fregueses aparecem. Charlie dedilha as cordas enquanto eu fico cantarolando "Hotel California" e "Billie Jean". Entre um freguês e outro, ela me ensina a tocar alguns acordes no violão.

— Parece que estou mandando alguém se ferrar — falo, quando ela posiciona meus dedos nos trastes.

— Esse é o Sol.

— Continua parecendo que estou mandando alguém se ferrar.

— Bom, aposto que a pessoa merece.

Ela solta o meu indicador, que na mesma hora sai do lugar.

— Caramba — falo. — Não consigo dobrar os dedos desse jeito.

Charlie dá risada.

— Consegue, sim. Só precisa aprender.

Então ela posiciona o seu banquinho atrás do meu, e tremo toda por dentro quando sinto sua respiração no meu pescoço. O peito de Charlie pressiona as minhas costas, porque ela passa o braço em volta do meu corpo, para conseguir manipular as minhas mãos em cima do violão, e abre bem as pernas, deixando uma de cada lado do meu corpo. Limpo a garganta enquanto ela se concentra, espiando por cima do meu ombro e colocando os meus dedos sobre as cordas.

— Ai — digo, mas é só um sussurro.

— Você precisa engrossar esses dedos. Estão muito macios.

— Os meus dedos são bem grossos quando tem necessidade. Além do mais, qual é o problema de ter dedos macios?

Já que ela não responde, viro a cabeça e quase bato no seu rosto.

Não tinha me dado conta de que Charlie estava tão perto, mas a minha boca está a centímetros de distância das suas bochechas vermelhas, o que me deixa completamente confusa. Até eu repassar a nossa conversa na minha cabeça.

— Parabéns, Mara. Isso é que é climão — digo, fingindo que estou falando sozinha, para disfarçar a minha vergonha.

Charlie dá risada e fica ainda mais vermelha. Está tão linda que tenho que olhar para o outro lado, tirar as mãos debaixo das dela. Queria que isso passasse, esse desejo constante de voltar para aquilo que a gente disse que queria, que a gente disse que seria melhor para nós.

Sinto o cabelo de Charlie roçar no meu rosto, como se ela estivesse sacudindo a cabeça, e então ela respira fundo. Ainda está cor de beterraba, mas segura a minha mão e passa os dedos por cima e por baixo dos meus, que posiciona de novo sobre os trastes.

— Este é o Sol. — Então dobra os meus dedos em uma nova posição, devagar e com cuidado. — Dó. — A sua voz é suave, e os seus dedos cheios de calos deslizam por cima e por baixo dos meus, movimentando-os com facilidade. — Ré. — Outra posição, outro toque delicado com uma pluma. — E Mi Menor.

Prendo a respiração e meu sangue pulsa ritmado nas veias. Não sei bem o que a Charlie está fazendo, mas não está só me ensinando a tocar violão. Em algum lugar, existe uma Tess. Mas, aqui, só existem Mara e Charlie.

E esse — *nós* — é o meu normal.

— Se aprender essas quatro, já dá para tocar uma música — declara, ainda com a boca perto do meu ouvido.

— Ok. — Estou sem ar, sem pensamentos. — Vou praticar essas quatro.

— Faça isso. — A sua foz tem um tom de flerte, e não sei bem o que fazer com isso.

Charlie e eu nos afastamos quando vemos que uma mulher com cara de cansaço se aproxima da nossa barraquinha, arrastando duas crianças. Cantarolo "You are my sunshine", e entregamos mais algumas tatuagens. Vários alunos e pais visitam a nossa barraquinha, e todos adivinham qual é a música com facilidade. Até o diretor Carr aparece e sai com uma Glinda, mas tenho quase certeza de que ele se debruçou sobre a mesa para conferir o comprimento da minha saia. O cara praticamente fez um *"hãn-hãn"* disfarçado quando viu que eu estava de calça jeans.

Lá pelas cinco, começamos desmontar a barraca. Tenho a sensação de que tudo em mim está pegando fogo. Coloco o aquário dentro de uma caixa de papelão cheia de coisas que precisam ser devolvidas para a escola, mas não consigo parar de pensar nos dedos de Charlie tocando os meus por cima do violão, me ensinando, me ajudando. A sua voz nos meus ouvidos. Uma voz em que eu sempre confiei.

A voz que eu mais amo na face da Terra. A *pessoa* que eu mais amo na face da Terra.

Esfrego os olhos para segurar as lágrimas, para conseguir manter todos os "estou bem" no seu devido lugar. E aí, como eu imaginava, Charlie está bem ali.

Estou de costas, mas ela dá um tapinha no meu braço.

— Ei — diz, baixinho. — Que foi?

Porque não tenho como me esconder dela. Nunca tive, na verdade. É só porque Charlie me conheceu depois do que aconteceu com o sr. Knoll que nunca percebeu que eu estava escondendo algo dela. Mas agora esse "algo" não quer continuar escondido. Está cansado da escuridão. Eu lhe mostrei um pouco de luz ontem à noite, com Hannah, e ele ficou faminto, este "algo" está morrendo de fome. Distraí-lo com aulas de violão e jantares com Alex não basta. Essas coisas não passam de uma lanterninha, e ele quer o Sol. Precisa de luz, de ar e talvez, talvez, talvez, se eu contar para Charlie, a pessoa que eu mais amo, esse "algo" vai se satisfazer. Talvez, então, ele possa finalmente deitar e dormir.

— Ei — repete Charlie.

Os meus ombros estão tremendo. As minhas mãos. As minhas pernas. O meu coração. Os meus pulmões. Eu me viro e me acomodo em um dos banquinhos, respirando tão alto e fundo que fico tonta.

Charlie senta do meu lado.

— Mara, você está me assustando.

Como ela parece completamente apavorada, pego na sua mão. Respira. Respira.

— Seja lá o que for, deixa eu te ajudar — diz.

Ela chega mais perto, encosta o rosto no meu ombro. É tão natural. Tão tranquilo. Tão certo. Tão nós.

Encosto a cabeça na dela e fico olhando para o festival, que está chegando ao fim. Menininhas de dedos grudentos, sujos de algodão doce. Meninas pré-adolescentes, que acabaram de passar *gloss* nos lábios, lançando olhares tímidos para os meninos do Ensino

Médio. Meninas da minha idade de calça jeans, de saia, de shorts de corrida, de camisa de flanela, de cabelo comprido, de cabelo curto, de cabelo pintado, andando pela grama, em busca de algo, à caça de algo, precisando se conectar, acreditar, de reconhecimento e de "algo".

Algo que faça se sentirem valorizadas. Que faça a gente sentir que somos nós mesmas.

— Mara — insiste Charlie. Então ela levanta a cabeça e passa os dedos no meu rosto para secar as lágrimas que não param de escorrer. — É por causa do Owen?

Fico pensando nisso, porque parece que, ultimamente, tudo é por causa do Owen. Mas aí me dou conta de que não é. Não é por causa do Owen, coisa nenhuma. É por minha causa. Por algo que é meu.

E aí abro a boca e deixo um pouco mais de luz entrar em mim.

CAPÍTULO VINTE E TRÊS

Charlie aperta a minha mão, e seu olhar fica anuviado, de preocupação. Mas não diz nada. Fica só esperando, perto de mim, enquanto conto tudo.

Não tem nada ver com coragem ou força. Tem a ver com não ter mais nada a perder. Por mais que eu tenha tentado fazer tudo dar certo, não tenho mais Charlie. Não tenho mais o meu irmão. Não tenho nem sequer a mim mesma. Agora, aquele dia com o sr. Knoll sai de dentro de mim aos borbotões, com lágrimas e ranho, tremores, vergonha e constrangimento. Explode na luz, uma coisa carnívora e determinada, e eu faço as suas vontades.

— Ai, meu Deus, Mara — sussurra Charlie, quando termino de contar.

— É por isso que eu nunca consegui... quando a gente namorava, é por isso que eu nunca deixei você... nunca toquei você...

Um soluço fica preso na minha garganta e só consigo abanar a mão para lá e para cá, apontando para nós duas, torcendo para que Charlie entenda o que estou querendo dizer.

— Não, não, não — diz ela. — *Shhhh*, nem pensa nisso. Não tem problema. Você sabe que comigo nunca tem problema.

— Eu queria — insisto, com a voz embargada, de coração aberto, deixando a luz entrar por todas as frestas. — Eu queria muito.

E aí, quando percebo, estou nos seus braços, e Charlie me abraça tão apertado que consigo sentir o seu coração batendo descompassado, consigo sentir seu leve tremor, consigo sentir o calor de lágrimas que não são minhas roçando no meu rosto. Fico abraçada nela, me sentido esvaziada e cheia, tudo ao mesmo tempo, a fome sendo substituída pelo alimento.

— É por isso que você parecia tão triste quando eu a conheci.
— Eu parecia? — pergunto.

Charlie se afasta, para poder me ver, e balança a cabeça.

— Eu queria tanto te fazer sorrir.
— E fez. Todos os dias.

As lágrimas escorrem pelo seu rosto, como as minhas, e ela passa a mão para secá-las.

— Meu Deus, sinto muito. Sinto muito mesmo.

Não sei o que dizer depois dessa. Não sei o que dizer depois de qualquer coisa. Só quero ficar aqui, neste espaço em que Charlie sabe do meu segredo e não preciso pensar em mais nada, a não ser no aroma de especiarias do desodorante masculino que ela usa e na pressão que os seus dedos fazem nas minhas costas.

Ficamos assim por um tempo, respirando o ar uma da outra e trocando carícias delicadas. Sinto que aquele "algo" faminto recua e solto um suspiro de alívio. Sinto que esse "algo" está querendo deitar. Sinto que está ficando com sono, saciado pela minha confissão.

— Por que você não contou para alguém? — pergunta Charlie, baixinho.

E tudo acorda novamente. O *algo* fica de pé de supetão e começa a desfilar.

Eu me solto dos braços de Charlie.

— Você não tinha como provar que não colou? Ele por acaso disse o nome da pessoa que a denunciou? Quando teve que colocar no sistema por que você tinha sido reprovada?

Fico só piscando para ela, e "putinha burra" ecoa na minha cabeça.

— Ele... não sei. A diretoria ligou para os meus pais alguns dias depois, contou o que tinha acontecido.

— E os seus pais jamais questionaram?

Engulo em seco.

— Eu... eu não...

Mas não consigo pôr para fora. Não consigo dizer "nunca dei motivos para eles questionarem", por mais que isso seja verdade. No Empodera, Charlie já me viu falar abertamente de tantas questões, dar voz a tantas meninas e a tantos jovens LGBTQI+. Mas nunca dei voz a mim mesma. Não diretamente, pelo menos. Eu me encolhi debaixo dos meus rótulos — "menina", "bi", "*queer*" —, mas ainda não consigo aplicar nenhum deles à pessoa que vejo refletida no espelho todos os dias. Aquela menina ainda não tem voz, ainda está com medo.

— Mara, você precisa contar para eles agora.

— Quê? Não.

— Por que não? Você precisa... meu Deus, Mara, você precisa contar para eles. Os seus pais precisam saber, fazer esse predador perder o emprego e ir para cadeia.

— Eu...

— Ai, meu Deus, ele ainda trabalha lá? Ainda dá aula? — Pressiono

as duas mãos contra a testa, tentando acalmar os meus pensamentos.
— Trabalha? — insiste Charlie, e só escuto "burra burra burra".

A verdade é que sei que o sr. Knoll ainda trabalha no Colégio Butler. Dá aula de Pré-Álgebra e é técnico do time de basquete masculino. Eu o vi de relance, através das cortinas de veludo, no semestre passado, no dia em que todas as escolas de Ensino Fundamental do condado foram de ônibus gratuito assistir à produção de *Garotos e garotas* feita pela Pebblebrook. Ele estava exatamente igual e conversava com uma aluna sorridente enquanto procurava lugar para sentar no auditório. Durante a apresentação, perdi o professor de vista, no meio do público e das luzes, e nunca fiquei tão feliz por ter recusado um papel principal em um musical quanto naquele dia.

Agora, só consigo pensar naquela menina sorridente. Aluna dele. Tenho certeza de que a menina confiava no professor, gostava dele, achava o cara bonitinho. Ela tinha cabelo ondulado, castanho-avermelhado. Era comprido, ia até mais da metade das costas. Igualzinho ao meu.

Fico imaginando se ela teve que fazer curso de verão nos meses de junho e julho do ano passado.

— Mara.

Fico imaginando se ela teve medo.

— Mara, olha para mim.

Fico imaginando se ela resistiu.

— Mara, você precisa...

— Cala a boca, Charlie!

Ela fica pálida, de queixo caído. Uma mãe passa pela barraquinha com o filho e lança olhares alarmados em nossa direção. Os dois estão carregados de bichos de pelúcia e sacos engordurados de pipoca.

Charlie chega mais perto, fala mais baixo.

— Só estou tentando...

— Ajudar. Eu sei. Fazer a coisa certa. Sei disso também. Mas não *é* assim, tão fácil: não é preto no branco.

Ela faz uma cara estranha.

— Desculpa. Eu só... Mara, estou preocupada com você. Isso é muito grave, e você tem enfrentado essa situação sozinha há três anos. E, sim, é preto no branco, sim. O cara é um idiota completo e um molestador de crianças.

— Eu sei que é. E sei que ele é o idiota da história. O que esse sujeito fez é preto no branco, sim, mas *lidar* com isso não é. Sabia que ele ganhou o prêmio de Professor do Ano naquele semestre? Professor da merda do *Ano*. Nunca nem passou pela cabeça dos meus pais que ele podia ter mentido que eu colei. Que motivo o Professor do Ano teria para mentir a respeito da nota que uma menininha imbecil tirou na prova? Ninguém teria acreditado em mim. Não teriam acreditado naquela época. Com certeza absoluta não vão acreditar agora.

— Eu acredito em você. E acredito na Hannah. Tem gente que acredita, *sim*.

Sei que Charlie tem razão. Mas, por mais que eu tente me convencer do contrário, o que eu acredito é tão misturado com o meu irmão que não consigo enxergar a situação claramente. Não consigo enxergar o que posso fazer a respeito. Não posso ajudar Hannah, não posso odiar Owen, não posso dizer nada de relevante. Não importa o que eu faça, sempre vou trair alguém que é importante para mim — a minha amiga, o meu irmão, eu mesma. Acreditar não é simples, não é preto no branco.

— Eu só quero seguir em frente — falo. Enfio a mão nos cabelos, e meus dedos ficam presos nos cachos. — Eu só quero virar a página. Eu consigo seguir em frente.

— Não desse jeito. Desculpa, Mara, mas acho que você não consegue.

— Por que não? Eu contei para Hannah. Ela entende. Ela pode me ajudar. Eu posso ajudá-la. Eu contei para *você*. Só preciso disso. Só preciso de vocês: já basta.

O lábio inferior de Charlie está tremendo.

— Eu entendo, mas isso não muda o fato de que os seus pais não fazem a menor ideia de que isso aconteceu com você. Que esse sujeitinho ainda está solto por aí, trabalhando com crianças. Você não vai conseguir virar a página por causa disso.

— Então a Hannah também não vai conseguir? — retruco, e Charlie empalidece. — Owen vai se safar de tudo isso, como se não fosse nada demais, só um namoro que acabou mal. Ela não tem o direito de seguir em frente?

— É diferente. Hannah tentou. Ela contou a verdade. Vai começar a fazer terapia: ela está se esforçando para superar o que aconteceu.

— Então eu sou uma bosta só porque quero esquecer de tudo isso e seguir em frente?

Charlie arregala os olhos.

— Não. Claro que não. Não foi isso que eu quis dizer.

As lágrimas rolam pelo meu rosto, cada gota vem carregada de desespero. Desespero, raiva e cansaço. Muito cansaço.

— É só contar a verdade — diz Charlie, baixinho. Baixinho demais, e isso me deixa irritada. — É só isso que você precisa fazer, e eu vou te ajudar.

— Ah, é... Porque você é a rainha de contar a verdade: é só perguntar para seus pais.

As palavras saem pela minha boca antes que eu consiga impedi-las. Charlie se retrai visivelmente.

— Eu...

— Os seus pais têm uma filha perfeita, não é mesmo? Uma filha que jamais iria tocar em um bar de Nashville escondido deles. Uma filha que jamais se sentiria uma estranha dentro do próprio corpo, não é mesmo?

— Caramba, Mara.

Sei que estou sendo imbecil, mas não consigo parar, não consigo calar a boca.

— E por acaso os seus pais já te perguntaram por que todos os seus amigos te chamam de "Charlie"? Ai, desculpa. Esqueci. Claro que já perguntaram. Mas você mente "com amor".

Charlie fica só me olhando, boquiaberta, e uma lágrima grossa rola pelo seu rosto. Que ela seca antes que eu possa ter certeza se vi ou não.

— Não é a mesma coisa — sussurra. — Os meus pais já sabem que eu gosto de meninas. Eu posso me assumir para eles como me sinto em relação ao meu *próprio corpo, merda,* quando eu me sentir preparada para isso. Não estou fazendo mal para ninguém.

— Nem eu.

— Você está fazendo mal para si mesma. E só Deus sabe se aquele idiota...

— Preciso de um tempo — falo, sem olhar para ela. Não suporto ver a decepção no seu olhar, a raiva. Odeio Charlie um pouquinho por isso, por ter roubado a minha sensação de segurança. Por ter roubado esse momento em que pensei que confessar bastaria.

— Você pode simplesmente me deixar aqui sozinha?

— Mara...

— Por favor.

— Merda. Sei que você está chateada, e eu não quero te pressionar. Eu só...

— *Vai embora*, merda!

Algumas pessoas que passam perto da barraca se assustam com os meus gritos, arregalam os olhos e cochicham.

Charlie vai para trás, como se eu tivesse lhe dado um tapa. A distância que nos separa vai ficando maior por causa dessa minha *necessidade* de fazer alguma coisa, de ser alguma coisa, de mudar alguma coisa. Mas ela acaba fazendo o que eu pedi: me deixa ali, sentada no banquinho, só com o leve roçar da brisa da noite para me acalmar.

Então levanto e vou até o estacionamento, meio cega pelas lágrimas silenciosas. Nosso carro não está por lá, mas mal me dou conta da sua ausência. Começo a andar, e esse movimento é uma distração bem-vinda. Mas tenho a sensação de que os quilômetros que me separam de qualquer lugar onde eu vá parar jamais serão suficientes para calar as vozes que ecoam dentro da minha cabeça.

Porque não existe um jeito de seguir em frente de verdade.

Nenhuma música, nenhuma amiga compreensiva, nem todo o amor que sinto pelo meu irmão são capazes de mudar isso, e eu fui "burra burra burra" de pensar que conseguiria. Não tem como voltar atrás.

CAPÍTULO VINTE E QUATRO

"Putinha burra."

"Putinha burra."

"Putinha burra."

As palavras gritam, são impossíveis de silenciar, até quando os carros passam correndo por mim enquanto vou vagando pela calçada, meio que em um delírio. Não sei nem onde estou, se estou perto de casa, que rua é essa ou por que simplesmente não liguei para meu irmão vir me buscar.

Esse último pensamento faz um arrepio percorrer a minha espinha. Não sei nem direito por quê, se é pelo fato de Owen ter me largado lá no festival sem dizer que ia embora ou se é só de pensar nele — só por ele existir e ter o mesmo sangue que eu, as mesmas estrelas e o mesmo aniversário —, alguém que é tão próximo de mim mas que perdi, de alguma forma. Não sei dizer o que nada significa, não consigo desenredar os meus pensamentos confusos.

Um carro diminui a velocidade perto de mim e fico paralisada. Na mesma hora, me dou conta de que está escuro, e os meus olhos saem procurando algum lugar para onde eu possa fugir ou onde possa me esconder.

Como?, penso. *Como fui ficar desse jeito?*

— Mara!

Ouvir o meu próprio nome só me faz andar ainda mais rápido, faz aquela bola de pânico apertar ainda mais o meu peito.
— Mara! Tá tudo bem? Você está bem?
A voz feminina me faz parar, me faz respirar fundo. Viro para a SUV verde-escuro que continua andando devagar, me acompanhando. O vidro do carona está aberto, vejo Greta inclinada por cima do câmbio, seu cabelo loiro praticamente brilha no escuro.
— Quer uma carona?
Fico olhando para ela por alguns instantes antes de responder. A menina basicamente me chutou do meu próprio grupo. Mas, neste exato momento, sua voz é delicada, e ela está adiando sei lá qual programa desta noite de sábado para se certificar de que eu estou bem.
— Pode ser. Valeu.
Entro no carro bem na hora em que um caminhão preto enorme reduz a velocidade, logo atrás da Greta, e mete a mão na buzina.
— Tá, tá — resmunga ela. — Vai se ferrar, cuzão.
Não sei por que me dá vontade de rir. Greta dá um sorriso e revira os olhos para o caminhão imenso que, pelo jeito, está mais do que a fim de buzinar.
— Tem alguém tentando compensar alguma coisa, não é mesmo? — diz.
Dou risada de novo, ponho o cinto de segurança e ela se afasta do meio-fio. Mas aí, de repente, me sinto tão cansada... Como se essa risada tivesse consumido toda a minha energia. Fico com a cabeça encostada no vidro enquanto Greta atravessa a cidade — ao que parece, eu acabei indo parar, não sei como, na Quarta Avenida, perto do A Exibição — e torço para pegar no sono ou sumir, o que vier primeiro.

— Você está bem? — pergunta.

— Não. Não muito.

Greta não diz nada. Provavelmente, não era essa a resposta que ela estava esperando. Caramba, não era essa a resposta que eu estava esperando dar à pergunta que essa menina me fez. Não dá para dizer que eu e Greta somos aquele tipo de amiga que responde mais do que o obrigatório, "estou bem" ou "tudo certo", para a pergunta "como vão as coisas?".

— Olha — fala, por fim. — Eu queria mesmo conversar com você.

— Ah, é? — pergunto, sem expressão. — Sobre o quê?

— Sobre o Empodera. Desculpa o jeito como as coisas rolaram. Eu me sinto mal. Eu simplesmente não sabia como lidar com toda aquela situação. Meu Deus, foi muito esquisito. — Ela entra na minha rua e continua falando: — Mas você foi durona para caramba, gritou com o Jaden e tudo.

Dou uma risada debochada.

— Fiz bem mais do que gritar com ele.

— Eu sei, e deve ter sido difícil.

— Por acaso você está compactuando com os meus atos de violência, Greta?

Ela dá um sorriso e responde:

— Isso é errado, certo? Eu não deveria. Mas, é, acho que estou.

— Bom, Jaden é um cuzão.

— Muito cuzão.

Quando chega na frente de casa, ela põe o carro em ponto morto, mas eu não desço. O carro do Owen — o *nosso* carro — não está parado na frente da garagem, mas as janelas estão iluminadas,

emanando um brilho quente, que atrai com falsas promessas de amor, aceitação e confiança.
— Você tinha razão.
Greta vira de frente para mim.
— Tinha?
— Em relação ao Empodera. Eu não tinha condições de ser a líder do grupo. Acho até que nunca tive.
— Isso não é verdade.
— É, sim.
— Você manda muito bem, Mara. Você tem umas ideias ótimas, de verdade, e as matérias que escreve no jornal são incríveis. São importantes, e você escreve muito bem, de verdade. As pessoas realmente leem. Tipo, a maior parte da escola, na verdade. Isso é muito sensacional.

Há duas semanas, eu teria pulado de alegria com aquelas palavras. Teria ficado radiante, em um discreto tom de vermelho, envergonhada e orgulhosa, tudo ao mesmo tempo. Principalmente vindo da Greta, uma pessoa que eu sempre achei que nunca caiu na minha conversa.

Agora, só sinto vergonha.
— Você pode me levar até a casa do Alex Tan? — pergunto.

Sinto que ela ficou em dúvida, então mando um "por favor". Greta concorda e percorremos os poucos quilômetros até lá em silêncio.

Quando ela para o carro na frente da casa do Alex, o carro que é meu e do Owen está bem ali, parado de um jeito tão casual e inocente que não tem motivo para eu ser invadida por essa onda de pavor.

Motivo nenhum mesmo.

★☆★

A casa do Alex é em estilo vitoriano e parece ter saído direto de uma história de fantasma. Tem três andares e é pintada de branco, com uma varanda enorme e fechada na frente e grandes colunas diante de uma entrada de carros ampla e circular. Ao lado do OSR amarelo-ovo do Alex, o meu carro está estacionado de qualquer jeito, como se Owen estivesse com pressa quando chegou aqui.

Eu me despeço da Greta, agradecendo com toda a sinceridade que consigo transmitir com a minha voz trêmula. Então espero ela se afastar para ir até a lateral da casa, torcendo para encontrar os meninos jogando basquete perto da garagem. A cesta fica pendurada em cima da porta, meio rasgada de tão velha, e está imóvel. Com as mãos enfiadas nos bolsos do meu moletom, volto para a frente da casa e me dirijo aos degraus da entrada.

Mal coloquei o pé no primeiro degrau quando ouço a voz do meu irmão.

— ...cuzão em relação a isso.

— Não estou. Eu só...

— Está, sim. Passou a semana inteira sendo um imbecil e agora dá em cima da minha irmã? Sério, mesmo, Alex? Ela é minha *irmã*, merda.

— A gente só saiu, não tem nada demais.

— É, até parece. Você nunca queria sair com ela antes. Não sem eu estar junto.

Fico paralisada, e o meu coração incha e bate bem alto no meu peito.

— Eu jamais faria mal à Mara — argumenta Alex.

— Não é essa a questão. O meu melhor amigo ficar esfregando o pau na minha irmã é simplesmente esquisito.

— Que merda, cara. A gente é só amigo!

— Você sabe que ela é bi, né? Que não consegue se decidir.

Solto um suspiro de assombro e tapo a boca com a mão para abafar o súbito soluço que aperta os meus pulmões. Será que o meu irmão acabou mesmo de dizer isso a meu respeito? Owen fala demais quando está estressado, não consegue calar a boca. Sei disso. Mas nunca toda essa conversa foi diretamente sobre mim, não desse jeito, e suas palavras mais parecem uma faca que nos corta ao meio.

Por alguns segundos, tudo deixa de existir: o som, o ar, a luz.

E então, bem baixinho, Alex fala:

— Você por acaso ouviu o que acabou de dizer? Você não é desse jeito.

Um instante.

— Você não sabe como eu sou ou deixo de ser, porque está pouco se ferrando.

Alex fala alguma coisa que não consigo entender direito. O balanço da varanda solta um gemido: alguém levantou dele.

— Tudo bem — dispara Owen. — Vai se ferrar.

— Para com isso, Owen.

— Não, não, tudo bem. É bom saber que você acha que eu sou um mentiroso.

— Não foi isso...

Mas aí a porta da varanda fechada se escancara e bate no corrimão da escada. O meu irmão sai de lá correndo, com Alex no seu encalço. Owen congela quando me vê. O seu olhar tem um quê de tristeza. De arrependimento. Mas logo ele fica com uma expressão dura e cerra os dentes.

— Falando do diabo... — resmunga, e então passa por mim e quase me derruba no primeiro degrau.

Eu seguro no corrimão, em estado de choque, e fico observando o meu irmão e o seu melhor amigo, há mais de dez anos, brigarem feio.

Alex pega no meu braço, mas esse conforto é passageiro, porque ele começa a correr pela grama atrás do Owen. Consegue alcançá-lo quando o meu irmão já está perto do nosso carro e o puxa pelo ombro.

— Sai de cima de mim, caramba! — grita o meu irmão.

Tenho a sensação de que levei uma facada no estômago, porque o seu tom não é só de raiva. É de medo, tristeza, pânico e solidão. Até pode ser uma coisa de gêmeos, mas quase consigo sentir o gosto da suas emoções, fico um gosto amargo na língua. Com toda a certeza consigo *sentir* essas emoções.

— Não faz isso, cara — suplica Alex. — Fala comigo. Conta a verdade: é só isso que estou pedindo. É só isso que eu sempre te pedi.

Arranho a tinta branca do corrimão e uma lasquinha entra embaixo da minha unha.

Porque os dois não estão mais falando de mim.

Owen olha feio para Alex, o seu peito sobe e desce.

— Você não quer saber da verdade. Só quer fingir que nada mudou. Fingir que você não amarelou nem me deixou na mão quando a merda bateu no ventilador.

E então dirige o olhar para mim. Tem um brilho nos seus olhos que me obriga a me afastar da escada e me aproximar dele. As estrelas brilham, e tenho vontade de enfiar o meu irmão dentro do carro, levá-lo para casa e sentar com ele no telhado, contando histórias.

Contando mentiras.

Paro no meio do caminho e ele se retrai visivelmente. Aperta os dentes, mas eu consigo ver que está tremendo e me sinto paralisada. À deriva, flutuando pelo espaço.

E então Owen entra no carro, o motor ronca, os pneus cantam, e ele sai da entrada da casa. Alex vai cambaleando para trás, leva as duas mãos à cabeça e fica observando Owen ir embora.

Fica parado ali por alguns segundos, ainda com as mãos na cabeça, olhando para a rua. Ele enfim se vira, sem dizer uma palavra, e me pega pela mão. Me leva escada acima e entra em casa. Pisamos em um grande espaço aberto, o saguão que vira cozinha que vira sala de estar. Os pais dele estão cozinhando, e os aromas de comida e os sons borbulhantes tomam conta da casa toda. Mas, quando os dois nos veem, ficam paralisados, com uma expressão visível de preocupação.

— A gente já vai descer — diz Alex.

Mal dá tempo de eu acenar para os pais dele, porque ele me leva por mais um lance de escadas e entra no seu quarto.

— Desculpa — sussurra. Então me solta e senta na cama, apoiando a cabeça nas mãos. — Só preciso de um minutinho. Eu só...

Os seus ombros tremem e ele solta um suspiro arrasado. Fico observando Alex, completamente hipnotizada, porque tudo o que estou sentindo transborda de dentro dele. Eu o conheço faz uma vida, e mal o conheço. Ele está desmoronando bem diante dos meus olhos e não posso deixar de sentir uma onda de alívio, porque agora não estou mais tão sozinha com todos esses pedacinhos de mim mesma se esfacelando.

Eu me aproximo do Alex, mas quase não consigo chegar até ele, porque caio de joelhos. Não me importo com essa distância impossível de percorrer que existe entre nós, não me importo com quem eu amo nem de quem eu preciso. Não me importo. A única coisa que me importa nesse exato momento é fazer tudo isso sumir. Tudo o que eu acabei de dizer para Charlie. Tudo o que acabou de acontecer entre Alex e Owen. Todos os dias, todos os minutos, todos os segundos que fiquei me perguntando "por quê?", "como?" e "e agora?".

Preciso que tudo isso desapareça.

E Alex também precisa.

Eu me encosto nele, encaixo a minha cintura no meio das suas pernas e acaricio os seus braços e os seus ombros. Alex ainda está tremendo. Uma lágrima escorre pelo seu nariz e deixa uma mancha na sua calça jeans. Subo as mãos até o seu pescoço, depois seguro seu rosto e passo a mão nos seus cabelos. Não consigo parar de tocá-lo, misturando a dor da sua perda com a minha.

A respiração dele se acalma e ele levanta a cabeça, com os olhos vermelhos e cansados, examinando meu rosto. Abre a boca para dizer alguma coisa, mas não sai nada. Em vez disso, me segura pela cintura e me puxa mais para perto.

Nossas testas se tocam. Sinto as lágrimas do seu rosto, e essa é uma sensação tão boa que aproximo os meus lábios dos dele. Ele se abre para mim, em um misto de desespero e desejo. Os meus pensamentos se embaralham, como em um sonho, e essa sensação é como uma droga, morfina para um coração partido. Abro os botões de cima da sua camisa e passo as mãos na sua pele. Alex treme, me segura mais apertado, e fico de pé, só até conseguir sentar no seu colo, e passar as pernas pela sua cintura.

Estou tremendo, e não sei dizer se é um tremor bom ou ruim. Tudo se resume a pele e adrenalina. Ruídos, saliva e dentes, um roçar delicado de unhas, a camisa dele e o meu moletom indo parar no chão. Os lábios do Alex estão no meu pescoço, na minha clavícula, por todo o meu corpo. Puxo o seu cabelo, e ele nos vira em cima da cama, ficando em cima de mim. Os seus dedos mexem no fecho do meu sutiã, e ponho o braço para trás, para ajudá-lo.

— Tudo bem? — pergunta Alex.

— Sim.

Essa palavra explode dentro de mim, empoderadora e sensual, e tiro o sutiã o mais rápido que posso. Os pais dele estão no andar de baixo, mas nem ligo. O meu coração está se dissolvendo dentro do meu peito, mas todo o resto está cheio de vida, finalmente. O que restou de mim precisa, deseja.

E aí os seus quadris se encaixam nos meus, e a minha visão fica borrada. Sinto Alex pela calça jeans e não consigo respirar, aquele volume duro me pressionando bem no meio do meu corpo é demais, desconhecido demais e conhecido demais, tudo ao mesmo tempo.

"A Hannah. Largada em um banco no meio da trilha, em estado de choque."

"Eu. Tremendo, com vontade de simplesmente sumir."

O meu corpo inteiro fica gelado, depois anestesiado, e o meu peito fica tão apertado que mal consigo respirar à medida que as lembranças me invadem.

"A minha mão, tocando algo que eu nunca quis tocar."

"As minhas lágrimas provocando o sorriso dele."

"A minha voz, chocada e amedrontada, fraca demais para dizer 'não'".

"Para dizer 'para'".

"Para gritar."

— Para — consigo sussurrar. — Para, para.

Alex sai de cima de mim e vai para o outro lado da cama tão rápido que até parece que nem esteve ali.

— Merda, desculpa — diz ele, ofegante. — Meu Deus, desculpa mesmo.

Sacudo a cabeça, mas me encolho na cama, abraçando os joelhos, para me tapar e parar de tremer. Estou tonta, tem oxigênio demais e espaço de menos no meu pulmão.

— Alex — digo, engasgada. — Você não... você não fez nada de errado.

— Fiz, sim. Merda. Como sou idiota.

Tenho vontade de chegar perto dele, mas não consigo me mexer, não consigo fazer os meus pensamentos pararem de gritar comigo.

"Putinha burra."

"Putinha burra."

"Putinha burra."

Fecho bem os olhos, pego um dos travesseiros e o aperto contra o peito, tentando segurar a onda, caramba. Nunca fiz isso com um menino. Nunca fiz isso com Charlie. A gente só passava a mão no peito uma da outra, e isso levou meses. E aí, quando rolou, foi só por cima do meu sutiã ou do *binder* da Charlie, por semanas. Nunca encostei em ninguém da mesma idade que a minha abaixo da cintura. Não porque não quero – eu quero. Eu queria, com Charlie. Meu Deus, eu queria, mas toda vez que os meus dedos roçavam no botão da sua calça jeans eu congelava e parecia que uma força que estava fora do meu controle afastava a minha mão dali. Ela também tentava passar a mão mais embaixo e sempre me perguntava se não tinha problema, todas as vezes. Eu me fechava e arrastava a mão da Charlie de volta para a minha cintura. Ela levava na boa, os beijos continuavam delicados, carinhosos, o suspiro que soltava quando eu encostava os lábios na sua clavícula era feliz e contente como sempre.

Neste exato momento, quero fazer isso com Alex, por mais que seja pelos motivos errados. Mas o meu corpo e a minha mente estão em guerra, o medo e as lembranças estraçalham o meu desejo.

— Desculpa, Mara – diz Alex, parecendo completamente destruído.

— Alex, olha pra mim. – Ele olha, mas não consigo me obrigar a chegar mais perto, e, quando falo, nem sequer reconheço a minha voz. Ou talvez reconheça. Talvez aquela menininha amedrontada finalmente tenha ficado cansada de ser abafada e escondida. – Não tem problema. Eu só surtei.

— Tem problema, sim, Mara. Tem muito problema. Não consigo fazer isso... não consigo.

Fico olhando para ele, lembrando dele e do Owen na entrada da casa, das suas lágrimas, sentado nesta mesma cama há poucos minutos, alguma coisa vem à tona dentro de mim. Outra lembrança, de uma noite diferente, de um Alex diferente, de uma Mara diferente.

"Conseguiu achar o Owen?"

"Consegui. Ele está bem, está com a Hannah."

— Alex, por que você pediu para o Owen te contar a verdade hoje? Do que você estava falando?

Ele levanta a cabeça e olha pra mim, mas não consegue suportar o meu olhar. Fecha os olhos e respira bem fundo.

"Mas você viu ele e a Hannah lá no lago, quanto voltou para a festa, para avisar que ia me levar para casa?"

"Vi sim."

"E estava tudo bem com ele, né? A Hannah estava bem?"

"Os dois... os dois estavam se agarrando. Não quis atrapalhar."

— Alex ...

— Eu só queria que o Owen conversasse comigo. Conversasse de verdade.

— Que...

— Eu vi os dois. Aquela noite. Lá no lago, eu vi os dois.

— Você já me disse isso — falo.

Só que Alex não disse. Não desse jeito. Com um olhar de medo e de culpa, com o rosto ainda marcado pelas lágrimas.

— O que foi que você viu? — pergunto.

— Eu... eu não sei. Eles estavam no banco, e estava escuro, e dava pra ver que estavam se beijando. Mas, quando cheguei mais perto...

— O quê? O que foi que aconteceu?

— Sei lá, tinha alguma coisa errada. Os dois não estavam... completamente pelados nem nada, mas o vestido da Hannah estava levantado, e o Owen estava ... meio que ... segurando os braços dela. — Alex fica sem ar, literalmente sem ar, e passa a mão no rosto bem devagar. — Hannah estava com o rosto virado para o outro lado. Owen também. Eu não consegui... eu não consegui ver direito. Saí de lá bem rápido e pensei que os dois estavam só... sabe? Mas, quanto mais eu pensava, mais me parecia ter alguma coisa errada. Parecia muito ter alguma coisa errada.

— Eu achei que você só tinha visto os dois se beijando.

— Eu...

— Foi isso que eu achei que você disse.

— Eu contei o que eu vi para o promotor. No dia seguinte, ele convocou a mim e aos meus pais a comparecer no seu gabinete, porque queria conversar com todos os amigos do Owen. Contei porque eu simplesmente não conseguia... eu não conseguia tirar aquilo da minha cabeça, sabe?

— Sim, sei muito bem, Alex.

Ele se encolhe e respira fundo.

— Merda, o promotor nem pestanejou, Mara. Sabe o que ele disse? Disse que isso não provava nada. Disse que o advogado de defesa simplesmente alegaria que certas meninas gostam de sexo violento e acabaria com a reputação da Hannah para provar isso. Disse que era um clássico caso de opinião da mulher contra a opinião do homem.

— Isso porque certas pessoas são imbecis, Alex, não porque você não viu nada de relevante.

— Não fez a menor diferença, Mara!

— Faz diferença para mim. Para Hannah. Caramba, talvez até para os meus pais. Como você pôde esconder isso de mim? Mesmo depois de saber o quanto a Hannah está arrasada? Mesmo depois de ver o quanto *eu* estou destruída, com toda aquela merda que o Owen e os amigos aprontaram na escola?

Alex leva a mão à cabeça, mas tira na mesma hora.

— Ele é o meu melhor amigo, Mara. É o moleque que mandou aqueles imbecis do Fundamental pararem de me zoar por causa do formato dos meus olhos. É o cara que se importava *comigo* de verdade, que perguntava sobre a minha cultura em vez de me tratar como se eu fosse um personagem exótico. Você acha que é fácil acreditar que ele estuprou a namorada? Acha que é fácil simplesmente admitir isso?

— Como você ousa, merda? — Levanto da cama, apertando o travesseiro contra o peito. Os meus braços e as minhas pernas estão tremendo. Acho o meu moletom, visto depressa e jogo o travesseiro no chão. Não sei onde está meu sutiã, nem ligo. — Ele é meu irmão gêmeo. Tem certeza de que você quer falar do que é ou deixa de ser "fácil"?

Alex fecha bem os olhos.

— Eu sei. Merda. Desculpa. Eu não sabia como lidar com essa situação.

— Não sabia mesmo, caramba.

Fico olhando para o quarto, procurando a minha mochila, que está perto da porta, com metade das coisas espalhadas pelo chão, porque a deixei cair no meu desespero de me apegar a esse menino que é um mentiroso de merda como qualquer outro menino.

— Não vai embora, por favor.

Mas eu já estou abrindo a porta do quarto.

"Putinha burra."

E eu sou. Sou muito, muito burra.

— Pelo menos me deixa te levar para casa — diz ele, já levantando.

— Estou de boa.

— Mara, *por favor*.

A sua voz embargada me faz parar. Viro para olhá-lo nos olhos, e tudo que se avolumava dentro de mim murcha. Alex não é uma ameaça. Não está me dando um sorrisinho malicioso nem me manipulando. Está parado no meio do quarto, sem camisa, com a barriga e os ombros quase trincados, de tão encolhido que ele está. Alex está tão destruído quanto eu.

— Desculpa — fala, então começa a chorar de novo. — Por favor. Caramba, eu sinto muito. Eu vou conversar com a Hannah. Vou pedir desculpas para ela também. Eu só não sabia o que fazer.

Respiro rápido e com dificuldade, mas, meu Deus, não posso virar as costas para ele. Porque eu também não sei o que fazer.

Jogo a mochila no chão, mas continuo segurando a alça.

— Me desculpa... isso... eu não estava esperando por isso.

— Eu não quis esconder essa história de você. Fiz merda.

— Não é isso. Quer dizer, sim, você deveria ter me contado, mas não é disso que eu estou falando. — Olho para o chão, acompanho as leves rachaduras nas tábuas do piso de madeira, que tem décadas de idade. Aponto para nós dois e completo: — É disso.

Alex fica cabisbaixo e, por esse sutil baixar de olhos, percebo que ele também não estava esperando por isso.

— A gente devia simplesmente dar nome aos bois, Alex.

— E qual seria esse nome?

— Duas pessoas muito sozinhas que estão morrendo de dor.

Ele solta um suspiro, passa a mão na testa e diz:

— Isso não é verdade.

— Não mesmo? Então por que você nunca me convidou para sair? Por que que a gente nunca se viu sem a presença do Owen ou da Charlie? Não é só por causa deles. É porque isso nunca passou pela nossa cabeça, só agora. Até o momento em que a gente só tinha um ao outro. Mesmo depois que rolou aquele beijo, lá no cemitério, a gente não sabia o que fazer a respeito. Não *queria* fazer nada a respeito.

— Eu sempre te achei bonita e talentosa. Eu te falei isso.

— Isso não é a mesma coisa que querer estar com alguém.

— Eu não estou te usando — declara Alex, com a voz embargada.

— Está, sim. E eu estou usando você. Não tem nenhum problema admitir isso. Não faz de você um imbecil.

— Bom, faz de mim o que, então?

— Um ser humano.

Ele aperta os lábios, com o queixo tremendo, e isso atinge alguma coisa em mim, bem lá no fundo.

— Eu sabia que Owen estava mentindo — fala, olhando para os próprios pés. — Eu sabia que você também sabia, eu... não sabia o que fazer. Só... me ajudou. A sua companhia.

A minha garganta dói.

— Eu sei.

— Mas não é só isso — insiste Alex.

— Não. Mas foi assim que começou. E isso não basta, sabe?

Ele balança a cabeça, mordendo o lábio.

— Eu não quero perder você como amigo — digo. — Tudo isso foi muito importante para mim, mas eu não estou preparada para uma coisa dessas. Acho que nunca vou estar. Para ficar com você. Por um milhão de motivos.

— Mara...
— Tenho que ir.
— Sério, deixa eu te levar para casa.
Sacudo a cabeça, já pegando a mochila do chão.
— Vou ligar para virem me buscar.
— Tem certeza?
— Tenho. Tchau, Alex.

Ele levanta a mão, e a tristeza e o arrependimento pesam mais nos seus ombros do que um casacão de inverno.

Quando chego ao andar de baixo, encontro os pais dele e dou alguma desculpa esfarrapada, digo que tenho muita lição de casa. Eles são gentis comigo, sorriem e me convidam para voltar outra hora. Acho que também sorrio para eles, mas sinto algo se partir dentro de mim, a lembrança da sensação do corpo do Alex perto do meu, tão acolhedora e tão terrível ao mesmo tempo. Só preciso sair, preciso de ar, preciso me afastar do Alex, de quem eu gosto e que eu desejo, mas pelos motivos errados. De quem eu não gosto nem desejo o suficiente.

Consigo me despedir civilizadamente e sair pela porta da casa. Cada nervo do meu corpo vibra, as lágrimas vão borrando os meus passos à medida que atravesso o quintal e vou andando pela calçada. No fim da quadra, me jogo em cima de um banco, meio coberto com galhos mais baixos de magnólia, com um aperto no peito, lágrimas caindo, muitos medos e pensamentos girando na minha cabeça.

Eu pego o celular e mando uma mensagem. Dez minutos depois, Hannah me encontra chorando no banco e me leva para casa.

CAPÍTULO VINTE E CINCO

Sei que Hannah quer me acompanhar até a porta de casa. Também sei que não consegue sair do carro, por motivos físicos. Ela parou o carro no meio da rua, antes de conseguir entrar na frente da garagem, e agora estamos só sentadas aqui, as duas olhando para a minha casa, enquanto eu tento me acalmar.

Sinto o meu rosto todo craquelado, por causa das lágrimas que secaram, e ainda estou tremendo. Não consigo parar de tremer.

— Tudo bem — falo, quando acho que consigo respirar.

Estou longe de ter me acalmado, mas é o que temos.

— Não consigo me aproximar mais do que isso — diz Hannah, com os olhos fixos nas janelas do segundo andar, onde meu irmão deve estar. Ela aperta o volante e completa: — Sou uma amiga de merda.

— Não é, não. Você é incrível, e eu te amo. — Eu dou um abraço nela, o melhor que consigo, porque meus ossos estão chacoalhando, depois um beijinho na testa. — Obrigada por ter vindo me salvar.

Ela dá risada, mas bem baixinho.

— Eu não te salvei. Não sou capaz de salvar ninguém.

— É, sim. E me salvou.

— Odeio que a gente tenha que sofrer desse jeito, sabe?

— Como assim?

Hannah pega na minha mão, aperta de leve e explica:

— Fico pensando em todas aquelas coisas que a gente comentou lá no Empodera. Nas matérias que a gente leu, a respeito de meninas que foram jogadas fora por meninos, como se não tivessem a menor importância. Todas as vezes em que a voz de uma menina parecia valer menos do que a de um menino. Todas as vezes em que um juiz dá uma sentença de merda em um caso de estupro. Isso nunca me atingiu de verdade, sabe? Quer dizer, atingiu, mas não desse jeito. Eu jamais pensei que essa seria a *minha* história. Ou a sua. Eu nunca quis permitir que essa coisa fosse a nossa história.

— Você não permitiu que isso acontecesse, Hannah. Você confiava no Owen. É bem diferente. E eu... — respiro fundo — ...eu não permiti que aquele sujeito fizesse nada. Ele simplesmente me obrigou a fazer.

Ela balança cabeça e aperta a minha mão com mais força.

Tenho vontade de contar para ela do Alex, do que ele viu, e vou contar. Mas, neste exato momento, tenho um sentimento que não consigo explicar. Ou estou morrendo ou renascendo, as minhas juntas estão se separando ou se soldando, o sangue está saindo do meu corpo ou correndo nas minhas veias. Dou um beijo no rosto da Hannah e consigo sair do carro. Prometo mandar mensagem para ela e entro em casa.

A TV murmura na sala, mas vou direto para a escada. Preciso do meu quarto, da minha cama, do meu aparelhinho de relaxamento esvaziando os meus pensamentos e fazendo barulho para eu pegar no sono.

— É você, Mara? — grita a mamãe, mas não respondo.

Eu acabei de chegar no andar de cima, quase correndo, e bato com tudo no Owen, que está no corredor.

De mãos dadas com a Angie.

Ele estica o outro braço para me segurar. Como que por instinto, eu me encolho. O meu irmão percebe que recuei e uma parte de mim, desesperada, tem vontade de pedir desculpas. A outra parte tem vontade de gritar, de bater e de arranhar.

— Oi, Mara — fala Angie, mas Owen já está puxando a menina escada abaixo.

Grita alguma coisa para os nossos pais que não consigo entender, e os dois saem pela porta de casa. Ouço o motor do carro, mas não vou para o meu quarto. Aquele "algo" urra e sai à caça, ainda está faminto, ainda não foi saciado.

Angie estava de cabelo cacheado, solto e bem volumoso, com as bochechas rosadas, segurando a mão do Owen com tanta confiança... Ela adora os concertos para flauta de Mozart — lembro disso, da aula de história da música. Um dia, no primeiro ano, esqueci de levar almoço e não consegui encarar o bolo de carne ao molho ferrugem da cantina, e ela dividiu o sanduíche de manteiga de amendoim e geleia comigo. Nem sei por que a gente estava sentada juntas. Charlie devia ter faltado à aula ou, talvez, o almoço dela também fosse uma droga. É tudo muito confuso. Mas, neste instante em que estou aqui, parada no corredor, todos esses pequenos momentos dos últimos três anos em que frequentei a mesma escola que a Angie me vêm à cabeça.

Ela morre de medo do palco e nunca se candidata a solista.

Ela só tira nota máxima.

Ela tem um irmão bebê. Que deve ter só seis meses de idade, e lembro que todos os integrantes da banda sinfônica lhe deram um balão verde de presente no dia em que o seu irmãozinho nasceu, semestre passado. Ela saiu da escola naquele dia cheia de balões, e muitos escaparam na hora de ir embora e saíram voando pelos ares.

Ela foi a uma ou duas reuniões do Empodera. Falou que gostaria de participar mais, mas que o horário coincidia com o das suas aulas particulares de flauta.

Angie não é burra.

Ela *não* é burra.

A minha mãe grita por mim de novo e alguma coisa estala no meu peito. Ou talvez na minha cabeça, nos meus braços, nas minhas pernas. Por todos os lados, alguma coisa se rompe e se separa, feito as estrelas quando se distanciam.

Quase tropeço e desço as escadas rolando, tamanha a pressa de encontrar a minha mãe. Ela deve ter ouvido o ritmo frenético dos meus passos, porque vem ao meu encontro, no saguão, com os óculos de leitura na cabeça.

— Que foi, querida?

A mamãe se aproxima de mim e vai ficando com uma expressão alarmada. Nem me dou conta de que também me aproximei dela, mas devo ter me aproximado, porque a gente meio que se esbarra. Eu seguro os seus braços, ela põe as mãos no meu rosto, seca as lágrimas que eu nem percebi que estavam caindo.

— Você está me assustando, Mara.

— Cadê ele? Aonde Owen foi com Angie?

A minha mãe faz cara de preocupação e responde:

— O seu irmão só foi levá-la para casa, meu amor.

— Tem certeza? Ele vai voltar direto para casa?

— A... acho que sim. Foi isso que o seu irmão disse.

— Você pode ligar para ele? Preciso que você ligue para o Owen e mande ele voltar para casa.

— Mara, o que...

— Por favor!

— O que está acontecendo? — pergunta o meu pai, que saiu da sala e apareceu no saguão. — Qual é o problema?

— Não sei bem — responde a mamãe, que agora está com as mãos nos meus ombros, apertando-os delicadamente, como se estivesse com medo de que eu saia voando a qualquer instante.

E acho que até posso sair, porque aquele "algo" faminto faz parte de mim.

Esse "algo" sou eu.

— Preciso que Owen volte para casa. Ele... ele não pode ficar com a Angie. Não pode fazer isso. Não quero que ele seja esse tipo de pessoa. A menina não é burra. Não é, não. E o Owen é... Owen é meu irmão. É, sim.

Estou soluçando, moléculas explodem, poeira estelar se esparrama pela face da Terra.

— Querida, o que você está dizendo não faz o menor sentido — diz a minha mãe, enquanto o meu pai tira o cabelo que caiu nos meus olhos.

— Faz, sim. Você sabe que faz, mãe. Por que você não acredita em mim? Por que não consegue acreditar em mim?

Ela arregala os olhos, mas é mais uma expressão de confusão do que de choque ou de entendimento. Porque eu disse "em mim". Eu queria dizer "nela", mas disse "em mim", e não sei direito por quê, nem o que fazer para consertar isso ou o que isso significa.

— Eu não sou burra — sussurro, e a minha mãe se encolhe toda.
— A Hannah. Ela não é burra. Ela não é mentirosa.
— A gente já conversou sobre isso. Acabou, querida.
— Ela não é burra!

A minha mãe fica pálida, o meu grito ecoa pelo saguão, e os seus ombros afundam. Então ela segura o meu rosto com as duas mãos, os dedos me tocam de um jeito tão delicado.

— E, por acaso, o seu irmão é? Não é assim tão simples, querida.
— Não, mãe. Você quis dizer que não é "fácil". Porque o que aconteceu é, sim, bem simples.

E, neste momento, tenho certeza de que tenho razão. É um emaranhado de fatos simples, um caleidoscópio de certo e errado. A repercussão: isso que é complicado.

A mamãe fica examinando o meu rosto, com os olhos arregalados e cheios de lágrimas. Mas, antes que ela possa dizer qualquer coisa, a porta de casa se abre e o meu irmão entra, atira as chaves no aparador, dando um piparote nelas. Sou tomada pelo alívio, mas mais pela raiva. Pela tristeza. Estou delirando com tudo isso, com "mentiras", "homens", "meninas", "filhas" e "estrelas".

O meu irmão fica paralisado quando vê nós três, um pequeno nó de lágrimas e de pânico, bem no meio do corredor.

— O que está havendo? — pergunta.

Eu me solto da minha mãe e dou um empurrão no meu irmão, bem no meio do peito. Owen vai cambaleando para trás, boquiaberto, e bate contra a porta.

— Mara! — grita o meu pai, e a minha mãe também berra, mas nem sequer os ouço.

Continuo empurrando, afundando os dedos nos ombros do Owen, depois tiro e afundo de novo, e empurro, empurro, empurro, apesar de ele já estar prensado contra a porta.

Grito com ele. Todas as palavras que nunca consegui dizer para ninguém.

"Acreditar." "Válido." "Medo." "Magoada." "Espaço." "Corpo." "Meu."

"Não."

"Não."

"Não."

As palavras saem aos borbotões, enquanto eu bato no peito do Owen, enquanto eu grito e me solto dos meus pais, que tentam me puxar para trás. Descarrego a energia que existe por trás de cada estrela lá do céu na minha cara metade.

E Owen permite.

Ele fica só ali, parado, absorvendo a minha fúria, até que toda essa luz e todo esse fogo se apagam.

Quando finalmente me afasto, ele cai no choro. Um ruído abafado escapa pela sua garganta, o seu rosto se contorce, as lágrimas brotam dos seus olhos. Ele se atira contra parede, vai escorregando até sentar no chão. A minha mãe tapa a boca com a mão, mas não se aproxima dele. Não o abraça nem o embala enquanto ele chora. O meu pai fica só olhando para o filho, com o rosto sem cor, em estado de choque.

Fico observando Owen desmoronar, tudo o que ele provavelmente nunca vai dizer fica tão claro a cada soluço que sacode todo o seu corpo... Fico achando que vou desmoronar também, mas não sobrou nada. O meu rompimento já aconteceu. Quando, exatamente, não sei, mas sei que já acabou. Eu me sinto solta e à deriva. Metade de uma constelação.

Porque esse menino que chora, sentado no chão, escondendo o rosto entre as mãos, envergonhado, silencioso e culpado, não é apenas Owen McHale.

É o meu irmão gêmeo.

CAPÍTULO VINTE E SEIS

— *Era uma vez...*

Como que por instinto, os meus lábios formam um sorriso, enquanto Owen se acomoda do meu lado, em cima do telhado. Ele não tem saído do meu pé, não para de perguntar do curso de verão e quer saber como estou me sentindo por ir estudar na Pebblebrook no próximo semestre e tenta me fazer dar risada. Ontem à noite, durante o jantar, ele correu o risco de suscitar a ira dos nossos pais ao escrever palavrões com rigatoni. Eu acabei dando risada de verdade quando ele substituiu o "o" do f***-se por um tomatinho.

— Um irmão e uma irmã que moravam com as estrelas — prossegue Owen. — Eles eram felizes e viviam as mais loucas aventuras explorando o céu. Mas, nos últimos tempos, a Irmã Gêmea tinha andando muito triste e se sentia sozinha, como se estivesse lá no céu sem mais ninguém. Mas, para a sua sorte...

— Ai, lá vem.

— Cala a boca. Para a sua sorte, ele tinha um irmão gêmeo charmoso, bonito e lépido...

— "Lépido"... ai, meu Deus.

— Ei, quem está contando a história sou eu.

— Só estou falando que a precisão é importante.

Ele me cutuca, e posso sentir que o seu sorriso está tentando se reproduzir no meu rosto.

— Enfim... Ela tinha um irmão gêmeo charmoso, bonito e lépido que só queria fazer a irmã feliz.

— Então, ontem, quando você comeu o último pedaço do nosso bolo de aniversário, sua única motivação foi me fazer feliz?
— Sim. Eu te poupei de uma consulta com o dentista.
— Ah! Muito, muito obrigada.
— Às ordens. Então, um dia, o Irmão Gêmeo resolveu pegar um monte de estrelas e fazer uma coroa para a irmã, para lembrá-la do quanto ela era bonita, legal e maravilhosa.

Fico tensa quando ouço a palavra "bonita". Mas, se o Owen percebeu, não demonstrou.

— Os dois voaram pelo céu juntos, enquanto ela apontava todas as suas estrelas preferidas. Algumas eram azuis, outras, verdes e outras, roxas. E, quando a irmã as tocava, as estrelas voavam para a sua coroa.

— Aposto que o Irmão Gêmeo ficou com inveja de tanta maravilhosidade.
— Total. Enfim, quando a coroa ficou completa, os dois continuaram voando por algum tempo. Mas, aí, aconteceu uma coisa esquisita.
— O Irmão Gêmeo roubou as estrelas dela?

Owen revira os olhos.

— Não. Ele não é tão imbecil assim.

Dou uma risada de deboche.

— Cala a boca, deixa eu contar a história.
— Tá, tudo bem.
— Enfim — diz ele, estalando os dedos. — As estrelas continuaram se grudando na Irmã Gêmea. Em pouco tempo, ela ganhou um colar, uma pulseira, um cinto, sapatos e uma blusa, e ficou tipo brilhando.
— Brilhando?
— É, porque ela é feita de estrelas. Sacou?
— Mas, se sou feita de estrelas, onde é que eu fico? Cadê a verdadeira "eu"?

As perguntas me escapam, sem que eu possa impedi-las. Eu amo as histórias do Owen e não consigo evitar de amá-lo ainda mais por tentar me distrair, por mais que ele não saiba do quê. Mesmo assim, preciso questionar a sua história, dessa menina soterrada pelas estrelas.

— Viu só? Aí é que está — diz Owen. — Quando os dois chegam em casa, ela estava tão feliz... Mas, quando tentou tirar as estrelas para dormir, não conseguiu. Os gêmeos achavam que as estrelas estavam só cobrindo a menina, mas não era isso que estava rolando.

— Por que não?

— Porque eles acharam que as estrelas estavam se grudando na Irmã Gêmea. Mas, na verdade, foi a tristeza e a solidão que caíram. As estrelas estavam por baixo.

— Por baixo do quê?

Eu viro o rosto para ele, e a minha voz é um sussurro admirado.

— De todo o resto. De todas as coisas ruins. A Irmã Gêmea só tinha que lembrar de quem ela era por baixo daquilo tudo. Ela brilha — sempre vai brilhar. É claro que precisou da ajuda do Irmão Gêmeo, porque o cara é incrível.

Dou risada depois dessa, mas as lágrimas não tardam a se formar e a escorrer pelo meu rosto, molhando os meus cabelos. No escuro, acho que Owen não consegue enxergá-las. Mas, ainda que consiga, só segura a minha mão, enquanto ficamos olhando para o céu.

— Estamos juntos, Menina-Estrela — diz Owen, bem sério. — Sempre estaremos, haja o que houver.

Eu aperto a mão dele e falo:

— Haja o que houver.

CAPÍTULO VINTE E SETE

A MANHÃ DE TERÇA-FEIRA CHEGA, NUBLADA e pesada. Minha mente desperta, mas meus olhos continuam fechados, desesperados por mais alguns minutos de letargia.

Depois que Owen desmoronou – depois que todos nós desmoronamos –, o resto do fim de semana e toda a segunda-feira, o meu último dia de suspensão, foram um borrão. Meu irmão não chegou a explicar o motivo do seu colapso nervoso nem por que me deixou ficar batendo nele sem parar, não que eu estivesse contando com isso. Mas meus pais surtaram geral. Quando Owen levantou do chão e foi cambaleando para o quarto, sem dizer nada, eles não se opuseram. A minha mãe ficou tapando a boca com as duas mãos, como se estivesse tentando conter um grito. Não sei bem o que foi que os dois acharam. Do que suspeitaram. Não perguntei. Eu estava completamente exaurida. Caí na cama e só acordei no domingo, bem no fim da tarde.

Quando abri os olhos, a mamãe estava no meu quarto, sentada na minha cama, massageando as minhas costas. Nenhuma das duas disse nada. Ela só ficou passando a mão e as pontas dos dedos nos meus ombros, até eu pegar no sono de novo. Sonhei que contava coisas para ela: por que me distanciei tanto nos últimos três anos, por que o fato de ela não acreditar na Hannah me dava a impressão de que não acreditava em mim.

O que aconteceu com a sua filha dentro de uma sala de aula silenciosa.

Agora não tem mais ninguém no meu quarto e me obrigo a sair da cama e entrar no banho. Faço todos os movimentos que uma menina normal faria, uma menina que tem uma família normal e só se preocupa com a quantidade de lição de casa, com os documentos que precisa mandar para se candidatar a uma vaga nas universidades e com o drama que está passando com a melhor amiga.

Mas não sou mais essa menina. Ela foi roubada de mim há muito tempo, e jamais vou conseguir recuperá-la. Mas preciso ser alguém. Preciso ser uma menina qualquer. Olho no espelho – para as sardas que salpicam o meu nariz, para o cabelo bagunçado que emoldura o meu rosto e cai nos meus ombros, para as profundas olheiras debaixo dos meus olhos. Esse reflexo parece correto. Parece ser meu. Exausto e triste, mas ainda está *aqui*.

Quase dou risada ao lembrar de todos aqueles epitáfios que cacei no cemitério da Orange Street. Qual seria o meu? Uma coisa tão clichê de se pensar, mas essa pergunta me dá a sensação de ter levado um soco no estômago.

Mara McHale, uma menina qualquer

Talvez eu seja uma menina que gosta de usar saia curta.

Talvez eu seja uma menina que gosta de meninos e de meninas e de pessoas que se sentem ambas e nenhuma dessas duas coisas.

Talvez eu seja uma menina que dá na cara de meninos que fazem merda.

Talvez eu seja uma menina que se esconde e chora sozinha na cama, ao se lembrar de um dia apavorante que roubou toda a sua força e toda a sua confiança.

Talvez eu seja uma menina que está cansada de se esconder e de chorar sozinha.

Talvez eu seja uma menina que se dá conta de que não está sozinha.

Talvez eu seja uma menina que ama uma pessoa que fez algo imperdoável.

Talvez eu seja uma menina que, finalmente, aceita esse fato.

Talvez eu não seja uma menina burra.

Talvez eu seja apenas uma menina, normal, simples e verdadeira.

Fico olhando para o meu armário com o coração pesado, ainda em carne viva dentro do peito, quando alguém bate na porta do meu quarto.

Pam. Pam pam pam.

Não é a batida dele.

É a dela.

Charlie aparece, o seu olhar vasculha o ambiente à minha procura e me encontra em menos de um segundo.

— Oi — diz.

— Oi.

— Posso entrar?

Balanço a cabeça e prendo o cabelo, por mais vontade que eu

tenha de cobrir meu rosto com ele, de esconder cada expressão, cada pensamento, cada medo e cada desejo.

Ela entra e fecha a porta delicadamente, aí larga a pasta-carteiro no chão, do lado da escrivaninha. Todos os seus movimentos são lentos e cautelosos, perfeitamente estudados e executados.

— Hannah me contou que teve que resgatar você outro dia. Você está bem?

— Eu... sei lá.

Ela balança a cabeça, apertando os dentes contra o lábio inferior.

— Charlie... desculpa por eu ter falado aquelas coisas lá no Festival de Outono. Fui muito imbecil e entendo se estiver brava comigo. Só você pode decidir o que contar para seus pais e quando, e você sabe que eu te apoio. Sempre vou te apoiar, seja qual for a sua decisão.

— Eu sei — responde ela, baixinho. — Não estou brava.

— Ah. Ufa, que bom.

Charlie dá um sorrisinho sarcástico.

— Não estou mais, quer dizer.

— Acho que eu mereço.

O seu sorriso fica mais comedido, e ela entrelaça os dedos.

— Você pode sentar um minutinho? — pergunta, apontando para a cama.

— A gente tem que ir para aula.

— Eu sei disso. Não vou demorar.

E então puxa a cadeira da minha escrivaninha e senta, entrelaça as mãos e as acomoda debaixo das pernas. A sua postura é tensa, os ombros estão levantados, aninhados no pescoço.

Sinto as pernas bambas. Vou indo para trás até bater na cama e me atiro em cima do colchão. O peito de Charlie sobe e desce bem devagar, respirando fundo.

— Convidei os meus pais para o próximo show que vou fazer.

— Como assim?

— O próximo show que vou fazer. Vai ser em Nashville, em um café bem pequenininho, no bairro de Gulch. Não é nada demais, na verdade.

Eu arregalo os olhos e respondo:

— Uau, Charlie. É demais, sim. É mais que demais.

Ela encolhe os ombros e diz:

— Enfim, contei para eles que componho e... bom, que tudo o que eu quero fazer com música tem muito pouco a ver com harmonias para quatro vozes e canto coral.

Dou risada.

— E?

— Eles ficaram animados. Meu pai até... — Ela dá um sorriso. — Meu pai até correu para o meu quarto e pegou o meu violão. Pediu para eu tocar uma música minha para ele e para a minha mãe.

— E você tocou?

Charlie balança a cabeça e completa:

— Mas não cantei a letra. Só cantarolei.

Dou um sorriso.

— Bom, um passo de cada vez, né?

— É. Enfim, acho que eles vão me assistir.

— Charlie... — Ela levanta cabeça e olha pra mim, com uma expressão de nervosismo, pedindo aprovação. — Isso é incrível.

— Ainda estou meio que surtando. Tipo, você conhece as minhas músicas. Elas são...

— A sua cara.

Charlie suspira, passa a mão no cabelo, mas balança a cabeça.

— Eu tenho muito orgulho de você — falo, baixinho. — Muito orgulho mesmo.

Ela me olha nos olhos e diz:

— Sabia que você ia ficar com orgulho de mim. E vou conversar com os meus pais sobre o... — Então aponta para o próprio corpo, vestido de camisa de flanela e calça jeans preta. — ...bom, tudo isso. Sobre mim. Só preciso de um tempinho.

— Claro que precisa. Esse é um passo muito importante.

— É, é, sim. Mas estou preparada. Ou estou quase lá. E preciso te contar mais uma coisa.

— Ok.

Ela solta um longo suspiro e declara:

— Eu menti para você.

— Como assim?

— Eu te pedi para contar a verdade, para ser corajosa, mas eu não contei a verdade e não tenho sido corajosa. Acho que falar com os meus pais sobre as minhas músicas foi um passo, mas tem mais.

— Sobre... sobre o que você mentiu?

Uma onda gelada de medo corre pelas minhas veias, mas acho que não consigo suportar mais mentiras. Acho que não consigo lidar com mais uma pessoa que eu amo confessando que só me enganou.

Charlie não responde logo em seguida. Na verdade, demora bastante para responder. Fica só respirando, devagar, de um jeito controlado. Até que, enfim, levanta e chega mais perto da cama, senta em cima de uma das pernas e segura as minhas duas mãos.

— Eu te amo, Mara.

— Eu sei.

— Não sabe, não. Eu te amo de verdade. Estou *apaixonada* por você. Nunca quis que a gente terminasse. Só concordei porque dava para ver que você estava surtando, e eu não sabia o que dizer para fazê-la mudar de ideia. E, sim, por um lado achei que, se eu insistisse, também te perderia como amiga. Mas não existe nada capaz de mudar isso, Mara. — Ela aponta para nós. — A gente sabe disso agora. Não tem problema sermos melhores amigas e namorar. Não tem problema a gente não namorar também, mas não é isso que eu quero.

Abro a boca, mas não sei se é para dizer alguma coisa ou simplesmente uma reação de choque. Seja como for, Charlie encosta a ponta do dedo no meu lábio, calando todos os meus pensamentos.

— Você não precisa falar nada agora. Não vim até aqui pedir para a gente voltar. Sei que está confusa e se sente perdida neste momento, e não quero piorar as coisas. Só vim até aqui para dizer a verdade, porque você merece saber e porque não posso te pedir para fazer isso se eu não fizer. Sei que não é a mesma coisa do que contar para os seus pais o que aconteceu com você. Nem faz parte do mesmo universo, e não posso comparar essas duas coisas, mas queria que soubesse. Esse pedacinho de mim, não importa o que decida fazer com ele. Acho que você pode gostar do Alex e não quero...

— Eu não gosto dele. Quer dizer, não desse jeito. — Respiro fundo, meus pensamentos rodopiam. — Ele é um ótimo amigo, só isso. A gente se beijou, sim, mas... não estamos namorando. Não vamos namorar.

Charlie fecha os olhos e balança a cabeça.

— E... e a Tess? — pergunto.

Charlie dá uma risadinha.

— Tess é minha amiga. Ela queria ser mais do que isso, mas não consegui.

Eu aperto as mãos de Charlie. Mas, antes que eu consiga dizer qualquer coisa, ela se afasta de mim e vai pegar a pasta. Põe a mão lá dentro e tira um cachecol vinho e dourado, as cores da Grifinória. Devia ser isso que estava tricotando no Festival de Outono, só que agora está pronto: é comprido, macio e perfeito. Ela volta para perto de mim e o enrola no meu pescoço.

— Para mim? — pergunto, passando a mão nos fios aveludados.

— Para você.

— Mas... eu sou Corvinal.

Charlie dá risada e passa a mão no meu cabelo.

— Beleza e força — sussurra.

Fico de olhos arregalados.

— Aquela... aquela música é sobre mim?

— Aquela música é sobre nós. Sobre todas nós.

E aí ela se abaixa e beija os meus lábios, um roçar de leve da sua boca que conheço tão bem e que termina antes que eu consiga me entregar a ele. Charlie se afasta, e sei que impõe essa distância porque não quer me obrigar a nada.

Mas eu não quero distância de Charlie. Nunca quis, mesmo quando estava com medo, e provavelmente vou ter medo por um bom tempo. Não sei quando vou conseguir ir além dos beijos, com qualquer pessoa, e sei que preciso de ajuda, preciso conversar com alguém sobre tudo isso. Mas, desde que a conheci, quis ficar bem perto de Charlie. E, neste exato momento, vejo outra menina, uma menina que termina com a pessoa que ama porque tem medo.

Medo de que sua confiança seja traída.

Medo de ser problemática, de nunca bastar.

Medo de entregar nas mãos de outra pessoa o poder de fazer mal a ela, de tocá-la, de mentir para ela, de fazer algo tão chocante e inesperado que essa menina nunca mais vai se recuperar.

Eu não sei se algum dia vou me recuperar do que o sr. Knoll fez. Não completamente. Fiquei mudada para sempre por causa disso, mas "mudada" não precisa ser sinônimo de "destruída". Sei que a minha família também jamais será a mesma. A ligação que eu tinha com o meu irmão foi alterada. Não destruída, mas transformada em algo que eu nunca esperei nem quis. Não somos mais os gêmeos que moram no céu, e preciso entender como vou viver com isso. Como ser a sua irmã e odiar o que ele fez, tudo ao mesmo tempo.

Mas eu posso ter isso.

Posso ser sincera em relação a isso.

Charlie está de costas para a parede e fica me observando ruminar tudo isso dentro da minha cabeça. Fico imaginando como ela me vê, uma menina despedaçada, juntando os seus cacos. Esse processo de me tornar inteira de novo não é por causa de Charlie nem pelo fato de ela me amar, mas também é. Porque ela cuida de mim. Assim como cuida da Hannah, e eu quero cuidar das duas. É isso que as amigas fazem.

Ela não para de me olhar nos olhos enquanto me aproximo. Seguro o seu rosto com as duas mãos, e uma lagriminha escorre dos seus olhos. Dou um sorriso e seco essa lágrima com o meu dedo. Os meus olhos estão secos — eu nunca tinha visto Charlie chorar sozinha. Mas, quem sabe, depois de tudo o que passamos, juntas e separadamente, Charlie também seja outra pessoa.

— Eu também menti — confesso. — Quando terminamos.

Charlie respira fundo, com dificuldade, balança a cabeça, e as lágrimas continuam caindo. Mas os seus ombros relaxam um pouco, se afastam do seu pescoço. Pela primeira vez em semanas me dou conta do quanto a minha mentira era pesada. O meu medo. Charlie carregou tudo isso, como se fosse um cachecol enrolado no pescoço, no auge do verão. Eu fiz mal para ela. Para a minha melhor amiga, em toda a face da Terra. Eu fiz mal para ela e fiz mal para mim mesma.

— Desculpa, desculpa mesmo — digo.

E não sei direito se estou falando de nós ou de outra coisa, completamente diferente. Não sei direito se estou falando com ela ou comigo mesma, ou se estou falando com alguma menina de cabelos cacheados que não conheço, sorrindo para o seu professor.

Charlie sacode a cabeça e põe uma mecha do meu cabelo atrás da orelha.

— Não precisa pedir desculpas. Você não estava preparada. Eu entendo isso.

Encosto a testa na dela, sem saber direito do que Charlie está falando e digo:

— Obrigada.

— Pelo quê?

— Por acreditar em mim.

— Sempre.

Charlie encosta o nariz no meu pescoço. Seu hálito é quente, suas mãos estão na minha cintura, e é uma sensação perfeita, de carinho e segurança. Mesmo com todas as outras merdas que estão rolando, tem esse lugarzinho no universo onde tudo está como deveria estar. Tudo são estrelas.

— Você vai me ensinar a compor? — pergunto.

Charlie sorri, com os lábios encostados na minha pele.

— Eu vou te ajudar. Mas saber, você já sabe, Mara. Sabe, sim.

E o mais louco é que, nesse período tão curto, eu passei a acreditar nela.

— Vou escrever uma canção de amor bem melosa — falo. — E aí vou escrever uma para você.

Ela se afasta de leve e sorri para mim.

— Você é a menina que quer roubar meu coração. Sabe disso, né?

As suas palavras transmitem uma energia carinhosa que passa a correr nas minhas veias, e então eu a beijo, sorrindo. Nem é um momento assim, sensual. Nós duas estamos meio que chorando e temos a sensação de que nossos ossos estão frágeis por baixo da pele, e eu não faço ideia de quais são as minhas condições de ser namorada de alguém de novo ou se posso ser namorada de alguém neste exato momento, mas ela está aqui. Charlie me ama, e eu a amo, e isso não é só um jeito de negar todo o resto que está rolando. É um passo pequeno, mas é verdadeiro. É a aceitação.

Mara McHale, a menina que quer roubar o coração de Charlie Koenig

Não há dúvida alguma, essa é a menina que com certeza eu sou.

CAPÍTULO VINTE E OITO

Quando eu e Charlie descemos, Owen está sentado na ilha da cozinha, comendo cereal. Eu me movimento pelo ambiente, encho a minha garrafinha d'água, pego umas barrinhas de granola, mas meus olhos não param de topar com ele. Fico absorvendo cada pedacinho do meu irmão — as partes que eu amo, as partes que eu odeio. Até essas partes novas do Owen, que eu nem sabia que existiam, e que me dão medo. Não posso mais me esquivar desse medo.

É por isso que eu fico olhando.

Uma hora, ele acaba percebendo que está sendo observado e levanta a cabeça. O seu olhar é tão sutil que consigo sentir Charlie se encolhendo, atrás de mim. Porque essa corda bamba de amor e de raiva, de compaixão e de ódio, é constrangedora e precária. E talvez continue sendo assim por um bom tempo.

Quando passo por ele, indo em direção à porta, estico o braço — é um instinto, igual a levantar a cabeça para o céu sempre que a gente está junto — e deixo meus dedos pairarem perto das suas costas. Eu estico o braço, mas não encosto nele. Em vez disso, sussurro "tchau" e engulo as lágrimas a caminho da escola, e Charlie segura a minha mão o tempo todo.

Hannah está nos esperando no portão de entrada. Com o cabelo todo bagunçado, sem pentear, um emaranhado de cachos maravilhosos e trancinhas aleatórias emoldurando o seu rosto. Quando a vejo, não consigo evitar de engoli-la com um abraço. Ela dá risada, baixinho, e aí se afasta, para olhar para mim. Os seus olhos percorrem o meu corpo, do mesmo jeito que os meus percorrem o dela.

Nós duas estamos de saia curta. Não curta demais, a ponto de o diretor Carr apontar uma infração à política de vestimenta, mas curta o suficiente para as pessoas pararem para olhar.

Curta o suficiente para eu me sentir sensual e empoderada, no controle da minha própria vida. É uma coisa tão pequena, a saia. Para outras meninas, poderia ser maquiagem ou um esporte ou transar ou não transar ou escrever ou músicas ou arrasar nas notas ou ter o cabelo tão bagunçado quanto os raios do Sol. Acho que toda menina tem uma ou duas coisas, detalhes minúsculos da sua vida que querem dizer "Eu sou assim. Cansei de me esconder. Cansei de sentir vergonha".

E talvez eu ainda não tenha chegado a esse ponto. Nem Hannah. Mas estamos tentando e estamos fazendo isso juntas. Estamos fazendo isso por nós e não por eles.

— Ai, meu Deus, finalmente — diz Hannah, batendo palmas e dando pulinhos.

— O quê? — pergunto.

— O quê? Sério? — Ela sacode a mão, sinalizando Charlie, que está grudada em mim, com os dedos entrelaçados nos meus, sem eu nem ter percebido que ela tinha feito isso de novo.

— Né? — diz Charlie, passando a outra mão na minha cintura.

— Como assim, "*né?*"?

Hannah revira os olhos.

— Para quem você acha que Charlie ficou se lamuriando no último mês? — Ela junta as mãos e bate as pestanas. — "Ai, Mara. Minha Mara. Meu amor. Ai, meu coração. O que é que eu vou fazer?".

— Eu não fui tão ridícula assim — retruca Charlie.

— Ah, foi. Com certeza!

— Bom, eu com certeza nunca falei "ai, meu coração".

Hannah sacode a mão, ignorando o comentário.

— Mas quase. Além do mais, você é de Libra. Gêmeos e Libra são tão feitos um para o outro que chega a dar vontade de vomitar.

— Bom, isso explica tudo — responde Charlie, irritada, mas com um sorriso nos lábios.

— *Aun*, você estava morrendo de saudade — digo, puxando Charlie mais para perto, encostando o meu quadril no dela.

Uma meia-dúzia de alunos fica olhando quando passa pela gente, com o queixo quase no chão de tão caído. Faço um gesto obsceno para eles, pelas costas de Charlie. Porque, se tem uma coisa de que eu não tenho mais medo, é de abraçar Charlie.

— Não estava, não — diz ela. E então mostra a língua para mim.

— OK. Talvez só um pouquinho.

— Bom, talvez eu também estivesse. Só um pouquinho.

E então Charlie sorri, e eu sorrio também, e isso faz eu me sentir tão, mas tão bem, que nunca mais quero sair desse lugar do lado de fora da escola, com o resto do mundo girando à nossa volta.

— Preparada? — pergunta Charlie, estragando a magia, sem parar de olhar para Hannah e para mim.

Na mesma hora, meu sorriso se desfaz, e Hannah suspira bem alto.

— Não — responde ela.

— Longe disso — respondo.

Mas aí Charlie segura a mão da Hannah e aperta mais a minha.

— Estão preparadas, sim.

Entramos na escola desse jeito: de saia, camisa de flanela e de mãos dadas. Os olhares e os cochichos nos seguem, mas tento ignorá-los.

Até que vejo Alex, esperando perto do meu armário.

— Ãhn... vocês podem me dar só um minutinho?

Charlie acompanha o meu olhar e fica toda tensa, mas eu aperto a sua mão e a solto em seguida.

— Claro — responde Hannah. Então passa o braço nos ombros da Charlie e a leva até o armário dela, que fica na outra fileira. — Não tem problema — ouço ela dizer para a Charlie, e tudo isso me dá um nó na garganta, o tanto que a gente precisa uma da outra, o tanto que tentamos cuidar uma da outra e ser sinceras agora, sem nos importar com quem sofreu mais ou foi mais machucada em um dado momento.

Ontem à noite eu até liguei para Hannah, para contar o que o Alex pensou ter visto naquela noite, lá no lago, e quais foram os comentários do promotor.

Fiquei chocada quando ela contou que Alex já tinha ligado para ela.

Hannah estava brava, mas acho que não era com o Alex. Era com o nosso mundo, com o fato de sermos ignoradas todos os dias. Mesmo assim, esse é o tipo de raiva que tanto eu quanto ela recebemos de braços abertos. O tipo de raiva que nos faz sentir concretas e visíveis.

— Oi — falo, quando chego perto do Alex.
Ele ajeita a mochila no ombro e olha para o chão.
— E aí?
Então ficamos só ali, parados, com uma nuvem de climão e de erros se erguendo à nossa volta.
— Eu não... eu não sei o que dizer, Mara. Só que lamento muito. Desculpa mesmo.
— Eu sei.
— Eu não queria te usar. Mas você tem razão. Foi errado.
Olho para o Alex, tão gentil e sincero... Ele me consolou quando ninguém mais podia fazer isso.
— Não foi, não. A gente precisava disso. Nós dois.
Ele balança a cabeça, respira fundo e olha para o monte de alunos correndo pelo corredor, para pegar o material no armário e ir para a aula, com os lábios tão apertados que tenho certeza de que ele está segurando as lágrimas. Ele também perdeu muita coisa. O seu melhor amigo, da vida inteira e, talvez, em algum grau, a sua capacidade de acreditar nas pessoas, assim como eu e Hannah perdemos. Não quero que Alex seja mais uma fatalidade da cagada do Owen. Simplesmente não quero.
— E você e Charlie? — pergunta.
Engulo em seco. De repente, fiquei com a boca seca.
— Acho que sempre vai ter um lance entre mim e Charlie.
— É. — Ele respira fundo e balança a cabeça, olhando para o chão. — Eu entendo. Entendo mesmo.
— Ei... — falo, pegando na sua mão. — Você me ajudou. De verdade. E ainda preciso disso e ainda quero continuar te vendo.

Seja lá o que tenha rolado entre a gente, foi importante, sabe? E não quero perder isso, a parte da amizade. Tudo bem por você?

Alex me olha nos olhos, fica me observando e esboça um leve sorriso, que logo se desfaz.

— Claro que sim.

Dou um abraço nele e um beijinho inocente no seu rosto. Quando Alex me solta, dá um sorriso — verdadeiro e cheio de esperança — e então se despede com um aceno e vai se acotovelando com aquele bando de alunos, até se juntar a um grupinho do pessoal menos desprezível da orquestra. Vira no corredor e desaparece, e fico sentindo um estranho amálgama de alívio e tristeza. Hannah aparece do meu lado, encosta o ombro no meu e pergunta:

— Tudo bem?

Balanço a cabeça e respondo:

— Tudo.

Toca o sinal da primeira aula, fico procurando por Charlie.

— Ela tinha que falar com o professor de violão. Vai te encontrar na sala de aula.

— Ah.

— Ela está bem.

— Por acaso eu sou uma melhor amiga de merda?

Hannah dá um sorriso. Continua linda, mesmo com as aquelas olheiras e bolsas embaixo dos olhos.

— Acho que você é uma melhor amiga muito humana, que passou por um monte de merda.

Dou o braço para ela e a puxo para perto.

— Você é boa demais para mim.

Ela encosta a cabeça no meu ombro e vamos andando pelo corredor.

— A gente faz bem uma para a outra. Temos que fazer, né?

— É — suspiro, bem baixinho, porque minha voz está embargada.

Mais adiante, avisto Owen. Tinha quase esquecido que ele é tão alto — tem quase trinta centímetros a mais do que eu, herdou toda a altura do nosso pai. Está com o Jaden, mas não está sorrindo. Os seus olhos estão cheios de lágrimas, enquanto Jaden fala sem parar sobre alguma bobagem, posso apostar.

Percebo que Hannah fica tensa à medida que a gente se aproxima dos dois, posso ouvi-la respirando com dificuldade. Tenho vontade de tirá-la do meio daquela gente, de aninhar o seu rosto no meu pescoço, para que não consiga enxergar o Owen, não consiga ouvi-lo, mas não dá tempo. De repente, o meu irmão está bem ali, a centímetros de distância, e sinto essa lágrima violenta dentro de mim.

Porque tenho vontade de tirá-lo do meio daquela gente também. De escondê-lo. De abraçá-lo enquanto ele chora.

O corpo inteiro da Hannah treme quando o meu irmão passa por nós, mas ela continua andando. Owen é que vira a cara. Tudo isso dura apenas alguns segundos, mas me sinto, literalmente, esmagada pela força e pela linda raiva da Hannah, pelo irmão que sei que perdi, de certa maneira, para sempre.

Mas eu estava errada de pensar que eu não conseguiria seguir em frente — todas nós somos capazes disso. Eu só não vou seguir andando pelo mundo da mesma maneira que antes. Certas partes de mim morreram. Outras ganharam vida, despertadas pela necessidade de lutar, de ter relevância, de ser ouvida. Certas partes estão cansadas; outras, com raiva; outras, ainda, de coração partido. Mas ainda sou eu. Ainda estou me movimentando. Todas estamos, de um jeito ou de outro.

Charlie estava certa. Eu não estava preparada naquele momento. Não há três anos. Não há três semanas. Eu tinha aprendido a ignorar aquela fome, aquele "algo" que estava sempre à espreita. Mas agora não posso mais ignorá-lo. Nem quero.

Agora estou preparada.

CAPÍTULO VINTE E NOVE

Alguns dias depois, vejo Owen no telhado. Mais cedo, assim que eu me afastei da mesa, onde o jantar transcorreu praticamente em silêncio, fui para o meu quarto e fiquei na janela. Abri a cortina para ver as estrelas.

Mas, em vez disso, vi o meu irmão, uma silhueta escura, contra a escuridão do céu.

E agora as minhas mãos abrem a janela, o meu corpo se arrasta lá para fora, os meus pensamentos gritam, pedindo para eu não sair do quarto, o meu coração dói, de saudade da minha cara metade.

É incrível como todas essas partes de mim, todo esse amor e esse ódio se enroscam e coexistem.

Vou até ele. Owen vira para mim, nossos olhares se cruzam por uma fração de segundo, então levanto a cabeça e fico observando os minúsculos pontinhos de luz que salpicam o céu. Sinto que meu irmão também vira o rosto, seu queixo se ergue para as estrelas, assim como o meu. Nem falamos nada, mas as lágrimas logo escorrem, fortes e silenciosas. Não tem como ignorar essa situação. Não existem palavras mágicas capazes de melhorá-la. Owen não pode devolver o que roubou.

— Era uma vez — diz ele, e a minha respiração fica presa nos pulmões. Não falo nada, e o meu irmão continua, sussurrando, com a voz embargada. — Era uma vez, um irmão e uma irmã que moravam com as estrelas. Eles eram felizes e viviam as mais loucas aventuras explorando o céu. Um dia...

— Um dia o irmão partiu o coração da irmã.

Owen fica em silêncio, mas não por muito tempo. O meu irmão nunca conseguiu ficar de bico calado.

— Eu não...

— Pode parar. Nem ouse.

Ele funga, cruza os braços e fica sacudindo a cabeça, olhando para o chão.

— Quero que as coisas voltem ao normal — fala.

Olho para o meu irmão. Finalmente, olho para ele, para o seu rosto e os seus traços que conheço tão bem, que são tão parecidos com os meus.

— Não tem normal, Owen. Não mais. Só dá para transformar essa situação em outra coisa.

Owen franze o cenho.

— Como...

— Conta a verdade.

Então ele leva à mão até a boca, com os dedos esticados. Mas aí seu corpo inteiro fica tenso e ele solta o braço e aperta a lateral do corpo.

— Eu fiz isso.

— Você não sabe o que fez. O que continua fazendo. Será que não entende? Você estuprou uma menina, Owen.

Ele se encolhe todo, mas eu não. Agora consigo dizer com todas as letras o que foi. O que nunca vai deixar de ser.

— Você roubou o poder de decisão dela — prossigo. — O corpo dela, a força dela. Roubou a capacidade dessa menina de confiar nos outros, a capacidade de ficar com um cara, talvez por anos e anos. E você consegue enxergar o que está acontecendo? Consegue enxergar com que facilidade todo mundo se volta contra ela? Você consegue enxergar o quanto ela está sendo forte, lá na escola, apesar de tudo isso? Você não vai destruir essa menina. Não vou permitir isso. *Ela* não vai permitir.

As lágrimas rolam pelo meu rosto, e sei que não estou mais falando só da Hannah. Não estou mais falando só do Owen.

— Mas você vai permitir que isso destrua nós dois? — pergunta, apontando para nós, com a voz tão embargada quanto a minha.

A nossa respiração está totalmente sincronizada.

— Eu te amo tanto, Owen... — E sei que isso é verdade. Ele é o meu irmão gêmeo, a minha cara metade, sempre será. Nada é capaz de mudar isso. Sempre vou amá-lo. — Mas, neste exato momento, já não sei. Queria saber, mas não sei. Você não pode desfazer o que fez...

— Não fiz, não. Caramba, não fiz nada disso. — Owen esfrega a testa com as duas mãos, esconde o rosto de mim. E então os seus ombros começam a tremer. — Eu não fiz isso. Não fiz.

Eu me afasto dele, os meus braços doem de tanta vontade de abraçá-lo. Mesmo agora. Mesmo depois de tudo. E não posso fazer isso.

— Não posso consertar nós dois — falo. — Preciso me consertar primeiro.

Owen olha para mim, com um ar de interrogação nos seus olhos vermelhos.

Respiro fundo e começo a contar uma história.

— Era uma vez, um irmão e uma irmã que moravam com as estrelas. Eles eram felizes e viviam as mais loucas aventuras explorando o céu.

Owen inspira... expira. Percebo que ele está relaxando, como se essa história, de alguma maneira, simbolizasse as coisas voltando ao normal entre nós dois.

Só que não. Essa história é bem diferente.

— Um dia, uma pessoa que a Irmã Gêmea admirava, um homem importante na comunidade estrelada em que os dois viviam, pediu para ela continuar na sala depois que a aula acabou. Ela ficou. Todo mundo respeitava esse homem, e a Irmã Gêmea acreditava que ele a protegeria, acreditava em suas boas intenções. Acreditava que o homem jamais lhe faria mal.

O corpo do Owen fica todo tenso.

— Mara, o que...

— O homem sorriu e disse para a Irmã Gêmea não se preocupar, mas que precisava conversar com ela sobre um problema sério. Algo que poderia acabar com o seu futuro, deixar os seus pais decepcionados com ela. E, para resolver esse problema, o homem pediu para a Irmã Gêmea... — Nesse ponto, minha voz fica embargada, mas engulo em seco algumas vezes e fico repassando a história na minha cabeça, do jeito que ensaiei nos últimos dias.

Do meu lado, Owen está ofegante, e tenho certeza de que seus punhos estão cerrados.

Porque os meus também estão.

— O homem pediu para a Irmã Gêmea fazer coisas que ela não queria fazer. Coisas que nenhum adulto deveria pedir para uma menina fazer.

— Para, Mara.

— Como a Irmã Gêmea não obedeceu, o homem a obrigou a fazer o que ele queria.

— Caramba, Mara. Que história é *essa*?

— A Irmã Gêmea conseguiu se afastar do homem. Correu para casa, chorou e nunca contou nada para ninguém. Achou que ninguém jamais acreditaria nela. O homem a puniu por ter fugido, convenceu os pais da Irmã Gêmea de que ela merecia a punição. E, mesmo assim, a Irmã Gêmea nunca disse nada.

— O que é isso? Por acaso você... você está falando de... do que está falando? Por favor, Mara.

Owen está chorando.

Tenho certeza de que está, porque eu também estou.

— Ela nunca disse uma palavra a respeito disso para a família — continuo, apesar das lágrimas. — Até este momento.

O meu irmão estica o braço e pega na minha mão, com os dedos trêmulos. Em vez de puxar a minha mão, deixo Owen segurar esse pedacinho de mim, porque preciso que ele ouça o que estou dizendo. Preciso que ele me ouça. Preciso que ouça todas nós.

Inspira.

Expira.

Viro para ele e faço questão de que ele esteja olhando para mim. O rosto do meu irmão é um reflexo do meu: olhos arregalados e vermelhos, lágrimas rolando, o nariz salpicado de sardas.

— Esta — digo, e o meu irmão franze o cenho. Levanto as nossas mãos e aperto as costas da mão dele contra o meu rosto. — Esta é uma menina que achava que ninguém acreditaria nela. Esta é uma menina que não está mentindo.

Agora Owen está soluçando, os seus gritos se erguem entre nós dois e vão parar no céu.

Solto a sua mão e me afasto dele.

— Um dia, a Irmã Gêmea se deu conta de que precisava contar a sua história. Porque essa história fazia parte *dela*. Porque ela merecia que a sua história fosse contada.

— Mara...

Mas Owen não diz mais nada. Só esconde o rosto entre as mãos, um menino minúsculo, feito de estrelas.

E, neste momento, a Irmã Gêmea respira fundo, absorvendo um universo cheio de constelações, que leva consigo quando vai embora. Porque sabe que está na hora de ela e o irmão partirem do céu de uma vez por todas.

CAPÍTULO TRINTA

Andrômeda foi acorrentada a uma rocha na beira do mar e largada lá, para ser devorada por um monstro. Só que não. Ela foi salva por um homem, Perseu, mas ele só a salvou porque os pais de Andrômeda tinham prometido a mão dela em casamento.

Até as meninas que são feitas de estrelas são prisioneiras, têm os pulsos algemados e são vendidas, como se fossem mercadoria. Até as meninas que são feitas de estrelas não têm direito de escolha, ninguém acredita nelas, não valem a pena, a menos que ofereçam algo em troca.

Até as meninas que são feitas de estrelas acreditam nessas mentiras de vez em quando.

Tenho a sensação de que a minha pele está eletrizada quando bato na porta do quarto dos meus pais, nessa mesma noite. Não sei bem se é por causa da adrenalina ou porque as estrelas estão se erguendo, chegando à superfície e fugindo.

Mas eu não sou uma menina feita de estrelas.

Sou só eu, só uma menina, só a Mara.

Charlie está esperando no meu quarto. Liguei para ela depois que saí do telhado, depois de falar com meu irmão, e ela chegou na minha casa em dez minutos. Passamos o resto da noite de conchinha na minha cama, com as cortinas bem fechadas, tapando o céu, ela fazendo trancinhas no meu cabelo, a gente com os braços e as pernas enroscados, sussurrando baixinho, com algumas lágrimas e uns beijinhos. Nada além disso, só o que eu precisava, nem mais nem menos.

— Você consegue — disse ela, depois que a casa ficou em silêncio, depois que todo mundo estava quase dormindo.

Eu fiquei esperando ouvir os passos delicados da minha mãe no corredor. Ela tem ido para a cama bem cedo nos últimos dias, munida de uma xícara de chá e um livro. Às vezes, o meu pai vai deitar na mesma hora que ela e consigo ouvir os dois murmurando até tarde da noite. Todo mundo aqui em casa tem falado tão baixo ultimamente, todos os movimentos são calculados e cautelosos.

— Eu continuo não querendo — respondi.
— Eu sei.
— E querendo. Contar, quer dizer.
— Sei disso também.
— Eu nunca quis ser aquela menina, sabe?
— Que menina?
— A que serve de exemplo, acho eu. A vítima.
— Você não é vítima. É uma sobrevivente. Você e a Hannah. Tem diferença.

Sobrevivente. A palavra foi absorvida pela minha pele e se assentou sobre os meus ossos.

— Que bom que você está aqui — falei.
— Você vai estar comigo quando eu me assumir para os meus pais?

Passei a mão no cabelo da Charlie, deixando-o ainda mais espetado do que o normal.

— Você sabe que eu vou.

Ela sorriu e rocei meus lábios na sua testa, depois no seus olhos e no seu nariz. E aí a gente ficou se beijando pelo que pareceram horas, escondidas, em segurança, no nosso mundinho.

Mas, uma hora, fomos obrigadas a sair.

E agora o *pam-pam* na porta do quarto dos meus pais ecoa pelo corredor, e só quero me enfiar na cama de novo, me enroscar em Charlie e sumir.

Talvez uma parte de mim sempre vá tentar me trancafiar, me fazer gritar a respeito de tudo, menos do que eu realmente preciso gritar. Sempre vou me acorrentar a uma rocha. Mas aí penso em uma sala de aula cheia de meninas de catorze anos, de olhos curiosos, coração aberto e incautas. Penso na Hannah, lá na escola, arrasada e forte, tudo ao mesmo tempo.

— Entra — diz a mamãe.

Abro a porta e vejo os meus pais deitados na cama. O papai está por cima das cobertas, ainda de calça jeans e blusão, com o jornal *The Atlantic* aberto no colo. A mamãe chega perto dele, parecendo frágil e vulnerável, debaixo da colcha de cetim.

— Oi, querida — fala, sentando na cama.

O olhar dela tem um quê de avidez, e quase saio do quarto bem na hora em que ela olha para mim, porque estou prestes a lhe dar um prato cheio de tristeza e choque.

— Está tudo bem, querida? — pergunta o meu pai.

Não consigo responder, porque um soluço corta a minha voz. Sacudo a cabeça, subo na cama e me acomodo no meio dos dois. A minha mãe respira fundo, mas me toca, passa as mãos no meu cabelo. O meu pai apoia o rosto na minha cabeça. A gente fazia isso o tempo todo. Passava as manhãs de sábado na cama enorme dos meus pais, dando risada e bocejando, preguiça com massagem nas costas, uma família alegre de quatro pessoas, com um dia inteiro para não fazer nada.

Só que Owen não está aqui, e a sua ausência causa um choque, que traz tudo à tona mais uma vez: o que ele fez, o quanto estamos de mãos atadas, sem poder fazer nada em relação a isso. Não podemos voltar atrás, e seguir em frente parece tão sinistro. Talvez meu irmão conte a verdade um dia. E, mesmo que ele conte, não tenho ideia do que isso significa, em termos legais. Qualquer uma das opções é apavorante. Seja como for, acho que nunca mais conseguiremos ser aquela família feliz de quatro pessoas.

Os meus pensamentos vêm em ondas, que me atingem em cheio, a água salgada sai pelos meus olhos.

— Meu amor... — sussurra a minha mãe, dando um beijinho na minha testa.

Eu me sinto tão segura aqui que, por poucos e afortunados segundos, esqueço por que bati na porta do quarto. Esqueço que existe uma outra verdade que nos rodeia, uma verdade que é só minha.

— Mãe... pai... preciso contar uma coisa para vocês.
Pela Hannah.
Pela Charlie.
Por todas as meninas cujo nome jamais saberei.
Por mim.
Uma menina de carne e osso.

Agradecimentos

Em primeiro lugar, agradeço a você. Comecei a escrever este livro por sua causa e vou terminá-lo por sua causa também.

Infinitos obrigadas à minha agente, Rebecca Podos. Sem ela, eu não conseguiria funcionar direito, nem de longe. Você me inspira todos os dias e tenho sorte de tê-la ao meu lado.

Agradeço à minha editora, Elizabeth Bewley, e também a Nicole Sclama, Alexandra Primiani e a todos da Houghton Mifflin Harcourt, pela paixão e confiança que depositaram na história da Mara. Eu não teria sido capaz de contar a história dela sozinha e por sorte não precisei fazer isso. Obrigada, Susan Buckheit, pelos seus incríveis talentos de edição e preparação de texto e pelo seu olhar aguçado.

Agradeço às minhas incomparáveis parceiras de crítica: Lauren Thoman, Paige Crutcher, Sarah Brown e Alisha Klapheke. Vocês acreditaram na história quando eu não conseguia acreditar, e agradeço do fundo do meu coração, que tanto ama *queso*.

Obrigada às minhas leitoras críticas Dahlia Adler, Keiko Furukawa, Becky Albertalli e Ami Allen-Vath. Não tenho como agradecer pelo tempo que dedicaram e por seus comentários, principalmente porque fazer tais comentários foi doloroso. Obrigada por me ajudarem a entender não apenas Mara, Hannah e Charlie, mas vocês também.

Obrigada, Court Stevens, por escutar minhas lamúrias enquanto passeávamos sob a sombra das árvores.

Obrigada, Carla Schooler, por escrever a canção de Charlie comigo. Eu não teria sido capaz de exprimir o que eu queria que ela dissesse e como queria que dissesse sem você.

Obrigada, Christa Desir, por ter esclarecido as minhas dúvidas legais e sobre o procedimento adotado na denúncia desse tipo de caso.

Obrigada, Lily Anderson, por ter me dado a resposta perfeita quando tuitei "Que programa especial duas meninas poderiam fazer juntas à noite?". Mara e Hannah foram reconfortadas por aquele cinema abandonado graças a você.

Agradeço à minha família na Parnassus Books e a Stephanie Appell, por ser uma defensora incansável das histórias e dos jovens.

Obrigada, Benjamin e William, minhas estrelinhas. Espero que, um dia, vocês leiam este livro e fiquem furiosos. Espero que, um dia, leiam este livro e tenham esperança. Tenho certeza de que, um dia, vocês serão homens que ouvem, que torcem e questionam.

E obrigada, Craig, por ouvir, por torcer e por questionar.

Nota da autora

Quando resolvi escrever este livro, eu estava furiosa. Querendo pôr fogo no mundo. Para ser bem sincera, ainda estou furiosa e ainda quero pôr fogo no mundo. Mas, ao escrever a história da Mara e da Hannah, me dei conta de que não poderia escrever o livro que realmente queria escrever, daqueles em que todos os inimigos são derrotados, em que a justiça é feita e todo o mal é reparado.

O mundo em que vivemos não é assim.

Apesar disso, Mara e Hannah me ensinaram uma lição que não tem preço, uma lição preciosa, que me ajuda a dormir um pouquinho melhor. Elas me ensinaram que a esperança nunca morre. Elas me ensinaram que sempre existe alguém disposto a lutar por você e com você, que compartilhar a dor traz conforto e acolhida, que revelar a nossa verdade e permitir que os outros nos amem é algo poderoso. Que permitir que outras pessoas nos valorizem é algo poderoso.

Este livro pode não ser o livro que você queria. Sob muitos aspectos, não é o livro que eu queria. No livro que eu queria, pessoas como Owen e sr. Knoll não existiriam. E, se existissem, pagariam um preço justo pelos seus crimes.

Apesar disso, este é o livro que eu precisava escrever, e espero que, de alguma maneira, também seja o livro que você precisava ler. Este é o livro que me fez lembrar de que, apesar de um sistema e de uma cultura que estão permanentemente contra nós, que permitem que nossos opressores continuem livres, que não acreditem na nossa palavra, existe esperança. Existe amor. Existe conforto. Existe superação.

Existe vida depois do abuso sexual. Uma vida boa. Que não é fácil. Que não é a mesma vida que tínhamos antes. Mas que ainda nos pertence. E nada nem ninguém é capaz de roubá-la de nós.

Merecemos que as nossas histórias sejam contadas. Merecemos que lutem por nós. Merecemos uma vida boa e sermos amadas *depois* de sofrermos violência.

COMO DENUNCIAR OU BUSCAR AJUDA

Sofrer violência sexual é algo devastador e difícil de superar. Mas, por mais que seja um processo doloroso, é importante lembrar que você não está só. Se possível, fale com alguém de sua confiança. Existem redes de apoio onde é possível buscar ajuda e acolhimento. Lembre-se de que sua história e sua voz importam. Não se cale, denuncie.

Associação pela Saúde Emocional das Crianças: www.amigosdozippy.org.br

Central de Atendimento à Mulher: ligue 180. Canal da Ouvidoria Nacional dos Direitos Humanos que registra e encaminha denúncias de abusos contra os direitos da mulher e fornece informações sobre amparo legal e a rede de atendimento às vítimas.

Conselhos Tutelares: Órgãos municipais especializados na proteção de crianças e adolescentes. Para fazer uma denúncia, procure o mais próximo de você.

Delegacias da Mulher: Especializadas em atender casos de violência contra a mulher. Cada cidade conta com a(s) sua(s).

Disque Direitos Humanos: ligue 100. Serviço de atendimento de urgência da Secretaria Especial de Direitos Humanos dirigido a crianças, adolescentes e minorias.

Mapa do Acolhimento: www.mapadoacolhimento.org Plataforma que ajuda mulheres que sofreram violência e abuso a encontrarem terapeutas, advogadas e outras profissionais que podem ajudá-las.

Movimento Conte Comigo: www.contecomigo.org.br. Prevenção à depressão.

Proteja Brasil: www.protejabrasil.com.br/br. Aplicativo gratuito criado pela Unicef que recebe denúncias de violência contra crianças e adolescentes de forma anônima e também fornece informações sobre a rede de atendimento às vítimas.

SUA OPINIÃO É MUITO IMPORTANTE

Mande um e-mail para **opiniao@vreditoras.com.br** com o título deste livro no campo "Assunto".

1ª edição, jan. 2020

FONTE Centaur MT Std Regular 12/16,1pt
　　　　Centaur MT Std Bold 18/ 16,1pt
PAPEL Lux Cream 60 g/m²
IMPRESSÃO Lisgráfica
LOTE L47427